btb

Ragnar Jónasson

TODESNACHT

Thriller

Aus dem Isländischen
von Tina Flecken

btb

Die isländische Originalausgabe erschien 2010 unter dem Titel »Myrknaetti« bei Veröld, Reykjavík, und 2014 unter dem Titel »Todesnacht« erstmals auf Deutsch bei S. Fischer, Frankfurt am Main.

MIX
Papier aus verantwortungsvollen Quellen
FSC® C014496
FSC www.fsc.org

Penguin Random House Verlagsgruppe FSC® N001967

1. Auflage
Wiederveröffentlichung Mai 2022
btb Verlag in der Penguin Random House Verlagsgruppe GmbH,
Neumarkter Str. 28, 81673 München

Covergestaltung: semper smile, München
Covermotiv: © Shutterstock/Alina Reynbakh; leedsn;
© Getty Images/Anton Petrus; MathieuRivrin;
Satz: GGP Media GmbH, Pößneck
Druck und Einband: GGP Media GmbH, Pößneck
mb · Herstellung: sc
Printed in Germany
ISBN 978-3-442-77186-8

www.btb-verlag.de
www.facebook.com/btbverlag

Der Autor dankt den Einwohnern von Siglufjörður, den Nordisländern sowie den Bewohnern der Region Landeyjar dafür, dass er die Schauplätze verwenden durfte, betont jedoch, dass die Handlung in jeder Hinsicht frei erfunden ist und die Protagonisten keinen lebenden Personen nachempfunden sind.

Besonderer Dank für die Unterstützung in ihren jeweiligen Fachgebieten an Eiríkur Rafn Rafnsson, Polizeiwachtmeister, Hulda María Stefánsdóttir, Staatsanwältin, und die Ärzte Helgi Ellert Jóhannsson und Jón Gunnlaugur Jónasson. Die Verantwortung für die letztendliche Ausführung, darunter auch alle etwaigen Fehler, trägt selbstverständlich der Autor.

Das Zitat aus dem Gedicht von Jón Guðmundsson dem Gelehrten stammt aus dem Werk *Fjölmóður – ævidrápa Jóns lærða Guðmundssonar* mit einem Vorwort und Anmerkungen von Páll Eggert Ólason.

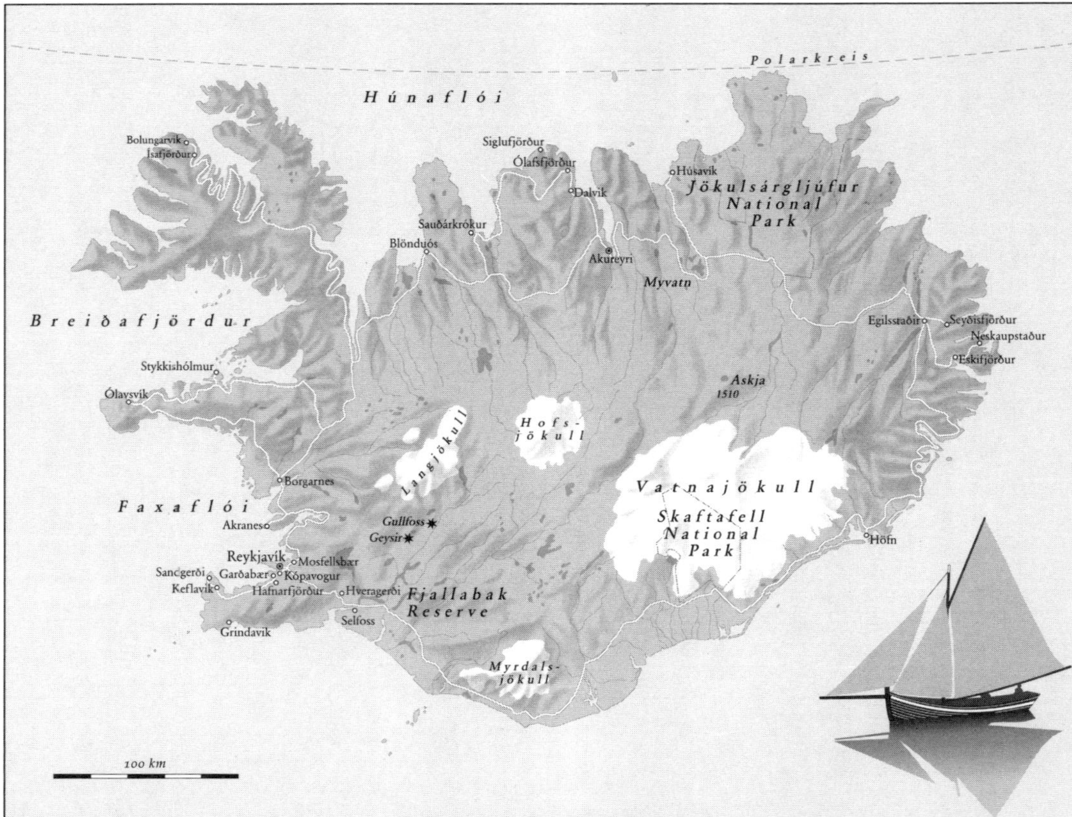
Polarkreis
Húnaflói
Bolungarvík
Ísafjörður
Siglufjörður
Ólafsfjörður
Húsavík
Dalvík
Jökulsárgljúfur National Park
Sauðárkrókur
Blönduós
Akureyri
Myvatn
Breiðafjörður
Egilsstaðir
Seyðisfjörður
Neskaupstaður
Eskifjörður
Stykkishólmur
Ólavsvík
Askja
1510
Hofsjökull
Langjökull
Borgarnes
Vatnajökull
Faxaflói
Skaftafell National Park
Gullfoss
Akranes
Geysir
Höfn
Reykjavík
Mosfellsbær
Sandgerði
Garðabær
Kópavogur
Keflavík
Hafnarfjörður
Hveragerði
Fjallabak Reserve
Selfoss
Grindavík
Myrdalsjökull
100 km

Finstere Nacht müssen
Menschen ertragen,
und Gepflogenheiten
nach Gebühr,
aushalten im Stillen
schweren Harm,
das ist Gottes Gabe
er kann erdulden.

Jón Guðmundsson der Gelehrte (1574–1658),
aus dem Gedicht »Strandläufer«

Für meine Eltern

ERSTER TEIL

EIN SOMMERTAG

1. Kapitel

How do you like Iceland?

Na ja, er war jedenfalls nicht nach Island gekommen, um *das* zu erleben.

Der Tag fing gut an, ein schöner Junimorgen. Wobei es kaum einen Unterschied zwischen Morgen und Abend gab, denn es war vierundzwanzig Stunden lang hell. Evan Fein hatte sich sehr darauf gefreut, dieses Land am Ende der Welt zu besuchen.

Evan wohnte in Edinburgh und studierte Kunstgeschichte. Dies war seine erste Reise nach Island. Dort hatten die Naturgewalten, als wollten sie auf die Bankenkrise noch eins draufsetzen, den Leuten innerhalb kürzester Zeit zwei Vulkanausbrüche präsentiert. Die Ausbrüche schienen allerdings beendet zu sein, zumindest vorerst. Evan hatte sie knapp verpasst. Er war seit ein paar Tagen in Island und hatte zuerst Reykjavík und beliebte Ausflugsziele in der Umgebung besichtigt. Dann hatte er sich einen Mietwagen genommen, um in den Norden zu fahren. Er hatte auf einem Campingplatz in Blönduós übernachtet und war früh losgefahren, Richtung Skagafjörður. Die CD mit den alten isländischen Schlagern, die er gekauft hatte, ließ er im Wagen laufen – er verstand zwar kein einziges Wort von den Texten, genoss aber die Musik und war ein bisschen stolz auf seine Touristenmacke, immer in die Kultur des jeweiligen Landes, das er gerade besuchte, eintauchen zu wollen. Er nahm die Straße über den Berg Þverárfjall, bog aber vor Sauðárkrókur links ab, weil er sich eine warme Quelle, die Badestelle Grettislaug, anschauen wollte. Sie war nach dem berühmten Sagahelden Grettir dem Starken benannt und sollte in der Nähe direkt am Meer liegen.

Die Straße befand sich in einem ziemlich schlechten Zustand, und es war natürlich eine Schnapsidee, zu dieser Quelle zu fahren. Aber die Verlockung, in dem warmen Wasser zu relaxen, das Morgenlicht und die Schönheit der Landschaft zu genießen, war einfach zu groß. Er fuhr ganz langsam, denn kleine Lämmer blockierten immer wieder den Weg – oder vielleicht blockierte er ja ihren Weg. Die Badestelle kam einfach nicht in Sicht. Evan befürchtete schon, eine Abzweigung verpasst zu haben, drosselte das Tempo vor jeder Hofeinfahrt noch mehr und versuchte auszumachen, ob die Quelle irgendwo versteckt lag. War er womöglich zu weit gefahren? Dann sah er ein hübsches Einfamilienhaus, das noch nicht ganz fertig war. Es war nicht weit von der Straße entfernt, und davor stand ein kleiner, grauer Lieferwagen.

Der Fahrer des Lieferwagens, oder vielleicht auch der Hausbesitzer, lag reglos neben dem Haus. Evan schreckte zusammen, schaltete mitten auf der Straße den Motor aus und rannte los. Die isländische Schlagermusik dröhnte weiter aus der dürftigen Anlage des Mietwagens und wirkte in dieser Situation total unwirklich.

Der Mann war tot. Zumindest vermutete Evan das auf den ersten Blick angesichts des Körperbaus und der kurzen Haare, dass es sich um einen Mann handelte. Es war unmöglich, sein blutüberströmtes Gesicht zu erkennen, und an der Stelle, wo vorher ein Auge gewesen war, klaffte eine Wunde.

Evan stockte der Atem. Wie vom Donner gerührt starrte er die Leiche an und drehte sich dann ruckartig um, als wolle er abchecken, ob sich der Angreifer hinter ihm befand. Das war nicht der Fall; Evan stand alleine bei dem Toten. Neben der Leiche lag ein blutiges Brett, das offenbar als Schlagwaffe benutzt worden war. Als Evan das Brett sah, musste er plötzlich würgen. Er versuchte alle auf ihn einströmenden Gedanken zu verdrängen, holte tief Luft und fing sich wieder. Dann setzte er sich auf die Wiese vor das Haus und wünschte sich, er hätte ein anderes Ziel für seinen Sommerurlaub ausgewählt.

2. Kapitel

Ísrún wachte vom Summen einer Fliege auf, die durch das offene Schlafzimmerfenster geschlüpft war, und schaute auf die Uhr – Mist! Sie hätte länger schlafen können, musste erst um halb zehn in der Nachrichtenredaktion sein. Es würde ein ruhiger Tag werden. Der Vulkanausbruch war vorerst zum Erliegen gekommen, in der Stadt war nicht viel los, der Sommer war da. Sauregurkenzeit. Im Augenblick hatte sie nichts anderes zu tun, als aus dem Bildmaterial von einem Sommerfest, bei dem sie gestern mit einem Kameramann gewesen war, einen kurzweiligen Beitrag zusammenzustellen. Nette Sommerstimmung, um die Abendnachrichten zwanglos abzuschließen. Er würde garantiert ganz nach hinten in die Spätnachrichten oder auf den nächsten Tag geschoben – solche Stimmungsberichte kamen immer zuletzt, wurden nach hinten verschoben, sobald etwas Wichtigeres passierte.

Ísrún arbeitete seit zehn Jahren in der Redaktion, allerdings mit Unterbrechungen. Sie hatte nach dem Abitur als Aushilfe dort angefangen und während ihres Psychologiestudiums weitergemacht. Nach ihrem Bachelorabschluss hatte sie ein Jahr lang in einer Klinik gearbeitet, war aber in die Redaktion zurückgekehrt, weil sie den Nervenkitzel vermisst hatte. Dann war sie zum Masterstudium nach Dänemark gegangen und hatte anschließend wieder als Psychologin gearbeitet, diesmal in Akureyri. Eineinhalb Jahre waren vergangen, seit sie im Krankenhaus in Akureyri gekündigt hatte, nach Reykjavík gezogen war und sich wieder bei der Nachrichtenredaktion beworben hatte. Viele ihrer alten Kollegen hatten inzwischen aufgehört, und neue Gesichter waren hinzugekommen, aber ein paar waren immer noch da. Als Ísrún sich damals nach dem Abitur für einen Job bei den Fernsehnachrichten beworben hatte, hatte sie nicht wirklich mit einer positiven Antwort gerechnet. Sie hatte sich erst durch die berüchtigte Journalistenprüfung geschlagen und musste dann noch in einem Tonstudio und vor einer Kamera in einem Filmstudio Nachrichten vorlesen. Dann hatte sie gewartet und gehofft, war jedoch davon ausgegangen, dass sie wegen ihrer Brandnarbe im Gesicht keine Chance hätte, auf den Bildschirm zu kommen. Die Narbe stammte von einem Unfall, als sie erst ein paar Monate alt gewesen war und ihrer betagten Tante kochend heißer Kaffee aus der Hand gerutscht war. Der Fleck zog sich über ihre Wange, und obwohl sie mit den Jahren gelernt hatte, ihn mit Make-up abzudecken, war er unübersehbar. Vielleicht war die Narbe ja der Grund dafür, dass sie sich überhaupt beim Fernsehen beworben hatte: um der Welt, oder zumindest den Fernsehzuschauern in Island, zu zeigen, dass das für sie kein Hinderungsgrund war.

Ísrún reckte sich. Sie wohnte alleine, hatte schon seit zwei Jahren keine Beziehung mehr. Das war die bisher längste Periode am Stück als Single, davor war sie meistens mit jemandem zusammen gewesen, und ihre längste Beziehung hatte fünf Jahre gedauert, war aber in die Brüche gegangen, als sie nach Dänemark zog. Ihr damaliger Freund hatte nicht mitkommen und auch nicht auf sie warten wollen. Das war's dann gewesen.

Ísrún arbeitete viel lieber beim Fernsehen als im psychologischen Bereich. Ihr Interesse am Studium hatte mit der Zeit nachgelassen, aber sie hatte den Master aus reinem Trotz doch noch gemacht. Immerhin war das Studium beim Journalismus hilfreich. Die Arbeit in der Redaktion gab ihr die Möglichkeit, jeden Tag etwas Neues zu erleben und mit interessanten Leuten zu sprechen, und ab und zu hatte sie sogar mal eine Exklusivmeldung. Das waren die besten Tage. Das Einzige, was sie an dem Job auszusetzen hatte, war der Zeitdruck. Auch wenn der Stress auf gewisse Weise süchtig machte, konnte man bei dieser Arbeitsweise nicht mehr vernünftig recherchieren. Unterbesetzung und der enorme Druck, vor Tagesablauf Meldungen zu liefern, hatten zur Folge, dass es ein seltener Luxus war, sich über längere Zeit ausgiebig in ein Thema zu vertiefen.

Die Fliege summte immer noch irgendwo im Zimmer herum, und Ísrún versuchte vergeblich, die Augen noch einmal zuzumachen. Warum war das verdammte Viech nicht draußen geblieben und hatte sie ausschlafen lassen?

Ísrún kam auf die Beine. Wenn sie schon mal wach war, konnte sie die Zeit auch nutzen. Ein paar Minuten später stand sie im Trainingsanzug draußen auf dem Bürgersteig. Sie musste sich viel bewegen. Sie atmete die Morgenluft ein, doch die war nicht wie sonst morgens frisch, sondern wirkte verschmutzt. Kein Wunder, dass die Fliege im Haus Zuflucht gesucht hatte.

Ísrún wohnte in einem Mehrfamilienhaus am Hagatorg in einer kleinen Zweizimmerwohnung und joggte normalerweise, wenn ihre Zeit es zuließ, am Meer entlang. Sie beschloss, sich auch diesmal von der schlechten Luft nicht abhalten zu lassen. Dachte an den bevorstehenden Tag, der bestimmt ruhig und ereignislos werden würde.

Danach brachte ihre alte rote Karre sie pünktlich zur Arbeit, ein Auto, das schon lange in Familienbesitz war und das ihr Vater ihr zu ihrem zwanzigsten Geburtstag geschenkt hatte. Der Wagen galt inzwischen offiziell als Oldtimer, reichte ihr aber vollkommen. Auf dem Weg zur Arbeit war nicht viel Verkehr. Einer der Vorteile an diesem Job war, dass man erst um halb zehn anfangen musste. Andererseits kam sie oft erst nach den Abendnachrichten und der anschließenden Besprechung nach Hause. Da war es sogar besser, die Spätnachrichten zu machen, dann kam sie zwar erst sehr spät abends raus, hatte aber dafür am nächsten Vormittag frei. Diese Zeit konnte man gut nutzen.

Verdammt, Ísrún hatte vergessen, dass Ívar heute und morgen die Redaktionsleitung innehatte. Ihr Verhältnis war ziemlich distanziert, zumindest kam es ihr so vor. Er war vor zwei Jahren eingestellt worden, als sie gerade versucht hatte, nach ihrem Master als Psychologin Fuß zu fassen. Ein ziemlich toller Hecht – zumindest, wenn es nach ihm ging –, den man der Konkurrenz ausgespannt hatte. Für ihn war Ísrún immer noch eine Anfängerin, obwohl sie zusammengerechnet mehr Erfahrung in den Medien hatte als er, nur über eine längere Zeitspanne und mit Unterbrechungen. Ívar traute ihr die großen Themen nicht zu, und sie merkte, dass sie nicht den notwendigen Biss hatte, um auf den Tisch zu hauen und ihm wirklich etwas entgegenzusetzen. Vielleicht hätte sie sich das früher eher zugetraut, aber jetzt nicht mehr.

Ísrún setzte sich an den Tisch im Besprechungsraum. Ívar saß am Tischende, mit einem kleinen Notizbuch, das er immer bei sich trug, und ein paar Blättern, Meldungen, die entweder bei einem der Redakteure oder in der Mülltonne landen würden.

»Ísrún, hast du schon was aus dem Bildmaterial vom Sommerfest zusammengebastelt?«

Lag da ein Hauch von Ironie in seiner Stimme? Weil sie immer die Boulevardthemen bekam?

Oder war sie vielleicht einfach zu misstrauisch?

»Nein, das wollte ich heute machen. Ich liefere dir was für heute Abend. Zwei Minuten?«

»Nee, eineinhalb. Höchstens.«

Ihre Kollegen hatten inzwischen am Tisch Platz genommen, das Morgenmeeting hatte begonnen. Ein neuer Nachrichtentag brach an.

»Habt ihr heute Morgen auch die Luftverschmutzung gemerkt?«, fragte Kormákur, lehnte sich auf seinem Stuhl zurück und knabberte an seinem Bleistift. Er wurde meistens Kommi genannt, weil er diesen Spitznamen nicht ausstehen konnte.

»Ja, das ist bestimmt Vulkanasche, die bis in die Stadt weht. Die hat sich wohl bei dem Ausbruch angesammelt«, sagte Ívar.

»Und ich dachte, der Ausbruch wäre zu Ende«, meinte Kormákur. »Dann können wir das ja noch zu einer Meldung verbraten!« Er grinste.

»Ísrún, checkst du das mal ab? Strick eine lockere Meldung daraus. Der Vulkanausbruch kehrt zurück, kommt nach Reykjavík, okay? Etwas in der Art.« Ívar lächelte. Überheblich, fand sie.

»Wenden wir uns den wichtigen Themen zu«, sagte er dann.

Genau – sie schaute ihn genervt an.

»Heute Morgen wurde in Nordisland nicht weit von Sauðárkrókur eine Leiche gefunden, bei irgendeinem Neubau, aber das ist alles noch nicht bestätigt. Kommi, kannst du dir das mal ansehen? Wird auf jeden Fall die erste Meldung heute Abend sein, es sei denn, der Vulkan bricht tatsächlich noch mal aus.«

Kormákur nickte. »Wird gemacht.«

Es würde also doch kein ereignisloser Tag werden. Außer für sie natürlich.

3. Kapitel

Unglaublich, dass Ari Þór Arason es tatsächlich so lange bei der Polizei in Siglufjörður ausgehalten hatte. Es war fast zwei Jahre her, seit er in den Norden gezogen war, direkt nach dem Abschluss der Polizeischule und nachdem er sein Theologiestudium geschmissen hatte. Der erste Winter war die reine Hölle gewesen, und der viele Schnee schien es nur darauf abgesehen zu haben, ihn zu ersticken. Der erste Sommer war dann das absolute Gegenteil, warm und hell, und jetzt hatte er schon den zweiten Winter überstanden. Die Einsamkeit und die Dunkelheit machten ihm immer noch zu schaffen, aber man gewöhnte sich an alles. Dennoch war es eine Erleichterung, die Sonne wieder sehen zu können. Der Juni war angebrochen, und ein paar warme Tage hatte Ari bereits hinter sich, aber der Sommer ließ länger auf sich warten als im Südland, was in diesen nördlichen Gefilden ja nicht anders zu erwarten war.

Tómas, der Polizeiwachtmeister von Siglufjörður, hatte am Morgen angerufen und ihn gebeten, etwas früher als verabredet zu kommen. Aris Dienst fing eigentlich erst mittags an, aber er war schon um neun Uhr losgegangen. Tómas hatte am Telefon nicht viel gesagt, aber besorgt geklungen. Allerdings war er in der letzten Zeit meistens frustriert, weil er nicht damit einverstanden war, dass seine Frau zum Studieren nach Reykjavík gezogen war. Niemand rechnete damit, außer vielleicht Tómas selbst, dass sie zurück nach Siglufjörður käme. Immerhin waren die beiden offiziell noch ein Paar – was man von Ari und seiner Ex-Freundin Kristín nicht sagen konnte. Ihre Beziehung war in die Brüche gegangen, obwohl Ari immer noch nicht alle Hoffnungen aufgegeben hatte. Gut vier Jahre war es jetzt her, seit er und Kristín zusammengekommen waren, er hatte damals Theologie studiert und sie Medizin. Liebe auf den ersten Blick. Sie hatte ihn aus seiner Schale herausgelockt, wenn man das so sagen konnte. Ari hatte seine Eltern früh verloren, war bei seiner Großmutter aufgewachsen und die meiste Zeit auf sich selbst gestellt gewesen. Bei Kristín hatte er die langersehnte Wärme und Geborgenheit gefunden. Doch als er nach Siglufjörður zog, ging alles den Bach runter. Sie war von Anfang an mit seiner Entscheidung nicht einverstanden, blieb in Reykjavík und besuchte ihn noch nicht einmal an Weihnachten. Er ärgerte sich über sie, und allmählich wurde ihr Kontakt immer weniger, bis er einen Fehler machte. Von seiner Klavierlehrerin in Siglufjörður, einer jungen Frau aus den Westfjorden, hatte er sich sofort angezogen gefühlt. Sie hatte einen ähnlichen Einfluss auf ihn wie Kristín, hatte ihm in der Kälte und Einsamkeit in Siglufjörður ein Gefühl der Geborgenheit gegeben. Es begann mit einem Kuss und endete mit einem Besuch in ihrem Schlafzimmer, wo allerdings nicht viel passiert war. Doch das spielte keine Rolle – er war Kristín untreu gewesen, das musste er sich eingestehen. Der Schnee und die Dunkelheit hatten seine Sinne getrübt, und er hatte geglaubt, er sei verliebt. Jetzt wusste er, dass er eigentlich immer nur eine Frau geliebt hatte: Kristín.

Im trügerischen Liebesrausch hatte er Kristín angerufen, um Schluss zu machen, ihr gesagt, er habe in Siglufjörður ein Mädchen kennengelernt. Das Gespräch dauerte nicht lange. Ari hörte nur noch Gepolter und Lärm und nahm an, dass sie das Handy auf den Boden geschleudert hatte. Erst später erfuhr er, dass sie ihren Sommerjob und die Doktorandenstelle in Reykjavík bereits aufgegeben und geplant hatte, nach Akureyri zu ziehen, um in seiner Nähe zu sein.

Verdammte Scheiße – wie hatte er nur so blöd sein können?

Die »Beziehung« mit dem Mädchen in Siglufjörður endete ziemlich abrupt, als er ihr schließlich erzählte, er habe die ganze Zeit eine Freundin gehabt. Von da an gab es keine Klavierstunden mehr.

Ari vermisste Kristín. In dem Sommer nach der Trennung hatte er mehrmals versucht sie anzurufen, ohne Erfolg, und ihr auch ein paar E-Mails geschickt, ohne eine Antwort zu erhalten. Inzwischen war es schon ein paar Monate her, seit er das letzte Mal versucht hatte, Kontakt mit ihr aufzunehmen. Er wusste nur, dass sie nach Akureyri gezogen war und dort ihr praktisches Jahr abgeschlossen hatte. Zudem hatte er von einem gemeinsamen Freund aus Akureyri gehört, sie habe einen Job im Krankenhaus angenommen – schlimm zu wissen, dass sie so nah und doch so fern war.

Danach hatte er sich in die Arbeit gestürzt, sich richtig reingehängt. Ansonsten passierte nicht viel in seinem Leben.

Bevor Ari zur Wache ging, wollte er sich etwas Gesundes zum Frühstück kaufen. Er konnte unmöglich mit leerem Magen arbeiten, hatte sich keine Zeit genommen, zu Hause zu frühstücken.

Im Ort waren an diesem Tag ungewöhnlich viele Touristen

unterwegs. Ein kleines Kreuzfahrtschiff hatte am Morgen am Kai angelegt, und der Ort brummte vor Geschäftigkeit: Touristen machten eifrig Fotos, dazwischen Schüler, die Sommerjobs für die Gemeinde erledigten und mit Rechen und anderen Gartengeräten bewaffnet herumliefen. Aus der Bäckerei strömte der Duft von Zimt und Schokolade, verlockend, aber kein solides Frühstück. Hier backte man Zimtschnecken nach Siglufjörður-Art, und Ari musste zugeben, dass sie die alten Reykjavíker Zimtschnecken um Längen schlugen. Er warf einen Blick in die Bäckerei, die voller Touristen war, die ähnliche Absichten hatten wie er. Die Backwaren musste er sich jedoch für ein andermal aufsparen, ging stattdessen in das kleine Fischgeschäft am Rathausplatz und fragte nach Trockenfisch. Er aß zwar normalerweise keinen Trockenfisch zum Frühstück, aber der war immerhin gesund und lecker.

»Wollen Sie Seewolf, wie immer?«, fragte der Fischverkäufer.

»Ja, danke.«

»Alles klar, Herr Pfarrer.«

Ari reagierte gereizt, bezahlte den Fisch und verließ kurz angebunden den Laden. Er wurde ab und zu »Herr Pfarrer« genannt, ein Spitzname, der entstanden war, nachdem sich herumgesprochen hatte, dass er eine Zeitlang Theologie studiert hatte. Er hatte sich immer noch nicht daran gewöhnt.

Tómas roch den Fisch sofort, als Ari sich an den Tisch in der kleinen Kaffeestube in der Wache setzte und sein verspätetes Frühstück zu sich nahm.

»Nicht schon wieder dieses Zeug! Bekommst du davon denn nie genug?«

»Und ich dachte, ich wäre hier das Stadtkind«, entgegnete Ari und aß ungerührt weiter.

»Es ist was passiert. Hlynur ist auf dem Weg, er übernimmt heute die Wache«, sagte Tómas.

Tómas hatte sich stark verändert, seit seine Frau nach Reykjavík gezogen war, und wirkte um fast zehn Jahre älter. Seine Fröhlichkeit war wie weggewischt, und er hatte noch weniger Haare auf dem Kopf als vorher.

Es war nicht zu übersehen, dass Tómas einsam war. Ari wusste, dass sein jüngster Sohn nun auch ausgezogen war; er war auf dem Internat in Akureyri und hatte einen Sommerjob in Reykjavík, wo er mit zwei Klassenkameraden ein Zimmer gemietet hatte. Manchmal besuchte er seinen Vater übers Wochenende, das war alles. Deshalb war Tómas die meiste Zeit alleine in seinem Haus in Siglufjörður.

»Es wurde eine Leiche gefunden«, sagte Tómas.

»Eine Leiche?«

»Ja, im Skagafjörður, in Reykjaströnd in der Nähe der Grettislaug-Quelle.«

»Was geht uns das an?«, fragte Ari, bereute seine barsche Entgegnung jedoch sofort. Er war noch müde, war am gestrigen Abend lange wach geblieben und hatte eigentlich ausschlafen wollen.

»Ein junger Mann aus Schottland hat die Leiche entdeckt. Er war auf dem Weg zur Badestelle und ist an ihr vorbeigefahren.« Tómas ließ sich von Ari nicht bei seinem Bericht stören. »Die Leiche sah nicht gut aus, ich habe ein paar Fotos vom Tatort zugeschickt bekommen.«

»Mord?«

»Zweifellos, Meister. Ein brutaler Mord, der arme Mann war fast unkenntlich. Er wurde mit einem Brett ins Gesicht geschlagen. In dem Brett steckte ein Nagel, der ihm das Auge ausgestochen hat. Man hat uns um Unterstützung bei den Ermittlungen gebeten. Der Mann hatte seinen Wohnsitz hier im Ort.« In Tómas' Aussage schwang mit, dass der Mann nicht gebürtig aus Siglufjörður stammte.

»Ein Zugezogener?«, fragte Ari.

»Ja, genau. Elías Freysson. Ich bin ihm nie begegnet, jedenfalls nicht, dass ich wüsste. Bauunternehmer. Er hat am Héðinsfjörður-Tunnel gearbeitet. Ich habe den Kollegen mitgeteilt, dass wir hier im Ort Informationen über ihn einholen werden. Ich möchte, dass du die Leitung des Falls übernimmst.« Seine Stimme klang entschlossen. »Ich unterstütze dich natürlich, aber es ist an der Zeit, dass du mehr Verantwortung übernimmst.«

Ari nickte. Das gefiel ihm. Seine Laune besserte sich schlagartig, und die Müdigkeit war wie weggewischt. Nicht zum ersten Mal ging ihm durch den Kopf, dass Tómas womöglich darüber nachdachte, nach Reykjavík zu seiner Frau zu ziehen, und die Polizeiwache in sichere Hände übergeben wollte.

»Du meintest, Hlynur würde heute den Dienst übernehmen. Habe ich das richtig verstanden, dass er nichts mit dem Fall zu tun hat?«

»Richtig, Meister.«

Ari atmete erleichtert auf und hoffte dabei, dass seine Freude nicht zu offensichtlich war. Er konnte sich nicht vorstellen, mit Hlynur zusammenzuarbeiten. Sie waren nicht auf einer Wellenlänge, außerdem war Hlynur in den letzten Monaten keine große Hilfe gewesen. Er kam ständig erschöpft zur Arbeit, war unausgeschlafen und geistesabwesend.

»Gut, ich fange sofort an«, sagte Ari. »Weißt du, für wen Elías beim Héðinsfjörður-Tunnel gearbeitet hat?«

»Ich weiß, dass Hákon da Vorarbeiter ist. Hákon Halldórsson.« Dann fügte Tómas hinzu: »Er stammt aus Siglufjörður.« Seinem Tonfall nach zu urteilen war das die wichtigste Information über den Mann.

4. Kapitel

Als Hlynur Ísaksson zu seinem Dienst auf der Polizeiwache eintraf, sah er Ari und Tómas vertraulich miteinander schwatzen. Er hatte sofort das Gefühl, sie hätten ein Geheimnis, von dem er nichts wissen sollte. Was sich auf gewisse Weise als richtig herausstellte.

»Ari und ich müssen heute ein paar Vernehmungen durchführen«, sagte Tómas beiläufig. »In der Nähe von Sauðárkrókur wurde ein Mann tot aufgefunden, er hatte eine Verbindung zu Siglufjörður.«

Hlynur nickte und versuchte, sich nichts anmerken zu lassen.

»Kannst du heute den Dienst übernehmen?«, fragte Tómas, ohne wirklich mit einer Antwort zu rechnen. »Heute Nachmittag müsstest du für mich in die Grundschule gehen. Heute ist der letzte Schultag, und man hat uns gebeten, irgendwelche Urkunden zu überreichen. Eigentlich wollte ich selbst hingehen, aber das schaffe ich wohl nicht.«

Hlynur spürte, wie sein Herz schneller schlug. Kalter Schweiß brach ihm aus. Das konnte er nicht.

»Kann Ari das nicht machen?«, murmelte er.

»Wie, was meinst du damit? Ari und ich sind heute beschäftigt, das habe ich doch schon gesagt«, antwortete Tómas ziemlich barsch.

Hlynur wollte etwas entgegnen, brachte aber kein Wort heraus. Schließlich sagte er: »Ich, äh, ich bin nicht gut in so was. Das sagen wir lieber ab.«

»Das sagen wir nicht ab, verdammt noch mal! Du gehst da hin und basta!« Tómas marschierte aus dem Raum.

Hlynur nickte nur.

Er ließ den Kopf hängen, wäre am liebsten wieder nach Hause gegangen, hätte sich ins Bett gelegt und ausgeruht. Er arbeitete seit sechs Jahren mit Tómas in Siglufjörður zusammen, hatte viel mehr Erfahrung in der Polizeiarbeit als Ari und trotzdem den Eindruck, dass sich die Machtverhältnisse in den letzten Monaten verschoben hatten. Tómas schien Ari aus unerfindlichen Gründen mehr zu vertrauen. Das würde er Ari noch heimzahlen, denn Hlynur war alles andere als zufrieden mit dieser Entwicklung. Er musste allerdings zugeben, dass sich Ari in der letzten Zeit sehr bemüht und die Arbeit gut im Griff hatte, auch wenn die Fälle, die auf ihrem Tisch landeten, eher eintönig waren und keinen großen Spielraum ließen, seine Fähigkeiten unter Beweis zu stellen.

Andererseits hatte er selbst in den letzten Monaten nicht viel zustande gebracht, seit diese verdammten E-Mails aufgetaucht waren. Scheiße.

»Du bist nicht mehr richtig bei der Sache«, hatte Tómas ihm kurz nach Neujahr gesagt. Sie waren zu zweit auf der Wache gewesen und hatten in der Kaffeestube gesessen. Hlynur wusste aus Erfahrung, dass Tómas manchmal sehr direkt sein konnte und nicht lange um den heißen Brei herumredete. Er wusste nicht, wie er reagieren sollte, war geradezu erschrocken. Kurz vorher hatten sie noch über alltägliche Dinge gesprochen. Es war damals draußen ziemlich ungemütlich gewesen, und dasselbe galt für die Kaffeestube auf der Wache, die alles andere als heimelig war. Im Spülbecken stapelten sich schmutzige Tassen, und neben der Kaffeekanne lagen zwei geöffnete Packungen Schokokekse. Auf dem Tisch stand ein abgelaufener Kalender, den irgendeine Bank in Reykjavík zu Zeiten der Hochkonjunktur herausgegeben und den noch niemand weggeworfen hatte – ein Andenken an vergangene Zeiten.

Hlynur hatte Tómas schließlich angeschaut und gesagt: »Nicht richtig bei der Sache? Was meinst du?« Dabei wusste er es genau.

»Interessierst du dich noch für deine Arbeit? Du wirkst manchmal so abwesend, gedankenversunken, nicht so motiviert wie früher«, sagte Tómas, unnötig direkt.

»Ich versuche, mich zusammenzureißen«, murmelte Hlynur.

»Stimmt was nicht?«

»Nein«, sagte er und hoffte, dass Tómas seine Lüge nicht durchschaute. Immerhin beließ er es dabei.

Tómas wusste meistens, was los war.

Natürlich war Hlynur nicht richtig bei der Sache.

Es war jetzt gut ein Jahr her, seit die erste Mail gekommen war, wie aus heiterem Himmel. Hlynur hatte mit dem Laptop im Bett gesessen. Er wohnte in einer recht neuen Wohnung, mochte keine alten Häuser, in denen die Bodendielen knarrten. Dort fühlte er sich einigermaßen wohl. Die Wohnung hatte mehr Platz, als er eigentlich brauchte, deshalb diente ein Zimmer immer noch als Rumpelkammer für Sachen, die er aus Reykjavík mitgebracht hatte, als er den Job in Siglufjörður angenommen hatte. Darin standen diverse Kisten mit Büchern, die er nie las, DVDs, die er nie anschaute, und Klamotten, die er nicht mehr anzog.

Er war bei seiner Mutter in Kópavogur aufgewachsen, als jüngster von drei Brüdern. Seine Mutter hatte immer gearbeitet, tagsüber im Büro bei der Stadtverwaltung und abends in verschiedenen Jobs, meistens als Putzfrau. Er hatte sie nur selten gesehen, und sie war meistens todmüde gewesen, wenn sie mit den drei Jungen in der großen Hochhauswohnung am Abendbrottisch gesessen hatte. Montags gab es immer Schellfisch, daran erinnerte sich Hlynur gut, und es wurde stets selbst gekocht – für Fertiggerichte war kein Geld da. Die Familie erlaubte sich nicht viel Luxus.

Hlynurs Vater hatte seine Mutter nach Hlynurs Geburt verlassen. Später fand Hlynur heraus, dass er getrunken hatte, oft über kürzere oder längere Zeiträume abgetaucht und schließlich ganz gegangen war, als der dritte Junge – Hlynur – zur Welt gekommen war. Er hatte eine Freundin in den Westfjorden, arbeitete dort in verschiedenen Jobs zu Wasser und zu Lande, solange er es schaffte, sich vom Alkohol fernzuhalten, und kam nur selten nach Reykjavík. Die Jungen wuchsen im Grunde ohne Vater auf. Nachdem ihr Vater ein paar Jahre in den Westfjorden gelebt hatte, ließ er sich eines Abends bis zur Besinnungslosigkeit volllaufen und wachte nicht mehr auf; sein Körper war nach einem kurzen, kräftezehrenden Leben einfach nicht mehr funktionsfähig. Hlynurs Mutter erzählte den Jungen erst ein gutes Jahr später vom Tod ihres Vaters, und keiner von ihnen besuchte je sein Grab. Hlynur erinnerte sich dunkel an den Tag, als sie ihnen die Nachricht überbrachte. Seine älteren Brüder nahmen es schlechter auf als er, weil ihnen die Tragik der Sache bewusster war. Nach und nach begannen sie, ihn für das Schicksal ihres Vaters verantwortlich zu machen. »Papa ist weggegangen, als *du* auf die Welt kamst«, war ein Satz, den er öfter gehört hatte, als ihm lieb war. Er war nie gut mit seinen Brüdern ausgekommen – sie hatten sich immer gegen ihn verbündet. Seine Mutter war zu sehr damit beschäftigt gewesen, über die Runden zu kommen, um es zu bemerken. Hlynur hatte sich nicht getraut, seinen Brüdern etwas entgegenzusetzen, und seine Wut und seinen Hass stattdessen an schwächeren Klassenkameraden ausgelassen. Mobbing und Gewalt – er wurde ein Spezialist darin, Schwächere zu schikanieren. Und jetzt, seit die E-Mails kamen, musste er sich endlich mit seiner dunklen Vergangenheit auseinandersetzen.

Ungefähr zu der Zeit, als er aufs Gymnasium gekommen war, hatte er sein Verhalten geändert. Seine Wut war langsam abgeflaut, er hatte Mitleid mit denen empfunden, die er vorher schikaniert hatte, und war sich darüber bewusst geworden, dass sein Verhalten negativen Einfluss auf unschuldige Menschen hatte. Doch zunächst hatte er nichts unternommen, um seine alten Sünden zu begleichen.

Direkt nach dem Abitur war er zu Hause ausgezogen, auf die Polizeischule gegangen und hatte dann an verschiedenen Orten im ganzen Land gearbeitet, unter anderem in Reykjavík. Wegen der Kürzungen hatte er seinen dortigen Job verloren und war schließlich in Siglufjörður gelandet, wo man ihm eine Festanstellung anbot. Er hatte kaum Kontakt zu seiner Familie; seine Mutter arbeitete immer noch bei der Stadt Kópavogur, allerdings nicht mehr Vollzeit, denn auch sie hatte die Kürzungen bei der Stadtverwaltung zu spüren bekommen. Seine

Brüder traf er nur, wenn seine Mutter alle zum Essen einlud, wenn er zufällig mal in der Hauptstadtgegend zu tun hatte, höchstens ein paar Mal im Jahr. Er war zufrieden mit dieser Situation, hatte nicht viele Gemeinsamkeiten mit seiner Familie.

Hlynur hatte ein paar gute Freunde in Siglufjörður, verbrachte jedoch die meisten Abende vor dem Fernseher und nutzte sein Erspartes für Reisen. Zuletzt war er mit einem Kumpel zu einem Konzert nach England gefahren, davor ebenfalls dorthin zu einem Fußballspiel. Es hatte ein paar Frauen in seinem Leben gegeben, vor allem als er noch jünger war und in Reykjavík gelebt hatte. Jetzt hatte er eine Geliebte in Sauðárkrókur, die man kaum als Freundin bezeichnen konnte, aber das würde sich vielleicht mit der Zeit ändern. Sie arbeitete in der dortigen Grundschule, stammte aber aus dem Südland. Sie trafen sich ab und zu und schliefen miteinander. Meistens fuhr er zu ihr, sie kam nur selten nach Siglufjörður. Manchmal machte er abends noch eine Spritztour nach Sauðárkrókur, wenn er frei hatte. Fuhr meistens ein bisschen zu schnell, an den mächtigen Bergen entlang, durch den eindrucksvollen Skagafjörður – in den Wintermonaten in der unheimlichen Dunkelheit und im Sommer, wie jetzt, im schönen Abendlicht –, betrachtete die Inseln im Fjord, den einsamen Felsen *Kerlingin*, die Frau, der immer noch neben der Insel Drangey stand, nachdem der andere Felsen *Karlinn*, der Mann, längst im Fjord versunken war. Überlegte, wer von beiden das schlimmere Schicksal erlitten hatte: der Mann, den das Meer fortgerissen hatte, oder die Frau, die alleine zurückgeblieben war.

Doch es waren keine Frauengeschichten, die Hlynur an diesen Tagen umtrieben. Die verfluchten E-Mails gingen ihm nicht mehr aus dem Kopf.

Er musste ununterbrochen an die Vergangenheit denken und schlief nachts schlecht, manchmal gar nicht, gequält von Gewissensbissen.

Die erste Mail hatte er längst aus seinem Postfach gelöscht. Hatte sie nicht beantwortet und versucht, sie zu ignorieren. An der Mailadresse konnte man den Absender nicht erkennen, eine ausländische Freemail-Adresse, nur eingerichtet, um Hlynur einzuschüchtern.

Er hätte natürlich versuchen können, die Adresse zurückverfolgen zu lassen, aber das wollte er nicht. Hlynur wusste nämlich genau, oder glaubte es zumindest, warum er die Mail erhalten hatte, und wollte nicht, dass seine Kollegen davon erfuhren. Außerdem hoffte er, dass es dabei bleiben würde. Eine einzelne Mail, um ihn ein bisschen wachzurütteln.

Doch das war nicht der Fall. Die erste Mail war am 10. Mai des letzten Jahres gekommen, mittags an einem Sonntag. Die nächste Mail kam ungefähr zwei Monate später. Dieselbe Mailadresse, keine Unterschrift. Derselbe Text.

Diesmal löschte Hlynur die Mail nicht, sondern klickte sie regelmäßig an, sowohl auf der Arbeit als auch zu Hause, als Mahnung an die schrecklichen Dinge, die er gemacht hatte.

Hlynur hasste sich wegen seiner damaligen Verfehlungen. Er hatte alles versucht, um sie wiedergutzumachen, unter anderem einem alten Schulkameraden, einem damaligen Opfer, Informationen über eine Polizeiermittlung zugespielt. Dabei hatte er immer geahnt, dass es eines Tages zu einer wirklichen Abrechnung kommen würde – und nun schien sich seine Ahnung bestätigt zu haben. Es trafen weitere E-Mails ein, immer mit demselben Text. Hlynur bewahrte sie alle auf und las sie öfter, als ihm guttat, voller Selbstverachtung.

Noch hatte er keine Mail beantwortet. Er konnte nichts sagen, hatte keine Entschuldigung. Er fühlte sich wie ein Angeklagter bei einem Prozess, der einen Verteidiger abgelehnt und die Aussage verweigert hatte – nur auf das Urteil wartete.

Hlynur erinnerte sich gut an den Jungen. Sie waren schon mit sechs Jahren in derselben Klasse gewesen. Gauti hieß er, war untersetzt, trug eine dicke Brille und sagte nicht viel, war ein bisschen schüchtern. Hlynur hatte schon am ersten Tag angefangen, ihn fertigzumachen, der arme Junge erlebte nicht einen einzigen guten Schultag. Hlynur hatte noch weitere Klassenkameraden drangsaliert, aber Gauti war sein besonderer Liebling. Er verteidigte sich nie und zog sich mehr und mehr in seine Schale zurück, je schlimmer die Übergriffe wurden. In den ersten Jahren waren sie ausschließlich psychischer Art gewesen: Witze auf Gautis Kosten, im Unterricht ebenso wie in den Pausen, Hänseleien, die oberflächlich betrachtet so unschuldig wirkten, dass die Lehrer sie einfach ignorierten, aber im Grunde einen gut durchdachten Psychokrieg darstellten. Hlynur war es immer leichtgefallen, Menschen zu zermürben, war auch besonders geschickt darin, Angeklagte bei Verhören zu einem Geständnis zu bewegen.

Im Lauf der Schulzeit wurde das Mobbing gegenüber Gauti und anderen Klassenkameraden härter und brutaler, ab und zu setzte es auch Schläge. Hlynur war stark für sein Alter, was er bis zum Äußersten ausnutzte. Gauti musste nach wie vor am meisten darunter leiden. Der Schwimmunterricht eignete sich besonders gut. Wenn der Lehrer nicht hinsah, tauchte Hlynur Gauti unter Wasser, im Verlauf des Schuljahres immer länger und länger, und flüsterte ihm dann meistens zu, wenn er ihn losließ: *Als Nächstes zeige ich dir, wie man stirbt.*

Hlynur hatte nie verstanden, warum Gauti nicht aufgegeben hatte, warum er nicht einfach zu Hause geblieben war. Es war, als hätte man ihm eingeimpft, sich nicht zu drücken, nicht zu schwänzen. Manchmal war er allerdings krank, ungewöhnlich oft vielleicht.

Heute fiel es Hlynur schwer, an diese Jahre zurückzudenken. Als Erwachsener hatte ihn das schlechte Gewissen immer begleitet. Er gelobte Besserung, bereute zutiefst, doch manchmal überkamen ihn die Erinnerungen an die Grundschule wie tausend stechende Nadeln. Wie quälend mussten die Erinnerungen derjenigen sein, die er gehänselt, geschlagen und gequält hatte – tagein, tagaus?

Hlynur kannte den Grund für diese schrecklichen E-Mails. Er wusste, dass sie auf Gautis Mobbing beruhten, wusste genau, für welche Sünden er nun büßen musste. Es gab keinen Zweifel, der Inhalt der Mails war nämlich immer gleich. Nur ein Satz.

Als Nächstes zeige ich dir, wie man stirbt.

5. Kapitel

Kristín stand am Abschlag 18 auf dem Golfplatz von Akureyri. Sie war schon früh gekommen, alleine, doch nun füllte sich der Platz allmählich mit Golfern. Golf spielen hatte etwas Beruhigendes, bot die Möglichkeit, den Stress auf der Arbeit zu vergessen und an der frischen Luft zu sein. Ari und den ganzen Ärger zu vergessen.

Der Golfplatz war wie eine Oase in der Wüste, eine Quelle, an der sie Kraft für den Tag tanken konnte.

Eigentlich hatte es sie überrascht, wie begeistert sie inzwischen vom Golfen war. Letzten Sommer hatte sie an einem Golfkurs teilgenommen und die Technik wiederholt, die sie früher bei Kursen mit ihren Eltern gelernt hatte. Als es im Frühling wärmer geworden war, hatte sie die Golfschläger wieder hervorgeholt und war nun oft auf dem Golfplatz anzutreffen, meistens frühmorgens.

Während des Medizinstudiums hatte sie fast immer nur gebüffelt, aber jetzt war der Drang, sich zu bewegen und fit zu halten, stärker. Die Arbeit war stressiger, als sie erwartet hatte, im Vergleich dazu war das Lernen das reinste Kinderspiel gewesen. Vielleicht war ihr neu erwachtes Interesse am Sport auf diese zusätzliche Belastung zurückzuführen, wobei sie tief im

Inneren ahnte, dass Golf vielmehr einfach nur ein Sport war, den Ari nicht ausstehen konnte. Er hatte sich immer über ihre Freunde und Bekannten lustig gemacht, die Golf spielten, und das Testbild im Fernsehen spannender gefunden als Übertragungen von Golfturnieren.

Kristín konnte also zwei Fliegen mit einer Klappe schlagen: sich sicher sein, dort nicht auf Ari zu treffen, und Zeit mit einem Hobby verbringen, das er nicht mochte.

Sie hatte seit etwa eineinhalb Jahren nicht mehr mit ihm gesprochen. Seit er ihr erzählt – oder zumindest angedeutet hatte –, dass er sie mit irgendeinem Flittchen in Siglufjörður betrogen hatte. Kristín hatte allerdings nicht genauer nachgefragt und telefonierte im Übrigen nach dem Gespräch mit Ari gar nicht mehr mit diesem Handy: Es war nämlich zersplittert, als sie es auf den Boden geschleudert hatte. Dabei war sie normalerweise so ruhig und ausgeglichen. Dieses Betrugsgeständnis war wie ein Schlag ins Gesicht, und sie war wahnsinnig enttäuscht. Ihre Beziehung war zwar angespannt gewesen, nachdem Ari weggezogen war, ohne sich vorher mit ihr zu beratschlagen, doch im Grunde hatte sie sich immer vorgestellt, ihr Leben mit ihm zu verbringen, in einem hübschen Reihenhaus in einem Vorort mit ein paar Kindern und vielleicht einem Hund. Kristín versuchte sich einzureden, dass sie den Schock überwunden hätte und wieder im Gleichgewicht sei, obwohl sie wusste, dass das nicht stimmte. Das würde länger dauern. Ari hatte immer wieder versucht, Kontakt zu ihr aufzunehmen. Unzählige Anrufe und E-Mails, die sie nie beantwortet hatte. Er hatte es nicht anders verdient.

Sie hätte nie geglaubt, dass Liebeskummer so schlimm sein konnte. Eigentlich war sie froh, Ari nicht näher nach seiner Beziehung zu diesem Mädchen gefragt zu haben – es war besser, nichts darüber zu wissen. Andererseits ging ihre Phantasie oft mit ihr durch, wenn sie daran dachte. Sie verspürte einen großen Hass auf diese Frau, die sie nie gesehen hatte und deren Namen sie nicht kannte.

Ansonsten verlief Kristíns Leben in geregelten Bahnen. Arbeiten, arbeiten und wieder arbeiten.

Sie spielte das letzte Loch Par. Das einzige Par des Tages. Sie hatte schon bessere Tage gehabt.

Langsam gewöhnte sich Kristín an das Leben in Akureyri. Als sie sich nach dem Gespräch mit Ari wieder einigermaßen berappelt hatte, hatte sie sofort beim Landeskrankenhaus angerufen und versucht, ihren Sommerjob zurückzubekommen, dabei hatte sie gewusst, dass die Stelle bereits an ihre Freundin vergeben worden war. Sie, das Großstadtkind, musste sich damit abfinden wegzuziehen und suchte sich eine kleine Wohnung in Akureyri. Sie kannte dort so gut wie niemanden – nur einen jungen Mann, Natan, ein gemeinsamer Freund von Ari und ihr, der in Akureyri studierte. Sie trafen sich ab und zu auf einen Kaffee, und Kristín hatte ihn in Verdacht, Ari Informationen über sie weiterzugeben, sagte aber nichts dazu. Es war nur gerecht, wenn Ari erfuhr, wie gut es ihr ging und dass sie längst über ihn hinweg war. Das stimmte natürlich nicht ganz, aber sie bemühte sich und knüpfte große Hoffnungen daran, dass der Mann, den sie auf dem Golfplatz kennengelernt hatte, ihr dabei helfen würde. Drei Wochen war es jetzt her, als sie sich beim ersten Abschlag begegnet waren. Das war um sieben Uhr morgens, und Kristín hatte nicht damit gerechnet, andere Golfer auf dem Platz zu treffen. Doch er war ungefähr zur selben Zeit gekommen, hatte ihr freundlich zugelächelt und sie gefragt, ob sie alleine sei und mit ihm spielen wolle. »Es ist so langweilig, den ganzen Platz alleine abzuklappern«, sagte er scherzhaft. Sie nickte, obwohl sie anderer Meinung war, denn sie konnte sich kaum etwas Schöneres vorstellen, als alleine zu spielen – niemand, der einen störte, nur die frische Morgenluft und sie, ganz alleine auf der Welt. Aber sie willigte ein, denn er sah verdammt gut aus.

Er erzählte, er sei selbständiger IT-Spezialist, war um einiges älter als sie. Was keine Rolle spielte, denn sie verstanden sich gut. Und war Ari nicht einfach zu jung für sie gewesen? Womöglich fühlte sie sich zu älteren Männern hingezogen, wenn ihr Haar diesen seriösen grauen Anstrich bekam …

Er hatte vorgeschlagen, sich in ein paar Tagen wiederzutreffen und noch einmal neun Löcher zu spielen. Ihr erstes richtiges Date fand dann an einem Donnerstagabend in einem kleinen Café statt. Kristín kam pünktlich, doch er war schon vor ihr da, saß an einem kleinen Tisch in der Ecke und hatte zwei Stücke Apfelkuchen mit Sahne und heißen Kakao bestellt. Der perfekte Mann?

Kristín erzählte ihm, sie sei noch nicht ganz über eine Trennung nach einer langen Beziehung hinweg. Er meinte, das ginge ihm ähnlich, und erzählte Kristín später, er habe seine Frau verloren.

In der darauffolgenden Woche trafen sie sich mittags wieder und aßen in einem Restaurant in der Innenstadt Fisch. Dieses Date ging allerdings ziemlich in die Hose, denn sie konnten sich bei dem lauten Gläserklirren und Besteckgeklapper der Mittagsgäste kaum unterhalten. Daraufhin wollte er sie unbedingt zum Abendessen einladen, leider lagen ihre Schichten in jener Woche schlecht, doch nun hatte sie eine bessere Woche vor sich.

Kristín stieg in den Wagen, ein altes japanisches Auto, das sie günstig beim ortsansässigen Autohandel erstanden hatte – der Luxusjeep musste warten, bis sich ihre Ausbildung richtig bezahlt machte. Sie dachte an den vor ihr liegenden Tag, ein schöner Sommertag, aber ein ganz normaler Tag im Krankenhaus. Langweilig. Auf der Arbeit waren alle Tage ziemlich langweilig. Hatte sie ihre ganze Energie in ein Studium investiert, das vielleicht gar nicht zu ihr passte? Sie versuchte an etwas anderes zu denken – das würde sich mit der Zeit schon geben. Die ersten Jahre waren immer die schwersten. Wobei ihr ein Arzt einmal gesagt hatte, sein Beruf sei für ihn eine Berufung und keine Arbeit, jeder Tag sei wie ein kleines Wunder. Kristín merkte nichts davon und freute sich überhaupt nicht auf die Arbeit. Vielleicht war Ari vernünftiger gewesen als sie – immerhin hatte er mit der Theologie aufgehört, als er gemerkt hatte, dass das Studium nichts für ihn war, und sich etwas völlig anderem zugewandt. Sie musste schmunzeln, wunderte sich über sich selbst, und dachte dann, dass das bei ihr natürlich ganz anders war. Es lag einfach nur an der Müdigkeit, den langen Schichten – mehr nicht.

Da fiel ihr auf, dass sie doch wieder an Ari gedacht hatte.

Sie bekam ihn einfach nicht aus dem Kopf.

6. Kapitel

Reykjavík,
ein Jahr vor dem Leichenfund

Ich war todmüde von dem anstrengenden Tag. Wieder frisch in der Nachrichtenredaktion, ins kalte Wasser geworfen, nachdem ich den Job als Psychologin drangegeben hatte. Früher, als ich noch jünger war, war alles leichter gewesen. Jetzt war ich fast dreißig; das Alter, in dem alles möglich schien, war bald vorbei. Zeit, erwachsen zu werden.

Ich hatte am Laptop gesessen, die Minuten verstreichen lassen, versucht, den Kopf leer zu bekommen. Legte mich dann auf das blaue Sofa im Wohnzimmer und schloss die Augen. Das Sofa war vom Trödelmarkt, hübsch, aber nicht besonders bequem. Ich legte mich trotzdem darauf, hatte einfach keine Kraft, mich nach dem langen Arbeitstag ins Schlafzimmer zu schleppen.

Ich musste mich erst an den neuen Rhythmus gewöhnen, war in letzter Zeit so schlapp, zu hoher Blutdruck, Kratzen im Hals, viel zu viel Stress. In der Redaktion gab es keinen ruhigen Tag. Die Nachrichten kamen pünktlich jeden Abend, und niemand konnte eine ruhige Kugel schieben – die Meldungen mussten immer zur richtigen Zeit fertig sein. Für den Druck und das Arbeitstempo war der Job furchtbar schlecht bezahlt. Im Krankenhaus hatte es auch mal Leerlauf gegeben, halbe und ganze Tage, an denen niemand etwas von mir wollte – Tage, an denen man durchatmen konnte. Diese Vorstellung war in der Redaktion völlig abwegig. Das Leben spielte sich jetzt ab. Ruck, zuck Aufgaben verteilt, ein paar Telefonate, mit einem Kameramann zum Schauplatz, Interview gemacht und geschnitten, Meldung eingelesen – alles in Rekordzeit fertig. So war jeder einzelne Arbeitstag. Aber es machte mir einen Riesenspaß.

Zum Glück hatte ich bald eine Woche frei und wollte sie nutzen, um einen Artikel über meine Großmutter zu schreiben, die ich nie kennengelernt hatte. Der Artikel sollte im Herbst in einer Zeitschrift erscheinen, die Geschichte einer Hausfrau in der Nachkriegszeit. Eine wahrhaft tragische Geschichte.

Ich wusste genau, warum ich mich darum bemüht hatte, diesen Artikel schreiben zu dürfen, und ließ meine Gedanken in vergangene Zeiten schweifen.

Ich war ein kleines Mädchen, saß auf einem Gartenstuhl an einem alten Tisch im Garten meines Großvaters auf dem Land, im Bezirk Landeyjar. Der Garten war in der Sommersonne so schön, Großvaters Werkstatt, ein Holzschuppen mit ein paar kleinen Fenstern, in dem auch zusammenklappbare Sonnenstühle und Spielzeug aufbewahrt wurden, ein alter Sattel, alte, ausgeleierte Badmintonschläger und ein Ball. Es war warm, aber ein bisschen windig. Ein Zaun umgab den Garten, der ziemlich verwildert war. Die Rosenzucht war eingegangen, nachdem Lárus seine Frau verloren hatte – Ísbjörg, meine Großmutter.

Wir waren eine Woche lang zu Besuch bei Großvater, meine Eltern waren auch da, machten aber gerade eine Spritztour mit dem Auto. Ich saß alleine im Garten, acht oder neun Jahre alt, als mein alter Großvater mit einer großen Kiste aus dem Haus kam.

»Das sind verschiedene Sachen, die deiner Oma gehörten«, sagte Großvater und schaute mich vielsagend an. »Ich habe die Ab-

stellkammer aufgeräumt und die Kiste gefunden. Dein Vater oder seine Schwestern haben sie eingeräumt, als deine Oma gestorben ist. Am besten, man schmeißt weg, was man wegschmeißen muss.«

Ich war nach meinen beiden Großmüttern benannt – meiner Großmutter väterlicherseits, Ísbjörg, und meiner färöischen Großmutter mütterlicherseits, Heiðrún. Daraus wurde der Name Ísrún. Oma Ísbjörg war viel zu früh gestorben, mit gerade mal fünfzig. »Deine Oma hat viel zu viel geraucht«, sagte mein Vater immer, »und ist dann an Krebs gestorben.« Ich fing nie an zu rauchen.

Ich hatte keine Gelegenheit gehabt, Oma Ísbjörg kennenzulernen. Sie starb ein paar Jahre bevor ich auf die Welt kam. Meine Großeltern auf den Färöern traf ich nur selten, aber Opa Lárus in Landeyjar war immer da. Wir besuchten ihn mehrmals im Jahr, und im Winter übernachtete er oft bei uns oder bei den Schwestern meines Vaters in Reykjavík.

Schon früh spürte ich eine starke Verbindung zu Oma Ísbjörg. Viele erzählten, ich sei ihr ähnlich, vom Charakter und vom Aussehen her. Sie war wie ein fernes Trugbild, eine Frau, die ich nie getroffen, mit der ich aber viel gemeinsam hatte. Ich dachte oft daran, wie schön es gewesen wäre, sie gekannt zu haben. Warum hatte der Krebs sie mir weggenommen?

Mein Herz schlug schneller, als Großvater an jenem Sommertag mit der Kiste aus dem Haus kam. Sachen von Großmutter!

Er fing an, darin herumzustöbern, hatte einen Müllsack dabei. Ein paar Rechnungen wanderten in den Müll, und dann war da noch ein altes Notizbuch.

»Ihr Rezeptbuch«, sagte er. »Willst du das vielleicht haben?«

Ich nahm es freudig entgegen, wie eine seltene Kostbarkeit. Seit ich von zu Hause ausgezogen bin, bewahre ich dieses Rezeptbuch in meiner Küche auf und benutze es oft.

Dann kam aus der Kiste das Tagebuch zum Vorschein. Es war hübsch eingebunden, abgegriffen und hatte ein altmodisches Schloss. Der Schlüssel war nicht dabei, aber das war wohl kaum ein Hindernis.

»Deine Oma hat als Teenager in dieses Buch geschrieben und dann später wieder, als sie krank wurde, bis sie zu schwach war, um einen Stift in der Hand zu halten«, sagte Opa Lárus.

»Darf ich es haben?« Am liebsten hätte ich ihm das Buch aus der Hand gerissen und das Schloss aufgebrochen.

»Sie hat mir nie gezeigt, was sie geschrieben hat«, entgegnete er.

»Darf ich es haben?«, insistierte ich.

»Haben? Nein, das wandert direkt in den Müll. Das hat sie nur für sich geschrieben.«

Großvater warf das Tagebuch in den Müllsack. Ich nahm mir vor, es bei einer günstigen Gelegenheit wieder herauszufischen, aber dieser Plan wurde vereitelt, denn Großvater sagte: »Ich bringe den Sack gleich zur Mülldeponie.«

Ich durfte ihn begleiten und hoffte, dass er seine Meinung ändern würde.

Ich musste dieses Tagebuch unbedingt lesen.

Das Buch war das Einzige, was mir einen Einblick in Oma Ísbjörgs Gedankenwelt geben konnte.

Die Sekunden krochen dahin wie bei einer Zeitlupe im Fernsehen, als Opa den Sack nahm und in den Müllcontainer warf.

Es war so endgültig, so brutal.

In den folgenden Jahren sah ich das Ereignis immer wieder vor mir, versuchte mir vorzustellen, was in dem Tagebuch gestanden hatte, das nun für immer fort war.

7. Kapitel

Die Nachricht von dem Leichenfund hatte sich in Windeseile übers Internet verbreitet. Nur dass das Opfer seinen Wohnsitz in Siglufjörður gehabt hatte, war noch nicht bekannt geworden. Dort ging das Leben seinen gewohnten Gang.

Es würde ein schöner Tag werden, und die Wettergötter hatten nicht die Absicht, düstere Wolken aufzuziehen, nur weil ein Einwohner des Orts eines grausamen Todes gestorben war.

Ari hatte sich mit Hákon Halldórsson, dem Vorarbeiter beim Bau des Héðinsfjörður-Tunnels, in einem Café am Yachthafen verabredet. Laut Tómas' Aussage – der Mann war ein wandelndes Lexikon über die Ortseinwohner – war Hákon vor allem dafür bekannt, Sänger der Band *Die Heringsjungs* gewesen zu sein. Besagte Jungs hatten zwar ihre Hochphase erlebt, als der Hering schon fast wieder verschwunden war, waren aber ziemlich beliebt gewesen, hatten auf Bällen im ganzen Land gespielt und drei Platten produziert. Hákon war inzwischen über fünfzig, seiner Rolle als Popstar nie ganz entwachsen und kutschierte, bei gutem Wetter, mit einem alten roten MG-Sportwagen durch die Gegend, den Ari schon mal im Ort gesehen hatte. Ein schönes Auto.

Hákon stand auf, als Ari herankam. Er war stämmig, hatte eine beachtliche Wampe und trug eine schwarze Lederjacke, Wollpulli und Jeans. Offenbar genoss er den Sommer mit Vorsicht und wollte sich nicht von dem beißenden Nordwind ärgern lassen. Der kleine Mann mit den kurzen grauen Haaren und dem struppigen Bart begrüßte Ari mit festem Handschlag und sagte fröhlich: »Ist das nicht der Pfarrer?«

»Nein«, antwortete Ari seufzend. »Ich heiße Ari Þór.«

Hákon nahm wieder Platz, er saß draußen an einem Tisch mit einer dampfenden Tasse vor sich, und bot Ari an, sich zu setzen.

»Schon gut, schon gut, entschuldigen Sie. Ich dachte, Sie wären Theologe. Was gibt's denn?«

Ari hatte ihm am Telefon gesagt, dass er mit ihm über einen seiner Mitarbeiter reden wolle.

»Es geht um den Leichenfund in Reykjaströnd im Skagafjörður.«

Hákon ließ sich davon nicht aus der Ruhe bringen, schien rau und abgehärtet zu sein wie die Berge, an denen er aufgewachsen war. Ein Mord reichte nicht, um ihn aus dem Gleichgewicht zu bringen.

»Davon haben Sie doch bestimmt schon gehört, oder?«, fragte Ari.

»Doch, doch, das war ja heute Morgen in den Nachrichten. War es nicht Mord? Schien mir jedenfalls so.« Hákon blieb immer noch gelassen. »War das etwa einer von meinen Leuten?«, fragte er dann mit einem Hauch von Besorgnis in der Stimme.

»Ja«, antwortete Ari knapp. »Ich möchte Sie bitten, diese Informationen erst einmal für sich zu behalten. Wir wollen den Namen des Toten noch nicht bekanntgeben.«

Hákon nickte, aber Ari wusste genau, dass der Name in Nullkommanichts bei der Presse durchsickern würde, ob nun durch Hákon oder jemand anderen.

»Er hieß Elías … Elías Freysson.«

»Elías, ach, soso.« Hákon wirkte erstaunt oder jedenfalls so erstaunt, wie er es sich zugestand. »Und ich dachte immer, der wäre ein guter Junge.«

»Auch gute Jungen werden umgebracht.«

Hákon murmelte etwas in seinen Bart. »Wenn Sie meinen.«

»Hat er lange bei Ihnen gearbeitet?«

»Er hat genau genommen nicht bei mir gearbeitet«, sagte Hákon beiläufig. »Elías war selbständig, hat seit ungefähr eineinhalb Jahren zusammen mit uns am Tunnel gearbeitet. Sie waren zu viert, er und drei Jungs, die bei ihm arbeiten … Jungs, sage ich, dabei war einer von ihnen älter als Elías und die anderen.«

Ari hatte die wichtigsten Informationen über den Verstorbenen eingeholt, bevor er zu dem Treffen mit Hákon gegangen war. Elías war vierunddreißig gewesen, wohnhaft in der Hvanneyrarbraut in Siglufjörður, unverheiratet und kinderlos.

»Soweit ich weiß, wohnte er hier im Ort, in der Hvanneyrarbraut, stimmt das?«, fragte Ari mit förmlichem Tonfall.

»Doch, doch, das stimmt. Er hat da eine Wohnung gemietet, bei Nóra, nicht weit vom Schwimmbad. Ich war aber noch nie da.« Er trank einen Schluck Kaffee.

»Wohnte er dauerhaft hier?«

»Doch, doch, ich glaube schon. Er hat natürlich hier und da Aufträge angenommen. Hat zuletzt an einem Sommerhaus gearbeitet … ja, im Skagafjörður, genau. Wurde die Leiche etwa da gefunden? Der arme Kerl.« Hákon klang nun doch etwas mitfühlender und schien erst jetzt zu begreifen, dass sein Kollege tot war.

»Ich denke, es ist besser, wenn ich erst mal nicht zu viel sage«, entgegnete Ari bestimmt. »Können Sie mir Auskünfte über die Männer geben, die bei ihm gearbeitet haben?« Er riss ein Blatt aus seinem Notizbuch und gab es Hákon, der drei Namen aufschrieb, dann in seinem Handy nachschaute und die Telefonnummern hinzufügte.

»Bitte sehr. Das sind alles Ehrenmänner.« *Und keine Mörder*, verbarg sich hinter seinen Worten.

Ari machte Anstalten aufzustehen. Einige Passanten waren stehen geblieben und spähten immer wieder zu Hákon und ihm herüber, taten aber so, als betrachteten sie die Boote im Hafen oder das prächtige Kreuzfahrtschiff. Sie machten sich bestimmt so ihre Gedanken darüber, warum der Vorarbeiter vom Tunnelbau sich mit der Polizei unterhielt. Der Klatsch würde sich schnell verbreiten.

»Hören Sie zu, mein Freund«, sagte Hákon dann. »Sie sollten lieber mit diesem Künstler sprechen. Die Jungs tun keiner Fliege was zuleide.«

Ari richtete sich auf seinem Stuhl auf.

»Hören Sie mal zu, mein Freund«, entgegnete er. »Sie sagen mir nicht, wie ich meine Arbeit machen soll …«

Hákon stutzte und fiel Ari dann ins Wort.

»Nein, hören Sie, Entschuldigung.«

»… auch wenn Sie ein alter Popstar sind«, ergänzte Ari. »Von welchem Künstler sprechen Sie?«

»Ja, hören Sie, der heißt Jói. Ich weiß seinen Nachnamen nicht, er nennt sich nur Jói. Er ist Performance-Künstler …

Gott weiß, was das bedeuten soll. Und er ist auch, ach, Sie wissen schon …«

»Nein, weiß ich nicht«, sagte Ari und wartete geduldig darauf, dass Hákon das richtige Wort einfiel.

»… so ein Umweltaktivist.« Die Verachtung in Hákons Stimme war nicht zu überhören.

»Und Elías und er kannten sich?«

»Ja, sie haben zusammen für das Unterstützungskonzert gearbeitet, das in Akureyri stattfinden soll. Elías war schwer aktiv bei diesen Wohltätigkeitsgeschichten, er hat ein Konzert für die Familienhilfe organisiert, die von Nóra geleitet wird. Die Familienhilfe, Sie wissen schon …«

Diesmal wusste Ari die Antwort: Die Familienhilfe war kurz nach dem Bankencrash ins Leben gerufen worden, um Familien und Alleinstehenden in Nordisland zu helfen, die in wirtschaftlichen Schwierigkeiten waren, ihre Arbeit verloren hatten oder finanziell nicht mehr auf die Füße kamen. Es handelte sich um eine Privatinitiative von Bürgern, unter anderem aus Siglufjörður, die erfolgreich gestartet war. Ari hatte selbst ein paar tausend Kronen gespendet, als der Verein gegründet wurde und Unterstützer suchte.

»Und wie gestaltete sich diese Zusammenarbeit? Wollte Jói bei dem Konzert eine Performance abhalten? Hat Elías für die Familienhilfe gearbeitet?« Ari bereute es sofort, so viele Fragen auf einmal gestellt zu haben – ein grundlegender Fehler bei vielen Verhören –, aber Hákon ließ sich nicht durcheinanderbringen und antwortete gewissenhaft.

»Also … Elli … Elías bekam im Frühjahr angeboten, ein Konzert zu organisieren, dessen Gewinn der Familienhilfe zufließen soll. Er hat sich um die gesamten Vorbereitungen gekümmert. Jói wollte bei dem Konzert singen, er ist nebenbei Liedermacher, und sie sind irgendwie aneinandergeraten, mehr weiß ich auch nicht. Kurz gesagt, Jói ist der Mann, den Sie sich vorknöpfen sollten, nicht Ellis Kollegen.« Er schmunzelte in seinen Bart.

Ari stand auf und sagte: »Mal sehen, danke für das Gespräch … mein Freund.«

Dann ging er entschlossenen Schrittes davon.

8. Kapitel

Ísrún hatte nach dem Morgenmeeting sofort beim Meteorologischen Institut angerufen, um sich nach der Asche zu erkundigen, die in der Stadt bemerkbar war. Sie sprach mit einer jungen Frau, die frisch von der Uni kam, aber alles über die Asche und die Luftverschmutzung in Reykjavík wusste. Ein wandelndes Lexikon und die perfekte Interviewpartnerin – bis Ísrún sie danach fragte. Da stutzte sie, verhaspelte sich zum ersten Mal und lehnte ein Interview rigoros ab.

»Können Sie mich nicht einfach zitieren?«, fragte sie.

»Das kommt leider nicht so gut rüber«, sagte Ísrún und leierte ihr Sprüchlein herunter, das sie schon auswendig konnte. »Da ich den Beitrag fürs Fernsehen produziere, ist es sehr wichtig, dass die Zuschauer meinen Gesprächspartner sehen. Wiederholen Sie einfach das, was Sie mir gerade am Telefon erzählt haben, der einzige Unterschied ist, dass dabei eine Kamera im Raum steht.« Dann log sie: »Die merken Sie gar nicht.«

Ísrún musste sich richtig ins Zeug legen, um die arme Frau zu einem Fernsehinterview zu überreden. Am Ende gab sie klein bei, doch da hatte Ísrún bereits Zweifel, ob sie wirklich eine so gute Gesprächspartnerin wäre. Gestresste Leute kamen auf dem Bildschirm sehr schlecht rüber, und häufig musste man ihre Aussagen, selbst kurze Sätze, mehrmals aufnehmen. Manchmal war es wirklich am besten, mit Politikern zu reden – die konnten meistens flüssig reden.

»Sieht man auf dem Bildschirm denn nicht, wie aufgeregt ich bin?«

»Aber nein, das merkt garantiert niemand. Die Kamera verbirgt das alles.«

»Wenn es nicht gut wird, dann schneiden Sie es einfach raus, ja? Und zitieren mich lieber.«

»Natürlich«, log Ísrún erneut. Sie bekam langsam ein schlechtes Gewissen, aber der Zweck heiligte die Mittel. Diese Frau wusste alles über Ascheflug und Luftverschmutzung, und der Beitrag würde mit einer Gesprächspartnerin im Bild nur lebendiger und interessanter werden.

Das Interview war eine Katastrophe. Nach der zehnten Aufnahme warf der Kameramann Ísrún böse Blicke zu, die hätten töten können. Dann sagte sie endlich: »Okay, wir müssen jetzt los, ich kann bestimmt was davon verwenden.«

»Hoffentlich«, sagte die Frau und gab Ísrún zum Abschied die Hand, mit schweißnassen Fingern.

»Der Ascheflug wird sich im Lauf des Tages noch verschlimmern«, hatte die Frau vom Meteorologischen Institut gesagt. Was eine gute Neuigkeit war, denn dann würde der Beitrag vielleicht weiter vorne in der Sendung gezeigt – wobei der Leichenfund definitiv die erste Meldung war.

Der Mordfall war in aller Munde, als Ísrún zurück in die Redaktion kam.

»Wir haben einen Namen«, hörte sie Ívar Kormákur zurufen. »Elías Freysson. Wohnhaft in Siglufjörður. Bauunternehmer. Hat sich da im Norden mit Wohltätigkeitsprojekten beschäftigt. Das gibt dem Ganzen eine völlig neue, spannende Dimension. Gutmensch ermordet! Irgendwas in der Richtung. Du findest schon einen interessanten Blickwinkel.«

»Einen interessanten Blickwinkel?«, entgegnete Kormákur. »Der Mann wurde ermordet. Reicht das denn nicht?«

Ívar grinste gereizt und drehte sich zu Ísrún, wohl wissend, dass sie sich nicht über ihn lustig machen würde. »Wie läuft's mit deinen Kurzmeldungen?«

»Ganz gut.« Sie senkte den Blick. Früher hätte sie sich nicht so kleinmachen lassen.

»Ívar.«

Der Redaktionsleiter schaute auf. Ísrún stand an seinem Schreibtisch. Was wollte sie denn jetzt schon wieder? Ihm vielleicht für den Spruch mit den Kurzmeldungen eins draufgeben, eine Viertelstunde später? Wohl kaum.

»Wolltest du nicht den Beitrag über die Vulkanasche fertig machen?«, fragte er barsch. Er hatte sich noch nie bemüht, am Arbeitsplatz höflich zu sein – außer gegenüber seinen Vorgesetzten natürlich.

Sie zögerte.

»Na, nun komm schon zum Thema.« Er seufzte.

»Ich dachte, ich könnte mir zusammen mit Kommi mal diesen Mordfall näher anschauen. Es ist ziemlich ruhig bei mir«, sagte sie mit geröteten Wangen und schien ganz aufgewühlt zu sein.

»Ruhig? Das klingt nicht gut.«

»Ich habe die nächsten Tage Dienst und kann den Fall mitverfolgen«, sagte Ísrún ein bisschen bestimmter als sonst. Das überraschte ihn.

»Wir können nicht zwei Leute dafür abstellen«, erklärte Ívar. »Hast du den Sommerbeitrag schon geschnitten?«

»Nein, aber der ist fast fertig. Können die Urlaubsvertretungen ihn nicht fertigstellen?«

»Mal sehen. Wir bringen ihn wahrscheinlich in den Spätnachrichten. Und der Ascheflug?« Ívar verlor langsam die Geduld.

»Ja … ich habe eine Meteorologin beim Wetterinstitut interviewt. Das kann man bestimmt verwenden«, sagte sie verlegen. »Ich würde gerne in den Norden fahren.«

»In den Norden?«, entgegnete Ívar verwundert.

»Ja, in den Skagafjörður. Wo die Leiche gefunden wurde. Vielleicht auch nach Siglufjörður.«

»Verdammt noch mal, Ísrún, wir können dich nicht einfach so aufs Land schicken. Wir müssen sparen und damit basta.«

»Aber …«

»Basta.«

»Die Sache ist die …«, sagte sie, senkte ihre Stimme und beugte sich zu ihm, »… dass ich eben einen Anruf bekommen habe und glaube, dass wir dem nachgehen sollten.«

»Einen Anruf? Lass hören. Wer hat dich angerufen?«

»Das kann ich dir leider nicht sagen.«

»Warum nicht, zum Teufel?«, zischte er und beherrschte sich im letzten Moment, nicht mit der Faust auf den Tisch zu schlagen.

»Es war ein Freund von mir aus Akureyri. Er kannte diesen Typen, aber ich weiß nicht, wie viel ich dir erzählen darf.«

Ívar wurde wieder laut: »Na los, nun sag schon!«

»Nur, wenn ich diese Seite des Falls untersuchen darf.«

»Na gut, verdammt noch mal! Dann mach doch, was du

willst.« Er musste auf der Hut sein. Am Ende würde sie noch zu einer gefährlichen Konkurrentin für die Stelle des Nachrichtenchefs.

»Er hat mir erzählt, Elías sei da oben im Norden in Drogengeschichten verwickelt gewesen«, flüsterte Ísrún, als enthülle sie ein Staatsgeheimnis.

»Drogenschmuggel? Echt?«, fragte Ívar völlig verdutzt. »Versuch, was darüber rauszukriegen. Ich kann dir nicht versprechen, dass wir deine Benzin- und Übernachtungskosten erstatten können. Vielleicht, wenn du uns eine gute Schlagzeile lieferst.« Dann fügte er hinzu: »Und ich kann auf keinen Fall einen Kameramann entbehren. Darüber müsstest du mit unserem Korrespondenten im Norden verhandeln, aber nur, wenn du ein sensationelles Interview bekommst. Ansonsten machst du dir nur Notizen und schickst Kommi einen Text für seinen Beitrag.« Er versuchte, das vorletzte Wort besonders zu betonen. Wenn wirklich etwas dabei heraussprang, würde er die Anerkennung eher Kommi als Ísrún gönnen.

»Super.« Sie lächelte. Ívar sah sie nur selten lächeln. »Dann fahre ich heute Nachmittag los. Mach dir keine Gedanken wegen der Hotelkosten, ich kenne eine günstige Pension in Akureyri. Ich kenne mich da ganz gut aus, habe ja da im Krankenhaus gearbeitet.«

»Ach, stimmt ja …«, sagte Ívar. »Warum hast du da eigentlich aufgehört?« Ja, warum war sie nicht einfach in Nordisland geblieben? Dann käme sie ihm jetzt nicht in die Quere.

Ísrún scherte sich nicht darum, Ívars Frage zu beantworten. Ihre Antwort hätte ihn überrascht, und sie hätte es vielleicht geschafft, ihn ein einziges Mal sprachlos zu machen.

Sie war einfach nur froh, dass sie sich durchgesetzt hatte. Sie würde in den Norden fahren.

Möglicherweise war sie ein bisschen zu weit gegangen mit dieser Erfindung, dass Elías in Drogengeschichten verwickelt gewesen sei.

Eine Notlüge – aber irgendwas musste sie ja anführen, um an dem Fall arbeiten zu dürfen.

9. Kapitel

Südisland,
ein Jahr vor dem Leichenfund

Meine Urlaubswoche hatte begonnen. Hoffentlich würde es mir gelingen, mich an der Südküste in aller Ruhe von der Müdigkeit und dem Stress zu erholen.

Ich wollte einen Artikel über meine Großmutter schreiben – oder suchte ich vielleicht immer noch irgendwie nach dem Tagebuch? Suchte ich danach, seit ich gesehen hatte, wie Großvater es in den Müllcontainer warf?

Vielleicht hatte Opa Lárus – der vor ein paar Jahren gestorben war – doch recht gehabt. Oma Ísbjörg hatte es für sich selbst geschrieben, nicht für andere.

Ich fuhr mit meiner alten Karre Richtung Osten und hielt mich nur an die Geschwindigkeitsbegrenzung, weil es unvermeidlich war. Nach modernen Kriterien war der Wagen nicht besonders leistungsstark. Als ich auf der kurvenreichen Schotterstraße aus einer Kurve kam, tauchte Großvaters altes Haus in Landeyjar vor mir auf. Es stand auf einer kleinen Anhöhe, in der einen Richtung mit Blick ins Landesinnere und in der anderen hinaus aufs Meer, bis zu den Westmännerinseln.

Ein grenzenloser Spielplatz für ein kleines Mädchen zu Besuch bei seinem Großvater, allerdings immer windig, sogar im Hochsommer, zumindest in der Erinnerung.

Ich bog in den Zufahrtsweg, öffnete das Tor in dem Stacheldrahtzaun und vergaß dabei fast, dass ein junges Paar mit zwei kleinen Kindern das Haus nach Großvaters Tod gekauft hatte. Seitdem war ich nicht mehr dort gewesen.

Auf dem Hofplatz stand ein ziemlich neuer Kombi. Ein fröhlicher Hund begrüßte mich, als ich aus dem Wagen stieg.

Ich wusste, dass mir dieser Besuch für meinen Artikel nicht viel bringen würde, dennoch zog mich etwas zu diesem Ort.

So viele Kindheitserinnerungen – schöne Erinnerungen.

Eine junge Frau kam zur Tür.

Nachdem sie mich gesehen hatte, schwieg sie einen Moment. Eine winzige Pause nur; sie hatte die Brandnarbe in meinem Gesicht gesehen und versuchte es zu überspielen. Lange genug, um mich daran zu erinnern, dass ich mich von der Masse abhob.

Ein paar Leute hatten mir geraten, mich über die Möglichkeiten einer kosmetischen Operation zu informieren, aber ich hatte es nie gemacht. Wahrscheinlich wollte ich tief im Inneren anders sein, gegen den Strom schwimmen.

Endlich sagte die junge Frau »guten Tag« und lächelte.

»Hallo, ich heiße Ísrún.«

»Ja, genau, die Journalistin, nicht wahr?«

Die Frau spähte über meine Schulter.

»Haben Sie keinen Kameramann dabei?«

»Äh … nein, ich komme nicht beruflich. Ich schreibe einen Artikel über meine Großmutter. Sie hat hier mal gewohnt«, erklärte ich.

»In diesem Haus?«

»Ja. Dürfte ich mal reinschauen?«

Sie bat mich ins Haus. Schwer, es jemandem zu verweigern, der einst regelmäßig zu Gast gewesen war.

Ich versuchte, den Besuch auszukosten, Erinnerungen strömten auf mich ein, obwohl die neuen Eigentümer einiges verändert hatten, das meiste natürlich zum Besseren: Eine neue Kücheneinrichtung, ein renoviertes Badezimmer. Doch der Charme war auf gewisse Weise verschwunden; das war nicht mehr Großvaters gutes altes Haus.

Ich hätte natürlich gerne dort übernachtet, wenn es möglich gewesen wäre. Stattdessen hatte ich schon vereinbart, bei meiner Tante zu wohnen, die in der Nähe einen Bauernhof und immer ein freies Zimmer für Verwandtschaft hatte.

Dort wollte ich ausschlafen, mich entspannen und den Artikel schreiben. Außerdem hatte ich mich mit zwei Frauen verabredet, die Oma Ísbjörg gut gekannt hatten. Sie freuten sich darauf, über alte Zeiten zu reden.

Ich war schon sehr gespannt.

10. Kapitel

Svavar Sindrason saß in dem alten Baststuhl am Fenster und schaute hinaus. Hier hatte er schon oft gesessen und das Wetter verfolgt. Der Blick war zwar nichts Besonderes, er sah vor allem die Wand des Nachbarhauses, aber das spielte keine Rolle. Er sah zum Himmel.

Ab und zu ging er zur Messe, wohl mehr aus Pflichtbewusstsein denn aus Frömmigkeit, hatte aber doch seinen Glauben. Er glaubte an höhere Mächte, suchte jedoch selten Rat bei Gott. Er rechnete nicht mit einer Antwort.

Svavar war in den Vierzigern. Es war nicht sein Plan gewesen, mit vierzig immer noch in Dalvík zu wohnen, in dem alten Haus. Er brauchte Geld und wollte ins Ausland ziehen. In Dalvík war er geboren und hatte dort sein ganzes Leben verbracht, allerdings mit Unterbrechungen. Eine Zeitlang hatte er in Reykjavík gearbeitet und dort zur Miete gewohnt, besaß jedoch das inzwischen schuldenfreie Haus in Dalvík, seit seine Eltern gestorben waren. Er fühlte sich wohl im Ort, hatte aber immer von einer kleinen Wohnung in Südeuropa geträumt, am besten am Meer, wo er relaxen, die Sonne und kühle Drinks genießen konnte. Man musste einiges auf sich nehmen, um seine Träume wahr werden zu lassen.

Svavar hatte die Nachrichten verfolgt.

Nun saß er am Fenster und dachte an die Allmacht Gottes.

Ungewöhnlicherweise war er ziemlich ratlos.

Fragen über Leben und Tod quälten ihn.

Über sein eigenes Leben, den Tod eines anderen Menschen.

Wie weit konnte er gehen, um seine eigene Haut zu retten?

Er besaß nur ein Leben und wollte es leben – und zwar nicht hinter Schloss und Riegel.

Zudem musste er sich vielleicht eher vor dem Tod fürchten als vor dem Gefängnis, wenn er zur Polizei ging.

Es war schwer, die Folgen abzusehen.

Svavar war sich jedoch ziemlich sicher, was geschähe, wenn er *keinen* Kontakt mit der Polizei aufnähme.

Er hatte schon oft die Redewendung benutzt, etwas sei eine Frage von Leben und Tod.

Doch im Grunde wurde ihm erst jetzt deren wirkliche Bedeutung bewusst.

Er starrte weiter aus dem Fenster in der Hoffnung auf eine Antwort.

11. Kapitel

Die Kaffeestube auf der Polizeiwache von Siglufjörður war ein beliebter Treffpunkt, wenn gerade interessante Fälle untersucht wurden. Der erste Gast des Tages, Kapitän Ómar, kam kurz nachdem bekannt geworden war, dass der Tote beim Héðinsfjörður-Tunnel gearbeitet und in Siglufjörður gewohnt hatte. Ómar war Stammgast auf der Wache – allerdings immer freiwillig. Niemand wusste genau, welches Schiff er geführt hatte, aber der Spitzname war an ihm haften geblieben. So ähnlich wie »Pfarrer« an Ari, der nie eine Gemeinde gehabt hatte. Ómar war Rentner, suchte Gesellschaft und schaute gerne auf einen Kaffee in der Wache vorbei.

»Wie geht's, wie steht's, Ómar?«, fragte Tómas.

Ómar und Hlynur saßen am Tisch.

»Gut, gut, mein Freund. Und dir?«

Tómas hatte, wenn er ehrlich war, keine große Lust, über seine Gefühle zu reden. Er wusste genau, was Ómar hören wollte: Klatsch über seine Frau, die nach Reykjavík gezogen war. Er vermutete, dass die Beziehung zwischen ihm und seiner Frau – oder vielmehr der Mangel an Beziehung – ein beliebtes Gesprächsthema im Ort war.

»Mir geht's gut«, sagte er. Ja, es ging ihm *manchmal* gut, aber nur, wenn er nicht an seine Frau dachte. Er wäre so gerne zu ihr gezogen, aber das war leichter gesagt als getan. Er würde sich gerne freinehmen, vielleicht für ein Jahr, und nach Reykjavík ziehen. Ari könnte die Leitung der Wache übergangsweise übernehmen. Er war ein zäher Bursche.

»Viel zu tun bei euch?«

»Ja, das Übliche«, antwortete Tómas knapp.

»Schrecklich mit diesem Mann, der … ermordet wurde«, sagte Ómar mit theatralischer Betonung auf dem letzten Teil des Satzes.

»Ja. Kanntest du ihn?«

»Nein, Gott sei Dank nicht. Er war doch nur wegen der Arbeit hier, oder? Der wollte doch nur am Tunnel verdienen. Alle wollen an diesen neuen Tunneln verdienen. Soweit ich weiß, hat er bei Nóra gewohnt.«

»Ja, er war wohl ihr Mieter«, meinte Tómas. Er wollte dem Alten nicht zu viele Hinweise geben.

Die Kripo Akureyri leitete die Ermittlungen mit Unterstützung der Polizei in Sauðárkrókur, zudem war die Polizei in Siglufjörður involviert.

Ari hatte den Fall fest im Griff. Er hatte den Vorarbeiter Hákon vernommen – oder vielmehr den Heringsjungen Hákon, wie Tómas ihn normalerweise nannte. Der hatte ihm Auskünfte über die engsten Mitarbeiter des Verstorbenen gegeben: Páll Reynisson, der schon mal mit Tómas bei der Polizei gearbeitet hatte, Svavar Sindrason, der in Dalvík wohnte, und Logi Jökulsson.

Tómas und Ari hatten an einer kurzen Telefonkonferenz teilgenommen und erfahren, dass Svavar bereits vernommen worden war. Er kannte Elías zwar schon lange, konnte aber nicht viel sagen. Bei diesem Gespräch hatte sich herausgestellt, dass Elías' Kollegen gewusst hatten, dass er an dem Haus in Reykjaströnd gearbeitet hatte. Das war kein Geheimnis gewesen.

Aller Wahrscheinlichkeit nach war der Mord nachts begangen worden, aber zu der Zeit hatte es keine Verkehrskontrolle – und keine Überwachungskameras – gegeben, so dass es schwierig sein würde, herauszufinden, wer in dieser Gegend unterwegs gewesen war. Svavar sagte aus, er habe die ganze Nacht geschlafen, wohnte aber alleine und hatte keine Zeugen.

Man hielt es nicht für ausgeschlossen, dass eine Frau die Täterin war, denn das Brett hatte das Opfer nicht mit voller Wucht getroffen. Es war nicht besonders groß, und der Nagel hatte die schlimmsten Verletzungen verursacht.

Nóra Pálsdóttir hatte ihr Leben – sofern es bereits vergangen war – mit drei Dingen zugebracht: einer gescheiterten Ehe, mit Reisen und damit, anderen Leuten in den Mund zu glotzen. Sie hatte Zahnmedizin studiert, weil sie die Tochter eines Zahnarztes war und ein anderer Beruf in ihrer Familie im Grunde nicht in Frage kam. Sie interessierte sich überhaupt nicht für den Beruf und hatte sich so eingerichtet, dass sie möglichst viel reisen konnte. Das Reisen liebte sie mehr als ihren Mann, was der nach zehn Jahren Ehe herausfand, sich von ihr trennte und einen unverhältnismäßig großen Anteil ihres Vermögens behielt. Dabei war die Trennung wohl nicht allein auf das Reisen zurückzuführen, sondern auch auf die Tatsache, dass sie ihrem Mann nicht immer treu gewesen war.

Nach der Scheidung schränkte Nóra sich ein, veräußerte das Einfamilienhaus in Fossvogur und kaufte eine Wohnung in Grafarholt – die Differenz wanderte in ihre Reisekasse.

Sie hatte schon angefangen zu reisen, als sie noch auf der Uni gewesen war. War am liebsten alleine gefahren, mit wenig Gepäck und durch ferne Länder.

Es hatte ihr nie gereicht, auf einer kleinen Insel im Nordatlantik zu leben, und sie hatte ihr ganzes Leben lang ein starkes Bedürfnis gehabt, sich die Welt anzuschauen, fremde Kulturen und Landschaften kennenzulernen. Hatte jede Gelegenheit zum Reisen genutzt.

Erst hatte sie sich auf Europa beschränkt, doch mit zunehmenden finanziellen Mitteln waren aufregende Länder in Asien, Afrika und Südamerika hinzugekommen. Nóra hatte auf jedem Kontinent ihre Lieblingsorte und bemühte sich, einige von ihnen mehr als einmal zu besuchen. Sie konnte sie nicht loslassen. Jedes Mal, wenn sie einen neuen Traumort entdeckt hatte, nahm sie sich vor, früher oder später noch einmal hinzufahren. So vergingen die Jahre, und plötzlich merkte sie, dass ihre Zeit nicht grenzenlos war – entweder würde sie den Rest ihres Lebens damit verbringen, ihre Lieblingsländer und -städte immer wieder zu besuchen, oder von nun an nur noch neue Ziele zu bereisen. Sie entschied sich für Letzteres. Als sie sechzig wurde, hatte sie endlich genug. Die Reiselust nahm einfach ab. Ihre Freundinnen und Bekannten gingen nach und nach in Rente und begannen, über Reisen, Kreuzfahrten und Wandertouren an exotischen Orten zu sprechen – doch nun interessierte sich Nóra nicht mehr dafür und war des Vagabundenlebens überdrüssig.

Ungefähr zur selben Zeit ging sie selbst in Rente und verkaufte ihre Wohnung in Reykjavík, denn eigentlich hatte sie sich dort nie wohl gefühlt. Der Hauptgrund war jedoch, dass sie einen sehr großen Kredit mit der Wohnung als Sicherheit aufgenommen hatte, um Aktien zu kaufen, doch die beträchtliche Summe, die sie in Aktien besaß, war durch den Bankencrash in Sekundenschnelle weggeschmolzen. Deshalb zog sie zurück in ihren Geburtsort Siglufjörður. Dort konnte sie sich immerhin ein hübsches Einfamilienhaus in der Hvanneyrarbraut mit Aussicht aufs Meer leisten. Sie besserte ihre Einnahmen auf, indem sie die obere Etage vermietete, außerdem war sie froh über die Gesellschaft.

In Siglufjörður wollte sie sich ausruhen. Das Leben genießen. Sie fühlte sich wohl, nahm am gesellschaftlichen Leben des Orts teil, hatte ein paar Liebhaber gehabt und verbrachte ihre übrige Zeit mit Lesen. Früher war sie nie eine große Bücherratte gewesen, doch jetzt genoss sie es, am Esszimmerfenster mit Blick auf den Fjord zu lesen.

Als der junge Polizist anklopfte, war sie zu Hause. Sie hatte schon mit einem Besuch der Polizei gerechnet, nachdem sie gehört hatte, dass ihr Mieter tot aufgefunden worden war. Deshalb hatte Nóra sich gebührend zurechtgemacht.

Nóra hatte gehofft, Tómas würde selbst erscheinen, doch stattdessen kam der junge Mann, den alle den »Pfarrer« nannten. Der sah auch ganz gut aus. Viel zu jung für sie natürlich, wobei nichts ausgeschlossen war. Ziemlich ernst, mit leerem Blick. Als hätte er etwas Wichtiges verloren.

»Treten Sie ein.« Die Frau in der Türöffnung lächelte freundlich und schien ihn mit ihren Blicken abzumessen. »Sie müssen Ari sein.«

Er wunderte sich nicht mehr darüber, dass fremde Menschen seinen Namen kannten. In dieser kleinen Gemeinde wussten alle, wer bei der Polizei arbeitete.

»Danke. Ich würde mir gerne Elías' Wohnung anschauen. Soweit ich weiß, sind Sie seine Vermieterin.«

»Sehr richtig. Das ist wirklich grauenhaft. Der arme Mann. Er war so reizend.« Ihre Stimme klang ein bisschen affektiert.

So reizend. Das war also der Nachruf auf Elías Freysson. Ob diese Worte auf seinem Grabstein stehen würden?

»Was soll ich jetzt eigentlich mit seinen ganzen Sachen machen?«

»Das wird sich noch klären. Er hat bestimmt Verwandte, die sich darum kümmern werden, aber erst muss ich mich ein bisschen umsehen. Am besten fassen Sie erst mal nichts an«, sagte Ari bestimmt.

Die Wände im Vorraum waren dunkelgelb und mit kleinen Grafiken behängt. Auf der rechten Seite führte eine Treppe in die obere Etage. Der Flur war in derselben dunkelgelben Farbe gestrichen.

Nóra führte Ari zuerst ins Wohnzimmer. Dort gab es einen kleinen Kamin, der in erster Linie als Stellfläche für Nippes und Topfpflanzen diente. An den Wänden hingen Kunstgegenstände aus verschiedenen Ecken der Welt, aus Afrika, aus Asien und ein Gemälde von Rio de Janeiro. Dies war das Heim einer Reisenden, ein Hort für Andenken.

»Wann haben Sie ihn zuletzt gesehen?«, fragte Ari, als er auf dem weißen Sofa mit geprägtem Stoffbezug saß.

»Gestern«, sagte sie. »Ich habe ihn gestern Morgen im Flur getroffen. Er kann rauf, ohne durch meine Wohnung laufen zu müssen, wie Sie gesehen haben. Ich habe das Haus umbauen lassen, damit man jede Etage als abgeschlossene Wohnung benutzen kann.« Sie lächelte.

»Wirkte er gestern beunruhigt? Haben Sie etwas Ungewöhnliches an ihm bemerkt?«

Nóra überlegte. »Tja … da fragen Sie was. Nicht beunruhigt, aber vielleicht ein bisschen nervös.«

»Wann ist er hier eingezogen?«

»Vor ein paar Monaten. Wir haben uns über die Familienhilfe kennengelernt. Haben Sie schon von der gehört?« Ihre Stimme wurde weicher.

»Ja, ich habe eine Kleinigkeit gespendet«, antwortete Ari ziemlich reserviert.

Ihre Stimmung änderte sich schlagartig. »Toll, das zu hören! Elías hat mir, wie gesagt, seine Hilfe angeboten, er meinte, er hätte genug Zeit und wolle der Gesellschaft etwas zurückgeben.«

Sie machte eine kurze Pause. »Anfang des Jahres hat er dann eine Wohnung für ein paar Monate gesucht, bis der Tunnel fertig ist. Ich hatte bei einem Treffen der Familienhilfe mal erwähnt, dass ich das Haus umgebaut habe, um die obere Etage zu vermieten oder zu verkaufen. Er war ein vorbildlicher Mieter«, sagte sie und senkte ihre Stimme, als bemühe sie sich, besonders taktvoll über den Verstorbenen zu sprechen. »Man hat ihn nie gehört. In der letzten Zeit war er öfter weg.«

»Hatten Sie Zugang zu seiner Wohnung?«

»Zugang? Ja, natürlich, aber ich bin nie raufgegangen. Man muss ja die Privatsphäre achten.« Ari hatte den Eindruck, dass sie trotzdem ein bisschen beschämt war.

»Was war er für ein Mensch?«

»Ein feiner Kerl, wirklich. Ich bewundere Menschen, die sich für wohltätige Zwecke einsetzen. Und er sah auch noch richtig gut aus. Muskulös, so wie Sie.« Sie blinzelte ihm zu. Ari versuchte es zu ignorieren, spürte aber, dass er rote Wangen bekam, nur weil er versuchte, dagegen anzukämpfen.

»Seien Sie doch nicht so verlegen, man muss sich doch für sein Aussehen nicht schämen.« Wieder lächelte sie und beugte sich zu ihm. »Möchten Sie vielleicht etwas trinken? Einen Kaffee? Ich habe auch Rotwein und Weißwein.«

Ari stand abrupt vom Sofa auf. »Wir sollten uns auf das Berufliche konzentrieren«, sagte er abweisend. »Würden Sie mich jetzt freundlicherweise in seine Wohnung lassen.« Das war keine Frage, sondern ein Befehl.

»Ja, selbstverständlich.« Nóra schien die Zurückweisung nicht persönlich zu nehmen.

Sie begleitete ihn die Treppe hinauf und machte Anstalten, mit ihm in die Wohnung zu gehen, aber er bat sie, draußen zu warten.

Das obere Stockwerk war eindeutig nicht als Wohnung konzipiert worden. Es gab zwei Räume und ein kleines Bad. Die Räume waren früher vermutlich Schlafzimmer gewesen, aber einer war in eine ziemlich geschmacklose Kombination aus Wohnzimmer und Küche umgewandelt worden. Die Möbel dienten mehr dazu, den Raum auszufüllen, als ihn zu verschönern. An der Wand stand ein Kühlschrank, daneben ein Spülbecken und ein Herd, aber man konnte kaum von einer Kücheneinrichtung sprechen.

Das Schlafzimmer war auch eher unscheinbar. Ein Doppelbett und ein paar Schwarz-Weiß-Fotos an den Wänden. Kaum persönliche Gegenstände, nur eine Jacke auf dem Bett und Schuhe auf dem Fußboden, daneben Hanteln.

Im Kleiderschrank lagen Klamotten auf einem Haufen, und ganz unten stand eine offene Sporttasche. In der Tasche war ein großes, weißes Handtuch, zusammengefaltet und unbenutzt.

Erst als Ari den Inhalt der Tasche genauer unter die Lupe genommen hatte, rief er Tómas an.

12. Kapitel

Ísrún brauchte nicht lange, um Informationen über Elías' Ex-Frau einzuholen.

Inzwischen war sie richtig gut darin, im Internet nach Leuten zu recherchieren, auf völlig legale Art. Es war wirklich unglaublich, wie unvorsichtig manche in dieser Hinsicht waren. Schon damals, als sie zuletzt journalistisch gearbeitet hatte, waren solche Recherchen nicht schwer gewesen. Inzwischen konnte sie sogar problemlos im Internet alte Tageszeitungen durchforsten, und verschiedene Social Media Plattformen machten es zu einem Kinderspiel, alle möglichen persönlichen Daten zu bekommen.

Die Aschewolke über Reykjavík wurde dichter; die Frau beim Meteorologischen Dienst hatte recht gehabt. Draußen war es ungewöhnlich, dennoch konnte man nicht von gutem Wetter sprechen. Dafür war die Luft zu trocken und zu schmutzig.

Ísrún war froh, ins Auto zu kommen, und widerstand der Versuchung, das Fenster herunterzukurbeln, trotz der erdrückenden Hitze im Wagen. Fröhliche Sommermusik tönte aus dem Autoradio, während sie runter zum Reykjavíker Hafen fuhr, wo Iðunn, Elías' Ex-Frau, ein kleines Café betrieb.

Die Hafengegend war ziemlich ruhig, bis auf ein paar Touristen, die darauf warteten, an Bord eines Schiffes zu kommen, um Wale oder Papageitaucher zu beobachten. Ísrún ging manchmal am Wochenende zum Hafen und kaufte frischen Fisch auf dem Fischmarkt, am liebsten Heilbutt. Manchmal arbeitete sie auch am Wochenende, und an manchen Wochenenden blieb sie einfach im Bett.

Das Café sah gemütlich aus, ruhige Musik in dezenter Lautstärke, warme Holzmöbel und verführerischer Kaffeeduft. Die Türen und Fenster hielt man penibel geschlossen, denn drinnen war die Luft wesentlich besser als draußen, obwohl ein Hauch von Asche zu spüren war. An einem Tisch saß ein Paar mit einem Kinderwagen, die Frau vor einem Kaffee, während der Mann Wasser trank und sich hinter seinem Laptop versteckte. Am Tresen stand ein Mann mit einem großen Hund und unterhielt sich mit einem Angestellten.

Dann entdeckte Ísrún die Frau. Iðunn.

Es war dieselbe Frau wie auf den Fotos, die sie in einer alten Tageszeitung gefunden hatte: Elías und Iðunn beim vierzigsten Geburtstag eines beliebten Politikers – der einzige Unterschied war der, dass Iðunn ihre Haare jetzt rot gefärbt hatte.

Ísrún ging zu ihr und bestellte einen Cappuccino.

Als Iðunn ihr die Tasse brachte, nutzte sie die Gelegenheit und sagte: »Sie kommen mir irgendwie bekannt vor. Kann es sein, dass wir uns schon mal irgendwo begegnet sind?«

»Äh … schon möglich. Ich kann mir Gesichter nicht besonders gut merken«, antwortete Iðunn freundlich.

»Aber ich. Das kann manchmal richtig nervig sein. Ich heiße Ísrún.«

Iðunn stellte sich vor und schien Ísrún allmählich zu erkennen.

»Doch … ich glaube, ich habe Sie wirklich schon mal gesehen. Kann es sein, dass wir uns vor ein paar Jahren bei einem vierzigsten Geburtstag kennengelernt haben?«, fragte Ísrún, machte eine Kunstpause und trank einen Schluck Cappuccino. »Der ist wirklich gut. Gehört das Café Ihnen?«

»Vielen Dank. Ja, es gehört mir. Neu eröffnet. Ich hatte ein Café im Einkaufszentrum Kringlan, wollte aber näher in die Innenstadt.« Iðunn lächelte.

Ísrún beschloss, es darauf ankommen zu lassen. »Oh mein Gott, sind Sie nicht die Frau von Elías? Der im Norden tot aufgefunden wurde?«

Das Lächeln verschwand aus Iðunns Gesicht und wurde von einem sarkastischen Grinsen abgelöst. »Sie können dieses Theater lassen. Ich habe Sie im Fernsehen gesehen, Sie sind bei den Nachrichten, oder? Jedenfalls sind Sie keine gute Schauspielerin!«

Ísrún nickte beschämt. Dabei hatte sie gedacht, sie könnte sich gar nicht schämen.

»Aber Sie haben recht«, sagte Iðunn. »Ich war seine Frau. Das ist längst vorbei. Was wollen Sie über den Dreckskerl wissen?« Dann fügte sie mit kühler Stimme hinzu: »Um den ist es nicht schade.«

Ísrún war als Journalistin einiges gewöhnt, aber diese Reaktion überraschte sie. Sie brachte kaum ein Wort heraus.

»Die Polizei hat mir heute Morgen mitgeteilt, dass er tot ist«, sagte Iðunn dann, wie um die Stille zu durchbrechen. »Ich kann nicht sagen, dass mich das geschockt hat.«

»Hatte er … was mit anderen Frauen, als Sie mit ihm verheiratet waren?«, fragte Ísrún schließlich leise.

»Ja, da können Sie Gift drauf nehmen. Er war ein richtiges Arschloch. Ich weiß nicht, wie ich auf die Idee kommen konnte, ihn zu heiraten.« Plötzlich schien sie ihre ehrliche Reaktion zu bereuen und sagte mit Nachdruck: »Aber bitte zitieren Sie mich um Gottes willen nicht in den Nachrichten. Und machen Sie bloß keinen Heiligen aus ihm, wenn Sie über den Fall berichten!«

»Die Gefahr besteht nicht«, sagte Ísrún. Sie war immer noch ein bisschen irritiert, versuchte aber, sich nicht aus dem Konzept bringen zu lassen. »Sie sind doch bei der Scheidung bestimmt ganz gut weggekommen.«

Iðunn lachte ein müdes, bitteres Lachen. »Träumen Sie weiter. Dieser Schuft hatte doch nie Geld, jedenfalls nicht, dass ich wüsste. Ich habe immer unsere Schäfchen ins Trockene gebracht. Er hat von der Scheidung ganz schön profitiert. Hat meine Wohnung in Akureyri bekommen. Ist zwar nur ein kleines Loch, aber heutzutage bestimmt was wert. Ich denke, das war eine faire Vereinbarung. Zumindest konnte ich das Café behalten. Er ist … war so ein Mistkerl, dass er die Wohnung noch nicht mal auf sich überschreiben lassen hat. Sie läuft immer noch auf meine Firma, er wollte sich bestimmt die Immobiliensteuer sparen.« Dann plötzlich schien sie die positive Seite an Elías' Tod zu registrieren und lächelte. »Na so was! Dann gehört die Wohnung ja doch wieder mir!«

»Manchmal hat man Glück im Unglück«, sagte Ísrún.

Sie bedankte sich für das Gespräch, gab sich einen Ruck und ging hinaus in die mit Asche gesättigte Luft.

Der Himmel war bedrohlich dunkel, und die Sonne versteckte sich, obwohl keine Wolken am Himmel waren. Ísrún spürte die Asche plötzlich im Mund, als kaue sie auf Sandkörnern. Sie erschauerte, eilte zu ihrem Auto und fuhr los; sie fühlte sich wie in einer ausländischen Großstadt bei Hitze und Smog und nicht wie an einem Sommertag in Reykjavík. Es hätte kaum einen besseren Tag geben können, um in den Norden zu fahren. Das erste Mal seit ihrem Wegzug aus Akureyri vor eineinhalb Jahren.

Das würde ein Hammer werden. Sie würde diesen angeblichen Gutmenschen Elías Freysson auseinandernehmen – nach dem Gespräch mit Iðunn war das Bild schon ein bisschen klarer geworden.

»Kommi, ich brauche dich mal eben!«

Ívar saß auf dem Redaktionsleiterstuhl und brüllte wie üblich quer durch den Raum. Ein König in seinem Reich.

Kormákur eilte zu ihm.

»Wie läuft's mit dem Mordfall?«

»Nichts Neues.«

»Nichts Neues?! Ein Mann wurde ermordet. Willst du nur wie ein Idiot hier rumsitzen und auf die Pressekonferenz der Polizei warten?«

»Äh … nein, nein, natürlich nicht. Aber es geht ja gerade erst los«, sagte Kormákur zögernd.

»Das wird die erste Meldung heute Abend. Versuch um Himmels willen, sie ein bisschen spannend zu gestalten.« Dann sagte er leise: »Ísrún hatte einen Anruf von einem Freund, dessen Namen sie nicht sagen wollte. Der meinte, Elías hätte was mit Drogen zu tun gehabt.«

»Drogen? Hat er Drogen genommen?«

»Nein, geschmuggelt.«

»Verdammt. Das wäre ja eine Wahnsinnsschlagzeile!«

»Allerdings. Sie hat darauf bestanden, in dem Fall recherchieren zu dürfen. Wenn sie was schickt, leite ich es an dich weiter. Aber ich will, dass du diesen Aspekt auch unter die Lupe nimmst – ich traue ihr eine so große Sache nicht zu. Machst du das?«

»Selbstverständlich.«

Kormákur eilte zurück zu seinem Schreibtisch und rief die Polizei in Nordisland an, um sich nach der möglichen Verstrickung des Opfers in Drogenschmuggel zu erkundigen.

Das Telefonat blieb ohne Erfolg.

13. Kapitel

Kristín ging mit schnellen Schritten durch den Flur des Krankenhauses in Akureyri. Das gelbe Linoleum war von der jahrzehntelangen Abnutzung verblichen, die weißen Fliesen an der Wand glänzten nicht mehr so wie früher. Eine kühle und ungemütliche Umgebung.

Der Tag ging rasant los, und es war viel zu tun, was ihr gelegen kam, denn sie langweilte sich, wenn es zu ruhig war. Dann hatte sie zu viel Zeit, um über die Zukunft nachzudenken. War sie mit der Medizin auf dem richtigen Weg? Sie musste eine Entscheidung über die Facharztausbildung im Ausland treffen. Am liebsten wollte sie an etwas ganz anderes denken. Konnte sie wirklich jetzt entscheiden, welchen Fachbereich sie bis an ihr Lebensende ausüben wollte? Ein langes Studium an der Uni Reykjavík lag hinter ihr – und eine lange Ausbildung im Ausland vor ihr. Manchmal bereute sie es, Medizin studiert zu haben. Sie konnte sich einfach nicht vorstellen, so viel Zeit ihres Lebens mit Ausbildungen zu verbringen und danach auf einen Fachbereich festgelegt zu sein. Und die Gehälter waren angesichts der Arbeitsbelastung und der langen Ausbildung auch nicht gerade umwerfend. Wahrscheinlich würde sie im Ausland arbeiten müssen, wenn sich das alles auszahlen sollte.

Da spürte sie ihr Handy in ihrer Kitteltasche vibrieren, der Ton war ausgeschaltet. Kristín blieb stehen, holte es heraus und schaute aufs Display. Ihre Bekanntschaft vom Golfplatz. Sie hatten darüber gesprochen, sich diese Woche zu treffen.

Sie ging ran.

»Kristín?«

»Ja, hi.« Ein angenehmes Gefühl durchfuhr sie. Er hatte eine so warme und angenehme Stimme.

»Störe ich dich gerade?«

Als Kristín mit Ari zusammen gewesen war, hatten die Arbeit und das Studium bei ihr immer an erster Stelle gestanden. Vielleicht war das einer der Gründe, warum alles so gekommen war.

»Nein, nein, kein Problem.«

»Können wir uns heute Abend treffen? Was essen gehen?«

»Tut mir leid, aber heute Abend habe ich schon was vor.« Trotzdem wollte sie ihn unbedingt treffen, ein bisschen abschalten und auf andere Gedanken kommen. »Was ist mit morgen Abend?«

»Super.«

»Wir können uns bei mir treffen«, sagte sie. »Ich bin gegen sieben Uhr mit der Arbeit fertig.«

Sie gab ihm ihre Adresse.

»Bis dann, ich freu mich.« Er verabschiedete sich.

Sie freute sich auch.

Rotwein, ein paar gute Käsesorten – vielleicht würde sie Ari mit seiner Hilfe ja endgültig vergessen können.

14. Kapitel

Nóra stand im Vorraum, als Ari die Treppe herunterkam. Er hatte die Sporttasche in der Hand.

»Wollen Sie die Tasche mitnehmen?«, fragte sie.

»Ja«, antwortete Ari brüsk.

»Warum denn?« Nóra fielen fast die Augen aus dem Kopf.

»Ich brauche Ihren Schlüssel für die obere Etage«, sagte Ari. »Haben Sie noch Ersatzschlüssel?«

Sie zögerte.

»Äh, ja, selbstverständlich.« Nóra ging in ihre Wohnung und kam mit dem Schlüssel zurück. »Mehr habe ich nicht«, sagte sie und heftete ihren Blick auf die Sporttasche.

»Wie hat er seine Miete bezahlt?«

Sie schaute auf, lächelte und sagte: »Wie meinen Sie das?«

»Hat er die Miete bar bezahlt oder auf Ihr Konto überwiesen?«

»Immer in bar. Warum fragen Sie?«

»Ich melde mich bei Ihnen, wenn ich noch Fragen habe«, sagte Ari nur. »Und ich würde es begrüßen, wenn Sie erst mal mit niemandem über meinen Besuch sprechen. Bitte erwähnen Sie vor allem die Tasche nicht.« Das klang ganz anders als eine höfliche Bitte.

Ari verabschiedete sich von Nóra und setzte sich in den Polizeijeep.

Der Himmel über der Ortschaft war immer noch klar. Die Sonne schien, und die Nachricht, die Ari mit einem Ohr von der Aschewolke über Reykjavík gehört hatte, war wie eine Meldung aus einem anderen Land. Kristín war längst aus seiner kleinen Wohnung in der Öldugata ausgezogen, aber er hatte lange damit gewartet, sie zu vermieten. Monate waren vergangen, bis er endlich die Kraft gehabt hatte, die Wohnung zu inserieren. Ari hatte an seinen ersten Weihnachten in Nordisland gearbeitet, letztes Jahr über die Feiertage hingegen Urlaub bekommen, aber im Grunde nichts damit anfangen können. Am 23. Dezember, an Þorláksmessa, war er nach Reykjavík gefahren, hatte alle persönlichen Dinge aus der Wohnung geholt, in einen Lagerraum gebracht und dann den Mieter getroffen, mit dem er ab Neujahr eine Jahresmiete im Voraus vereinbart hatte.

Den Abend hatte er auf dem Laugavegur verbracht, sich unter die Passanten gemischt, in der Menschenmenge den einen oder anderen Bekannten getroffen, genickt und gelächelt. Er hatte die Weihnachtsstimmung so gut es ging genossen, war dann zu der leeren, ungemütlichen Wohnung in der Öldugata geschlendert, hatte ziemlich gut geschlafen und war an Heiligabend erst gegen Mittag aufgewacht. Dann war er wieder in den Norden gefahren. Er hatte sowieso keine Verwandten in der Stadt. Die Straßenverhältnisse waren schwierig, und als der Weihnachtsabend anbrach, befand er sich auf dem Siglufjarðarvegur und hörte nur Teile der Messe im Radio, denn manchmal war der Empfang zwischen den hohen Bergen gänzlich abgerissen. Ari bekam jedes Mal leichte Panik, wenn er diese Straße im Winter fuhr, und konnte sich immer noch nicht richtig orientieren. Er erwartete den Tunnel immer hinter der nächsten Kurve, doch der schien ihn an der Nase herumzuführen und war stets weiter weg, als er dachte.

Jetzt fuhr er zur Polizeiwache, um Tómas abzuholen. Er hatte sich mit Logi Jökulsson verabredet, dem Kollegen des Verstorbenen, der gerade am Tunnel arbeitete. Sie wollten sich im Skútudalur an der Tunneleinfahrt treffen, und Tómas hatte angeboten, mitzukommen.

»Was glaubst du, wie viel es ist?«, fragte Tómas, als er in den Jeep stieg. Ari hatte ihm am Telefon von der Tasche mit dem Geld erzählt.

»In der Tasche? Ein paar Hunderttausend in Devisen, denke ich«, antwortete Ari. »Und jede Menge isländische Kronen, ein paar Millionen. Es ist schwer, den genauen Betrag zu schätzen.«

»Glaubst du, dass sie davon gewusst hat? Sich vielleicht heimlich bedient hat, bevor du kamst?« Tómas runzelte die Stirn.

»Nóra?« Ari überlegte. »Das kann man in der Tat nie wissen.«

»Ich würde es ihr durchaus zutrauen«, sagte Tómas. In seiner Stimme lag Misstrauen. »Sie war schon immer verdammt neugierig.«

Tómas und Ari standen vor dem Héðinsfjörður-Tunnel und warteten auf Logi. Nach einer Weile kam ein Mann in den Vierzigern heraus. Er war unrasiert, hatte einen Helm auf dem Kopf und trug einen Arbeitsoverall.

»Tag«, sagte er kurz angebunden. »Ich hab nicht viel Zeit, tierisch viel zu tun.« Er hatte eine sehr laute Stimme.

»Wir nehmen uns die Zeit, die wir brauchen«, entgegnete Ari und sprach automatisch lauter als sonst. »Wie lange kannten Sie Elías?« Tómas stand neben ihnen und verfolgte das Gespräch.

»Drei Jahre«, antwortete Logi knapp.

»Soweit ich weiß, haben Sie zu dritt für ihn gearbeitet – Sie, Svavar Sindrason und Páll Reynisson.«

»Stimmt.«

»War er ein guter Chef?«

»Ganz in Ordnung.«

»Hat er immer rechtzeitig bezahlt?«

»Ja, ja.«

»Hatte er irgendwelche Feinde?«

»Feinde? Mann, seid ihr förmlich.« Logi grinste und sagte nach einer kurzen Pause: »Woher soll ich denn wissen, ob er Feinde hatte?« Die vielen Fragen schienen ihn zu nerven.

»Wie war das Verhältnis zwischen den Kollegen? Haben Sie sich gut verstanden?« Ari fixierte Logi und wollte sich keine seiner Regungen entgehen lassen.

»Ganz gut. Svavar kannte Elías am besten. Mit dem solltet ihr mal reden.«

»Wir haben in Elías' Wohnung Geld gefunden. Unter anderem in ausländischer Währung«, sagte Ari mit Nachdruck.

Logi wirkte ziemlich erstaunt.

»Wussten Sie davon?«

»Dass er Geld hatte? Das geht mich nichts an«, antwortete Logi. Er zögerte für einen winzigen Moment und fügte dann hinzu: »Aber die Antwort ist nein, ich wusste nichts von diesem Geld.«

Ari wartete mit seiner nächsten Frage, bis die Stille erdrückend wurde. »Sind Sie sicher?«

»Ganz sicher«, antwortete Logi laut und deutlich.

»Wussten Sie, dass Elías an dem Haus in Reykjaströnd gearbeitet hat?«

Logi überlegte kurz und sagte dann: »Ja. Er hat viel darüber geredet. Wurde wohl gut bezahlt. Von irgendeinem Arzt aus der Stadt, der sich da ein Sommerhaus gebaut hat.«

»Wann haben Sie ihn zuletzt gesehen?«

»Gestern nach der Schicht.« Logi schien genug von den vielen Fragen zu haben. »Um neun Uhr. Da wollte er in den Skagafjörður fahren und an dem Haus arbeiten.«

»Was haben Sie gestern Abend und letzte Nacht gemacht?«, fragte Ari mit eindringlichem Blick.

»Was zum Teufel wollen Sie damit sagen? Glauben Sie, ich hätte ihn umgebracht?«, fragte Logi wütend. »Ich bin direkt nach der Arbeit nach Hause gegangen und war bis heute Morgen da.«

»Kann das jemand bestätigen?«

»Klar … reden Sie einfach mit meinem Bruder und seiner Frau. Die wohnen im Erdgeschoss. Wenn ich raus will, muss ich durch ihre Wohnung.« Dann fügte er erklärend hinzu: »Wir wohnen in dem alten Haus unserer Eltern. Mein Vater ist tot und meine Mutter im Altenheim, deshalb teilen wir uns das Haus, jeder bewohnt eine Etage, aber die sind nicht abgetrennt, es war ja ursprünglich ein Einfamilienhaus.«

»Schön und gut. Trotzdem nehme ich an, dass Sie sich nachts hätten rausschleichen können, ohne dass es jemand bemerkt hätte«, versuchte Ari, ihn zu provozieren. Das funktionierte meistens gut.

»Ja, grundsätzlich schon, aber nicht letzte Nacht«, sagte Logi und wirkte bedrückt. »Meine Schwägerin ist schwanger. Letzte Nacht ging es ihr nicht gut, die Schwangerschaft macht ihr ganz schön zu schaffen. Sie schläft schlecht. Die beiden waren wach, haben bis spät in die Nacht einen Film geschaut. Gegen drei bin ich zu ihnen runtergegangen, weil ich nicht schlafen konnte.«

»Und welcher Film war das?«

»Ein Thriller. *Seven*. Kennen Sie den?«

»Wir werden mit den beiden reden«, entgegnete Ari, ohne die Frage zu beantworten.

»Unbedingt. Kann ich jetzt weiterarbeiten?«, fragte Logi barsch.

»Machen Sie das. Aber bleiben Sie erreichbar, vielleicht müssen wir heute Abend oder morgen noch mal mit Ihnen reden.«

»Ich fahre sowieso nicht weg, bevor dieser verdammte Tunnel fertig ist«, sagte er und marschierte dann los, ohne sich zu verabschieden.

»Ich lasse mir das nachher von seinem Bruder bestätigen«, sagte Ari zu Tómas, als sie wieder im Wagen saßen.

»Sei nett zu ihnen«, meinte Tómas mit sanfter Stimme. »Móna, Logis Schwägerin, ist mit mir verwandt. Nicht eng verwandt, aber wir kennen uns ganz gut. Die beiden haben lange vergeblich versucht, ein Kind zu bekommen, sie sind sehr empfindlich und nervös, seit die arme Frau endlich schwanger ist.« Er lächelte.

Ari seufzte, denn er mochte solche Anweisungen nicht. Tómas hatte ihm aufgetragen, die Ermittlungen zu leiten – und das würde er auf seine Weise machen.

15. Kapitel

Für diesen einen Fehler musste Ríkharður Lindgren am Ende teuer bezahlen.

Er stand vor dem Spiegel in seiner Wohnung im Skuggahverfi in Reykjavík und sah, wie die Jahre ihm mitgespielt hatten – ziemlich übel, wie er fand. Tiefe Falten und Ringe unter den Augen, die Hände nicht mehr so ruhig wie früher, aber das konnte am Alkohol liegen.

Manchmal wusste er nicht mehr, wie alt er war, nicht mehr genau. Musste nachrechnen. Es interessierte ihn einfach nicht. Eigentlich war er noch ein junger Mann, jedoch frühzeitig gealtert. Er drehte sich um und ließ seinen Blick durch die Wohnung schweifen, die er zum Verkauf angeboten hatte. Eine recht neue Wohnung mit hübschen, aber schlichten Möbeln, die er fast alle im selben Geschäft gekauft hatte, ohne groß zu überlegen. Die Wände waren weiß gestrichen und nahezu leer, denn die sündhaft teuren Gemälde, die seine Eltern besessen hatten, befanden sich entweder in einem Lagerraum oder bei seiner Schwester. Das Einzige, was an der Wand im Wohnzimmer hängen durfte, war eine Uhr, doch ihre Batterien waren leer, und sie zeigte immer eine Minute nach neun. Die Regale waren voller Bücher, aber es gab keine Familienfotos, überhaupt keine Fotos.

Ríkharður bekam keinen Besuch mehr, stand auch nicht mehr im Telefonverzeichnis und hatte seinen Hauptwohnsitz anderswo. Er hatte das Festnetztelefon abschalten lassen und sich eine unregistrierte Handynummer besorgt. Es rief nie jemand an, aber das war in Ordnung. Dann bekam er zumindest keine nächtlichen Anrufe von wutschnaubenden Angehörigen mehr.

Seine Frau hatte ihn verlassen, sie hatten keine Kinder. Seine Eltern waren tot – sein Vater, der schwedische Apotheker, und seine Mutter, die isländische Ärztin. Er hatte eine gute Erziehung genossen, erst in Schweden und danach in Island, dann kam die Medizin, die Arbeit im Krankenhaus. Es lief gut, bis er anfing, betrunken zur Arbeit zu kommen. Ein paar Mal kam er noch mit einem blauen Auge davon, doch dann machte er einen verhängnisvollen Fehler, der einen Patienten das Leben kostete. Seine vorherige Arbeit wurde unter die Lupe genommen, und es kam ans Licht, dass noch mehr Patienten Schaden genommen, zwei weitere sogar aufgrund von Fehlern, die auf seinen Alkoholkonsum zurückzuführen waren, gestorben waren.

Der Fall wurde öffentlich gemacht, und die Medien ließen ihn nicht in Ruhe. Er verlor seine Zulassung und wurde vor Gericht dazu verurteilt, in einigen Fällen Schadenersatz zu zahlen. Trotz alledem fehlte es ihm an nichts, denn seine Eltern waren sehr wohlhabend gewesen. Doch nun wollte er nicht länger in Reykjavík wohnen. Er verließ nur selten das Haus und genoss noch nicht einmal die Aussicht aufs Meer, hatte meistens alle Vorhänge zugezogen. Das Leben lief seinen gewohnten Gang, er wachte morgens vom Wecker auf und blieb bis mittags im Bett liegen. Mittags machte er eine Suppe warm und hörte die Nachrichten, zog ein Hemd und eine Cordhose an, blätterte in Büchern, lauschte der Radiogeschichte und legte sich dann wieder hin. Zur Kaffeezeit nahm er immer ein paar Tabletten, um schlafen zu können. Dann wachte er auf, um im Fernsehen die Abendnachrichten zu sehen und zu kochen, an vier Tagen Fisch, freitags Rinderhackfleisch, samstags Hühnchen und sonntags Lamm. So lief es, Woche für Woche, eine ständige Wiederholung. Er hatte aufgehört zu trinken, und es war leichter gewesen, als er gedacht hatte.

Normalerweise ging Ríkharður einmal in der Woche aus dem Haus. Erst ins Fischgeschäft, dann in den Supermarkt und schließlich in eine Buchhandlung. Meistens kaufte er zwei oder drei Bücher pro Woche, kam aber nie auf die Idee, eine Bücherei zu besuchen. Er wollte keine Bücher lesen, die schon viele Leute angefasst hatten. *Die vielen Bakterien*, dachte er angeekelt und machte es sich dann wieder in seiner ordentlichen Wohnung gemütlich, die seit zwei Jahren niemand außer ihm betreten hatte.

Es war nicht leicht, ihn zu erreichen, und genau so wollte er es haben.

Und es würde noch schwieriger werden, wenn er erst in den Norden aufs Land gezogen wäre.

Der heutige Tag hatte genauso angefangen wie jeder andere. Die Tageszeitungen, mittags eine Suppe und dabei die Nachrichten.

In einem Neubau in Reykjaströnd im Skagafjörður wurde die Leiche eines Mannes entdeckt.

Es war, als bliebe die Zeit stehen.

Ríkharður hielt den Suppenlöffel in der Hand, erstarrt, und blickte zum Radio, als erwarte er, dass der Nachrichtensprecher aus dem Gerät in seine Küche stieg.

Vorsichtig legte er den Löffel auf den Teller, mit leicht zittriger Hand, und ging ins Arbeitszimmer, wo der Computer stand. Ein alter Computer, den er fast nie benutzte. Es war ein paar Monate her, seit er ihn zuletzt eingeschaltet hatte. Mit Ächzen und Knacken sprang er an, doch am Ende kam Ríkharður ins Internet und fand schließlich eine Meldung mit einem Foto vom Tatort.

Eigentlich hatte er schon lange keine Gefühlsregungen mehr, war nahezu emotionslos, und nichts konnte ihn mehr berühren.

Doch jetzt sprang er so hastig auf, dass sein Stuhl umkippte.

»Verdammte Scheiße!«, brüllte er aus vollem Hals.

16. Kapitel

Der Mann, der an die Tür kam, musste Jökull sein.

»Guten Tag«, sagte er mit träger Stimme, fixierte Ari durch seine runden Brillengläser und war ziemlich abweisend. Ari bemerkte die Verwandtschaft sofort. Wie Feuer und Eis, dachte er. Jökull war kleiner und schmaler als Logi, aber sie waren eindeutig Brüder.

»Ich heiße Ari und muss kurz mit Ihnen und Ihrer Frau sprechen, wegen des Todes von Elías Freysson«, sagte er entschlossen und wartete darauf, hineingebeten zu werden, doch Jökull schien nicht auf Gäste eingerichtet zu sein.

»Äh … ja«, antwortete er zögernd, »was wollen Sie denn wissen?«

»Wo war Ihr Bruder letzte Nacht?«

»Äh … glauben Sie, dass Logi den Mann ermordet hat?«, entgegnete Jökull langsam und mit leiser Stimme.

Ari dachte kurz darüber nach, die Sache zu entschärfen und dem Mann zu sagen, dass sein Bruder natürlich nicht unter Verdacht stünde und die Polizei lediglich die Alibis der Kollegen des Toten überprüfen müsse. Aber eigentlich gab es dazu keinen Anlass, und er antwortete: »Wer weiß? Natürlich steht er unter Verdacht.«

Das brachte Jökull leicht aus der Fassung, und er zeigte zum ersten Mal eine Gefühlsregung.

»Er, also … er war die ganze Nacht zu Hause.«

»Wie können Sie sich da so sicher sein?«

»Meine Frau Móna und ich waren mehr oder weniger die ganze Nacht wach. Sie ist schwanger und fühlte sich nicht gut.« Er rückte die Brille auf seiner Nase zurecht.

»Hätte er das Haus verlassen können, ohne dass Sie es gemerkt hätten?«, fragte Ari etwas lauter.

»Tja … nur wenn er im ersten Stock aus dem Fenster gesprungen wäre.« Dann fügte er hinzu: »Aber ich weiß, dass er letzte Nacht zu Hause war. Er kam runter und hat mit uns ungefähr die Hälfte eines Films angeschaut, *Seven*. So ist das mit der Schichtarbeit – man schläft zu den merkwürdigsten Uhrzeiten.«

»Machen Sie auch Schichtarbeit?«

»Nein … nein, körperliche Arbeit liegt mir nicht. Ich gehöre eher an einen Computer. Ich arbeite bei der Sparkasse.« Er wirkte verwundert über die Frage und ging wahrscheinlich davon aus, dass jeder wusste, wer bei den wichtigsten Einrichtungen im Ort arbeitete.

»Ich muss auch mit Ihrer Frau sprechen.«

»Wie … mit meiner Frau? Ich glaube, sie schläft.«

Ari blieb ungerührt auf der Treppenstufe stehen. Er lächelte nicht, wartete nur ab und ließ die Zeit für sich arbeiten.

»Na gut, ich hole sie.« Jökull seufzte und verschwand.

Ari trat ein paar Schritte zurück, während er wartete, und musterte das gelb gestrichene Haus; eine kleine Spinne wanderte die Wand hoch. Das Haus schien relativ frisch gestrichen zu sein, war aber vermutlich in den Sechziger- oder Siebzigerjahren gebaut worden.

»Hallo«, sagte eine schläfrige Stimme. Ari drehte den Kopf und sah die schwangere Frau. »Ich bin Móna. Wollten Sie etwas mit mir besprechen? Sie müssen Ari sein. Tómas hat mir von Ihnen erzählt … ich bin mit ihm verwandt.«

»Hallo, nur eine ganz kurze Frage. Wissen Sie, wo Ihr Schwager Logi letzte Nacht war?«

»Ja, hier zu Hause«, antwortete sie müde. »Wir haben auf den hier aufgepasst.« Sie zeigte auf ihren Bauch und versuchte zu lächeln.

Ari verabschiedete sich.

Auf dem Weg zum Polizeiwagen wanderte sein Blick hinauf zu den Bergen.

An den meisten Hängen lag noch Schnee.

In Siglufjörður war der Winter nie weit.

17. Kapitel

Nachdem Ísrún in den Radionachrichten gehört hatte, dass Ríkharður Lindgren der Besitzer des Hauses war, bei dem die Leiche gefunden worden war, fuhr sie noch einmal in die Redaktion. Von der Vulkanasche hatte sie immer noch einen üblen Geschmack im Mund. Die Aschewolke über der Hauptstadt wurde im Lauf des Tages immer dichter, und die Temperatur stieg. Verdammter Vulkanausbruch. Meistens freute sich Ísrún über warme Sommertage, aber jetzt wäre ihr kalter Nordwind lieber gewesen.

Sie erinnerte sich gut an Ríkharðurs Fall. Er war in die Schlagzeilen gekommen, als sie vor ihrem Masterstudium in der Redaktion gearbeitet hatte. Dort hatte man allerdings entschieden, seinen Namen nicht öffentlich zu machen; der damalige Nachrichtenchef war überaus diskret gewesen und hatte die Verbreitung tragischer Meldungen auf ein Mindestmaß beschränkt. Drei Menschen waren aufgrund von Ríkharðurs Alkoholkonsum gestorben.

Laut Einwohnerverzeichnis hatte er seinen Hauptwohnsitz in Schweden. Ísrún rief bei ihrer Bekannten Elín an, die damals bei einer Tageszeitung gearbeitet und den Fall intensiv recherchiert hatte. Inzwischen hatte sie dort aufgehört und arbeitete als Pressesprecherin bei einer Firma, die früher ein vermögendes Einzelunternehmen gewesen war und sich jetzt im Besitz ihres größten Gläubigers, der Reichsbank, befand. Vielleicht wusste Elín ja etwas über Ríkharður. Diese Seite an dem Fall war nicht uninteressant, und Ísrún wollte die Chance nutzen, um bei Ívar ein paar Punkte zu sammeln, aber trotzdem noch zu einer vernünftigen Zeit in den Norden kommen.

»Hallo, hier ist Ísrún«, sagte sie stockend.

»Lange nichts mehr von dir gehört«, entgegnete Elín mit freundlicher Stimme.

»Ja … ich hatte unheimlich viel zu tun.« Das war keineswegs übertrieben. Ihr Leben war in den letzten zwei Jahren eine einzige Achterbahn gewesen, die fast immer abwärts fuhr. »Wie läuft's in der PR-Branche? Lieferst du deinen alten Kollegen ab und zu ein paar gute Schlagzeilen?«

»Das kommt vor«, sagte Elín lachend.

»Ich muss dich kurz was fragen.«

»Was denn?«

»Erinnerst du dich noch an Ríkharður Lindgren?«

»Und ob! Dieser verdammte Säufer.« Ihre Stimme klang scharf und entschlossen.

»Hast du den Fall damals noch weiter verfolgt?«

»Ja, ich habe ab und zu über ihn berichtet, besonders, als es um die Schadenersatzansprüche ging«, antwortete Elín.

»Wohnt er noch hier, oder ist er nach Schweden gezogen?«

»Als ich das letzte Mal von ihm gehört habe, wohnte er in Reykjavík, in der Wohnung seiner Schwester im Skuggahverfi, wenn ich mich recht entsinne«, sagte sie mit einem Hauch von Genugtuung in der Stimme. Offenbar freute sie sich, einer alten Bekannten aus Journalistenkreisen helfen zu können. Sie nannte Ísrún den Namen der Schwester, und eine halbe Stunde später stand die im Hausflur eines ziemlich neuen Wohnblocks im Vatnsstígur.

Nach der Ausschlussmethode suchte sie die richtige Klingel. Da der Name der Schwester nirgendwo stand, musste es die einzige unmarkierte Klingel sein. Eine Wohnung im siebten Stock.

Ísrún klingelte, das Gesicht von der Türkamera abgewandt. Keine Antwort. Sie klingelte noch einmal und wartete. Eine heisere Männerstimme sagte barsch: »Hallo?«

»Ríkharður? Ich bin von der Kriminalpolizei ...« – *Mist*, sie hätte sagen sollen, sie sei vom Landeskriminalamt – »... und muss kurz mit Ihnen über Ihr Haus in Nordisland reden.«

Er schnaubte und ließ sie dann herein.

Sie nahm den Aufzug in den siebten Stock. Früher wäre sie die Treppe hinaufgerannt, aber jetzt hatte sie keine Energie mehr dafür.

Als sie die richtige Wohnung fand, klingelte sie an der Tür.

Der Mann öffnete, Ísrún schob ihren Fuß in die Tür, lächelte und war schon durch die Öffnung geschlüpft, bevor er verwirrt sagen konnte: »Hören Sie mal, ich kenne Sie doch. Diese ... diese Narbe.« Meistens erwähnten die Leute ihre Narbe nicht. »Ich habe Sie schon mal im Fernsehen gesehen.« Dann wurde seine Stimme lauter: »Sie sind keine verdammte Polizistin. Verschwinden Sie!«

»Ich mache Ihnen ein Angebot«, sagte Ísrún seelenruhig. »Ich interessiere mich nicht für Sie und Ihre abartigen Machenschaften, aber ich brauche Infos über Elías Freysson. Wenn Sie mir ein paar Fragen über ihn beantworten, verspreche ich, Ihren Namen nicht in den Nachrichten zu nennen. Und wenn nicht ...« Sie zögerte. Früher war sie nicht so kalt und unerbittlich gewesen. Die letzten zwei Jahre hatten sie verändert. »... wenn nicht, können Sie Gift darauf nehmen, dass Ihnen die Presse die Tür einrennt.«

Er zögerte.

»Draußen im Wagen sitzt ein Kameramann«, log sie. »Wenn ich ihm Bescheid gebe, können Sie noch nicht mal das Haus verlassen, ohne gefilmt zu werden.«

»Was wollen Sie über Elías wissen?«, fragte er wütend.

»Woher kannten Sie ihn?«

»Er hat nur für mich gearbeitet. Ich kannte ihn nicht. Er galt als handwerklich geschickt, und ich hatte einen guten Preis mit ihm vereinbart.«

»Wer hat ihn Ihnen denn empfohlen?«

»Ein Bekannter aus Dalvík, er heißt Svavar. Elías und er waren wohl befreundet. Haben lange zusammengearbeitet.«

»Können Sie mir die Telefonnummer und die Adresse von diesem Svavar geben?«

Er nickte, ging aus dem Flur und kam kurz darauf mit einem Zettel mit einer nahezu unleserlichen Aufschrift zurück. Unwirsch hielt er Ísrún den Zettel hin und sagte: »Nehmen Sie das und auf Wiedersehen.«

»Wissen Sie sonst noch was über Elías? Etwas, das mir weiterhelfen könnte?«

»Verdammt noch mal, ich kannte den Mann überhaupt nicht«, sagte Ríkharður erzürnt. »Dieser Idiot, sich auf meinem Grundstück umbringen zu lassen! Soweit ich weiß, hat er sich für wohltätige Zwecke engagiert, irgendein Konzert in Akureyri organisiert. Mehr weiß ich auch nicht. Und jetzt verschwinden Sie, sonst rufe ich die Polizei!«

»Danke für Ihre Hilfe.« Sie ging ins Treppenhaus und lächelte Ríkharður freundlich an.

Der knallte sofort die Tür hinter ihr zu.

Ísrún nahm den Aufzug nach unten, ging zum Auto und machte sich auf den Weg in den Norden.

Dalvík war ihr erstes Ziel.

18. Kapitel

»Du hältst dich wohl für was Besseres?«, sagte Hlynur, als Ari eine Schachtel mit der Aufschrift *Weihnachtstee* öffnete, ein paar Teeblätter in ein Sieb gab und es in kochendes Wasser tauchte.

»Du weißt eben Gutes nicht zu schätzen«, erwiderte Ari. »Trinkst den ganzen Tag diese Plörre, die ihr Kaffee nennt.«

»Und bei dir ist immer noch Weihnachten, oder was?«

Ari grinste, antwortete aber nicht und ging aus der Kaffeestube.

Hlynur blieb alleine zurück. Er konnte Aris überhebliches Grinsen nicht ausstehen.

Eifersucht kochte in ihm hoch. Wut. Doch seine Wut hätte sich vielleicht eher auf Tómas richten sollen.

Der hatte Ari gebeten, die Ermittlungen zu leiten. Für Hlynur blieb nur der Kleinkram übrig. Wollte Tómas Ari auf größere Aufgaben vorbereiten? Auf die zukünftige Position des Polizeiwachtmeisters? Hlynur war älter und erfahrener und hätte Vorrang haben müssen.

Natürlich wusste er, dass er aus diesem verdammten Teufelskreis aus Frust und Selbstmitleid herauskommen musste, aber das war leichter gesagt als getan. Er dachte nur noch an diese verfluchten E-Mails und bekam sie einfach nicht mehr aus dem Kopf. Und jetzt hatte Tómas ihn bei diesem wichtigen Fall übergangen. Der größte Fall der letzten Jahre. Diese Tatsache machte ihn nur noch depressiver.

War er zu allem Überfluss auch noch ein schlechter Polizist?

Würde er jemals wieder Fuß fassen?

Als er erwachsen war, hatte Hlynur mit allen seinen früheren Mobbingopfern Kontakt aufgenommen und sich entschuldigt. Manche nahmen es gut auf, andere nicht. Gauti war der Einzige, den Hlynur nicht kontaktiert hatte. Aber er war in der Zeitung auf seinen Namen gestoßen – bei den Nachrufen.

Es war offensichtlich, dass Gauti sich umgebracht hatte. Hlynur war sich sicher, dass sein Selbstmord eine Folge des Mobbings war, ob direkt oder indirekt. Er hatte also einen ehemaligen Schulkameraden durch sein Mobbing getötet und anderen ernsthaften Schaden zugefügt.

Manchmal wurde Hlynur auch wütend und verzweifelt, wenn er die unheimlichen E-Mails las.

Als Nächstes zeige ich dir, wie man stirbt.

Wer wagte es, ihm so etwas zu schicken? Jemand, den er kannte? Vielleicht sogar jemand aus Siglufjörður? Beobachtete ihn der Absender womöglich, verfolgte er ihn auf dem Weg zur Arbeit und nach Hause? An manchen Tagen wurde er von Verzweiflung überwältigt.

Er war der Sache immer noch nicht nachgegangen, hatte nicht überprüft, wer von Gautis Freunden oder Verwandten ihm die Mails hätte schicken können. Das spielte vielleicht auch keine große Rolle. Die Botschaft war angekommen und hatte volle Berechtigung.

Vielleicht musste man ihm *wirklich* zeigen, wie man stirbt.

Am Morgen hatte er einen Anruf von seiner Freundin aus Sauðárkrókur bekommen.

Er wusste genau, worüber sie mit ihm sprechen wollte.

Über den nächsten Schritt in ihrer Beziehung. Er mochte sie wirklich und wäre unter normalen Umständen gespannt über ihre Vorschläge gewesen.

Aber er war nicht ans Telefon gegangen.

Ari trank seinen Weihnachtstee. Wobei der wie jeder andere Tee schmeckte und kein besonderes Weihnachtsaroma hatte. Er wusste auch gar nicht, wie Weihnachten schmecken sollte und hatte nie darüber nachgedacht. Er erinnerte sich, dass seine verstorbene Mutter erzählt hatte, dass es an Weihnachten, als sie ein kleines Mädchen war, nach Äpfeln gerochen habe. Auch das hatte Ari nie verstanden; er fand, dass Äpfel keinen besonderen Geruch hatten.

Mit der bisherigen Abwicklung des Falls war Ari ganz zufrieden, und er wollte unbedingt seinen Mann stehen.

Als sie erfuhren, dass das Haus, bei dem die Leiche gefunden worden war, dem berüchtigten Arzt Ríkharður Lindgren gehörte, hatte Ari eine Idee. Konnte es sein, dass der Mörder es auf Ríkharður abgesehen hatte?

Ari holte Einkünfte über die drei Personen ein, die durch Ríkharðurs Fehler gestorben waren. Die erste war eine hochbetagte Witwe aus Breiðholt, die bei einer Operation verstorben war und eine Tochter und Enkelkinder hinterließ. Eine Frau im Rentenalter aus Kópavogur war ebenfalls gestorben, allerdings erst nach einem schweren Todeskampf. Sie hinterließ einen Mann, der inzwischen in Akureyri wohnte, sowie mehrere Kinder. Des Weiteren starb ein älterer Mann aus Hafnarfjörður, der an diversen Krankheiten litt, nach einer schweren Operation. Er hinterließ einen Sohn, der jetzt in Norwegen lebte.

Darüber hinaus hatten Tómas und er von der Polizei in Akureyri weitere Informationen über den Fortlauf der Ermittlungen erhalten. Ein Journalist aus Reykjavík hatte bei der Polizei in Sauðárkrókur angerufen und gefragt, ob Elías in Drogenschmuggel verwickelt gewesen sei. Er hatte behauptet, Beweise dafür zu haben, aber nicht sagen wollen, welche. Daraufhin war die Polizei dieser Möglichkeit nachgegangen, bisher jedoch ohne Ergebnis. Außerdem war inzwischen bestätigt worden, dass Elías erst Anfang der Woche von einer mehrtätigen Reise aus Dänemark zurückgekehrt war. Er hatte keinen Anschlussflug über eine isländische Fluggesellschaft gebucht, aber man überprüfte noch, ob er mit einer ausländischen Linie von Dänemark aus weitergeflogen war.

Ari hatte Kontakt mit Elías' drittem Mitarbeiter Páll Reynisson aufgenommen, den Tómas immer nur Bullen-Palli nannte, weil er mal als Sommervertretung bei der Polizei in Siglufjörður gearbeitet hatte. Páll befand sich gerade auf dem Weg von Reykjavík in den Norden und versprach, bei der Wache vorbeizukommen, sobald er wieder im Ort wäre.

Ari wollte in der Zwischenzeit unangekündigt bei diesem Künstler, den alle Jói nannten, vorbeischauen. Hákon, der Vorarbeiter beim Tunnelbau, hatte nachdrücklich auf ihn hingewiesen, und falls der die Wahrheit sagte, hatten Jói und Elías eine Auseinandersetzung im Zusammenhang mit der Familienhilfe gehabt.

Das klang vielversprechend.

19. Kapitel

Der Künstler wohnte im Hlíðarvegur in einem alten, kleinen, einstöckigen Haus, das weiß gestrichen war. Kletterpflanzen bedeckten die gesamte Vorderfront, und im Fenster über der Haustür standen knallrote Babuschkas mit gelbem Muster der Größe nach aufgereiht.

Da es keine Türklingel gab, klopfte Ari leicht gegen das Glaskunstwerk in der Haustür. Ein Mann mittleren Alters kam um die Ecke.

»Kommen Sie mit, ich arbeite gerade im Garten.« Er hatte einen grauen, dichten Vollbart und wirkte auf Ari wie der Weihnachtsmann. »Tómas hat mir Bescheid gesagt, dass Sie kommen.«

Mitten auf dem Rasen, umgeben von dichten Johannisbeersträuchern und vereinzelten Tannen, lag eine weiße Leinwand, die mit Fußabdrücken verziert war. Ari bemerkte, dass Jói barfuß und seine Füße farbverschmiert waren.

Nun tauchte er den rechten Fuß in einen Eimer mit blauer Farbe und hüpfte auf einem Bein über die Leinwand.

»Malen Sie?« Ari merkte sofort, wie dumm die Frage war.

»Kann man sagen«, antwortete Jói fröhlich.

»Sie sind Performance-Künstler?«

»Ja, damit habe ich mir einen Namen gemacht, aber Performances lassen sich schwer verkaufen, verstehen Sie? Deshalb male ich jetzt auch, um mich zu ernähren, und trete ab und zu als Musiker auf. Wobei das Leben hier billig ist, man braucht nicht viel. Dieses Werk habe ich an einen Sammler in Holland verkauft. Da bin ich ziemlich bekannt, wissen Sie. Nicht schlecht, ins Ausland zu verkaufen, neuerdings bekommt man ja viele Kronen für den Euro!«

Ari bewegte sich möglichst wenig, damit er keine Farbe auf die Schuhe bekam.

»Leben Sie schon lange hier?«

»Wann lebt man wirklich an einem Ort?«, fragte Jói, ohne aufzuschauen. »Ich bin Weltbürger, und ja, ich wohne mehr oder weniger seit meiner Geburt in Siglufjörður. Ob sie nun gut oder schlecht war, müssen andere beurteilen.«

»Ob was gut oder schlecht war?«, fragte Ari ungeduldig.

»Meine Geburt«, antwortete Jói tiefsinnig.

»Apropos Leben und Tod«, sagte Ari mit förmlicher Stimme. »Ich habe gehört, dass Sie den Mann kannten, der letzte Nacht ermordet wurde, Elías Freysson.«

Jói schaute auf, doch bevor er antworten konnte, fügte Ari hinzu: »Und nicht besonders gut mit ihm auskamen.«

Jói stieß eine Art Lachen aus.

»Ja, ich kannte ihn. Ein mieses Schwein.« Seine Stimme hatte einen ernsten Unterton bekommen.

»Ein feiner Kerl«, entgegnete Ari fast automatisch.

»Was?«

»Ein feiner Kerl – so wurde er mir heute beschrieben.«

»Er wusste, wie man sich einschleimt, aber ich habe ihn durchschaut. Ich durchschaue jeden. Das ist die Künstlernatur, wissen Sie«, sagte er und hüpfte auf dem anderen Bein über die Leinwand.

»Hatten Sie Streit miteinander?«, fragte Ari ziemlich barsch. Dieses Theater brachte ihn ganz durcheinander.

»Bei der Demo? Nein, kann man nicht sagen«, antwortete Jói, trat von der Leinwand, tauchte dann seinen linken Fuß in gelbe Farbe und malte mit beiden Füßen weiter.

»Demo? Welche Demo?«, fragte Ari, ohne seine Verwunderung verbergen zu können.

»Ach, wussten Sie das nicht?«, fragte Jói zögernd.

»Was war das für eine Demonstration?«

»Demonstration ist eigentlich zu viel gesagt. Kaffeeklatsch trifft es eher. So protestieren wir eben hier auf dem Land. Wir haben uns zusammengetan, insgesamt vielleicht zehn Leute, und ein Protestcamp am Héðinsfjörður-Tunnel errichtet.«

»Ich dachte, die Leute hier wären für den Tunnel.«

»Ich nicht. Wir haben gegen die Umweltzerstörung protestiert, dass man eine Straße durch den Berg gesprengt hat, und natürlich gegen die Folgen, dass der Héðinsfjörður dadurch zu einer stark befahrenen Strecke wird. Einer der entlegensten Fjorde des Landes. Eine unberührte Perle der Natur. Das ist eine Schande!« Jói schnaubte.

»Und hatten Sie Erfolg?«

»Das sehen Sie ja. Soweit ich weiß, wird der Tunnel im Winter eröffnet.«

»Lief das alles friedlich ab?«

»Mehr oder weniger«, antwortete er leise.

»Was meinen Sie damit?«

»Elías hat sich ziemlich aufgeregt. Er war gerade erst hergezogen. Hat uns wild beschimpft. Ich war der Einzige, der ihm was entgegengesetzt hat. Es kam zu Handgreiflichkeiten.« Jói zögerte. »Er hat mich angerempelt, oder ja, richtig geschubst. Aber ich habe mich nicht provozieren lassen. So was passiert schon mal in der Hitze des Gefechts, aber von da an war er mir suspekt.« Er schaute auf und lächelte unsicher.

»Kannten Sie sich schon vorher?«

»Nein, gar nicht.« Dann fügte er hinzu: »Dabei war Elías als Kind hier in der Nähe auf dem Land, bei einem Ehepaar im Skagafjörður, auf einem Hof, der jetzt nicht mehr bewirtschaftet ist. Da war ein paar Jahre lang eine Art Feriencamp für Jungen aus Reykjavík.«

»Vielleicht sollte ich mal mit denen reden«, sagte Ari. »Wissen Sie, wo sie jetzt wohnen?«

»Sie sind beide tot. Um mit denen zu reden, müssten Sie sich auf unkonventionelle Wege begeben, aber eins ihrer Kinder ist nach ihrem Tod hergezogen. Ihr Sohn Jónatan, der wohnt neben dem alten Friedhof.«

»Ich schaue bei Gelegenheit mal bei ihm vorbei«, sagte Ari und wechselte das Thema. »Erzählen Sie mir von diesem Benefizkonzert, das Sie organisiert haben. Wollten Sie da auftreten?«

»Ja, das will ich immer noch. Es findet bestimmt statt, auch wenn Elías tot ist. Jetzt ist es sogar wahrscheinlicher, dass es stattfindet. Ich hatte schon überlegt, mich komplett aus der Sache auszuklinken, aber das ist jetzt nicht mehr nötig.«

»Warum wollten Sie aufhören?«

»Ich war ja zusammen mit Nóra und Elías für die Organisation zuständig. Sie war total begeistert von ihm … Wahrscheinlich hat sie ihn einen feinen Kerl genannt, oder?« Er grinste, wartete nicht auf eine Antwort und fuhr fort: »Das war alles ein bisschen undurchsichtig, also, als Elías dazukam. Er kümmerte sich um die gesamten Finanzen, ohne uns einen Einblick zu geben. Nóra war das egal, aber mir nicht. Ich habe heimlich Unterlagen durchsucht und bin auf horrende Rechnungen gestoßen für Ausgaben, die mir überhaupt nichts sagten. Ich vermute, er wollte auf diese Weise Schwarzgeld in Umlauf bringen.«

»Geldwäsche?«

»Genau, das ist wohl das richtige Wort. Er hat darauf vertraut, dass solche Aktionen bei einer Wohltätigkeitsorganisation niemandem auffallen würden. Ich habe dem Kerl nicht über den Weg getraut, so war es nun mal.«

»Sie waren nicht zufällig in der Nähe des Orts, an dem er letzte Nacht ermordet wurde?«, fragte Ari beiläufig.

»Der war gut«, sagte Jói grinsend. »Ich war letzte Nacht in Akureyri auf dem Campingplatz, um zu malen. Nicht im Skagafjörður, um einen Mann umzubringen.«

»Das ist ja nicht weit voneinander entfernt«, murmelte Ari.

»Nicht weit an Kilometern, aber zwischen Landschaftsmalerei und Mord liegen Welten«, sagte Jói, ohne von der Leinwand aufzuschauen, die inzwischen ziemlich wüst aussah.

»Vielleicht«, sagte Ari nur und verabschiedete sich.

Er schlenderte durch den Hlíðarvegur und die Brekkugata hinunter zum Rathausplatz.

Dort sah er sie.

Ugla.

Die Frau, die seine Beziehung zu Kristín zerstört hatte. Wobei er das eigentlich selbst getan hatte. Er hatte Ugla seit ein paar Monaten nicht mehr gesehen, und sie hatten seit anderthalb Jahren nicht mehr miteinander geredet.

Sie betrat den Platz aus der entgegengesetzten Richtung. Ari konnte schlecht umkehren oder den Fußweg verlassen und über die Wiese laufen, nur um ihr aus dem Weg zu gehen.

Ugla blickte auf, als sie aufeinandertrafen.

Er lächelte.

Sie lächelte nicht.

Er war sehr verliebt in sie gewesen, spürte aber nichts mehr davon.

Jetzt vermisste er nur Kristín.

20. Kapitel

Páll Reynisson fuhr durch den alten Tunnel Strákagöng, nicht zum ersten und bestimmt nicht zum letzten Mal. Er war in Siglufjörður geboren und aufgewachsen und konnte sich nicht vorstellen, woanders zu leben. Der Fjord empfing ihn, als er aus dem Tunnel kam; stets dasselbe warme, behagliche Gefühl – ich bin zu Hause.

Páll hatte zwei Sommer lang als Vertretung bei Tómas in der Polizeiwache gearbeitet, und es hatte ihm ganz gut gefallen, aber nicht gut genug, um am Ball zu bleiben. Stattdessen hatte er eine Lehre als Elektriker gemacht und zuletzt am Héðinsfjörður-Tunnel gearbeitet, bei der kleinen Baufirma von Elías Freysson.

Es würde ziemlich seltsam sein, in die Wache zu kommen und als Zeuge vernommen zu werden.

Tómas wollte sich wegen seiner Bekanntschaft mit Páll nicht in die Vernehmung einmischen und ging davon aus, dass Ari das gut alleine hinkriegen würde.

Natürlich würde es nicht ganz leicht werden, ihn für die Position des Polizeiwachtmeisters vorzuschlagen und dadurch Hlynur vorzuziehen, der mehr Erfahrung hatte.

Doch Hlynur war überhaupt nicht mehr so wie früher. Manchmal schien er in einer anderen Welt zu leben, in seiner eigenen fernab der Polizeiwache, mit den Gedanken bei etwas ganz anderem.

Erst hatte Tómas gedacht, das sei nur Zufall, Erschöpfung oder Langeweile, doch in den letzten Monaten war es immer schlimmer geworden, und inzwischen konnte man Hlynur fast nur noch einfachste Aufgaben übertragen.

Er war nicht mehr so pünktlich wie früher und nachlässig bei der Arbeit. Beispielsweise hatte er durch seine schludrige Arbeitsweise einen simplen Drogenfall vermasselt. Das Schlimmste war allerdings gewesen, als ein älterer Mann im Schwimmbad einen Herzstillstand erlitten hatte. Hlynur hatte Dienst gehabt und war gerufen worden, doch Zeugen hatten erzählt, er sei völlig überfordert gewesen. Habe die ganze Zeit stumm dagestanden, wie erstarrt, und nur zugeschaut. Sei nicht eingeschritten. Ihm sei es jedenfalls nicht zu verdanken gewesen, dass der Mann überlebt hatte.

Bei komplizierteren Fällen als Verkehrsdelikten musste Tómas jetzt immer selbst eingreifen oder Ari darum bitten. Das hatte Hlynur natürlich auch gemerkt. Sie mussten sich unbedingt ernsthaft miteinander unterhalten – sobald dieser Mordfall geklärt war.

Tómas hatte noch gar nicht endgültig entschieden, nach Reykjavík zu ziehen, vielleicht würde es gar nicht so weit kommen, dass er sich zwischen seinen beiden Mitarbeitern entscheiden musste. Siglufjörður hatte ihn noch fest im Griff. Tómas fiel es schwer, die Gründe dafür in Worte zu fassen; die Vergangenheit und die Erinnerungen hielten ihn fest. Außerdem durfte man nicht vergessen, dass er sich voll und ganz –

vielleicht zu viel – in die Arbeit gestürzt und Karriere gemacht hatte. Eine vorübergehende Beurlaubung konnte schnell zu einer längeren Pause führen, und die Stelle als Polizeiwachtmeister würde ihm nicht endlos offenstehen. War er bereit, sie zu opfern?

»Setzen Sie sich«, sagte Ari zu Páll, entschlossen, ihm keine Einwände durchgehen zu lassen, auch wenn er sich auf der Polizeiwache wie zu Hause fühlte.

»Nett, mal vorbeizuschauen«, sagte Páll etwas nervös, als wolle er das Eis brechen. »Ich hatte schöne Sommer hier. Werde immer noch Bullen-Palli genannt.«

»In Siglufjörður wird man Spitznamen so schnell nicht wieder los«, sagte Ari trocken. »Was haben Sie in Reykjavík gemacht?«

»Mich nur ein bisschen vergnügt. Ich hatte gestern frei und wollte einfach mal in die Stadt ... ins Sündenbabel!« Er lehnte sich über den Tisch und versuchte zu lächeln.

»Haben Sie in einem Hotel übernachtet?«

»Nein, bei einem Freund. Wollen Sie seinen Namen und seine Adresse?« Er lehnte sich wieder auf seinem Stuhl zurück.

»Ja, bitte.« Ari notierte beides und fuhr dann mit der Vernehmung fort: »Wann sind Sie wieder losgefahren?«

»Heute Morgen.«

»Wie war es, mit Elías zu arbeiten?«

»Ein bisschen speziell«, antwortete Páll verunsichert.

»Was meinen Sie?«

»Es war schwierig, mit Elli und Svavar zusammenzuarbeiten. Die beiden kannten sich schon lange, und ich hatte immer das

Gefühl, dass sie noch mit ganz anderen Dingen beschäftigt waren, über die ich nichts wusste.«

»Andere Dinge? Andere Aufträge?«

»Ja, vielleicht. Ich weiß es einfach nicht.« Er senkte die Stimme: »Oder vielleicht mit etwas … tja, das nicht ans Licht kommen sollte, verstehen Sie?«

»Und warum haben Sie uns nichts davon erzählt?«

»Das war nur so ein Gefühl, ich hatte nie was in der Hand. Sonst wäre ich natürlich zur Polizei gegangen.« Nach einer kurzen Pause fügte er hinzu: »Die beiden waren in den letzten Tagen besonders aufgeregt, irgendwie nervös. Als würden sie ein Riesending drehen. Aber ich habe nie was darüber erfahren.« Páll zuckte zur Bekräftigung mit den Schultern.

»Wie lange haben Sie zusammengearbeitet?«

»Eineinhalb Jahre ungefähr. Elli hat mich eingestellt, kurz nachdem er hergezogen war.«

»Was war er für ein Typ?«

Páll überlegte. »Es ist schwer, ihn zu beschreiben. Ich fand ihn immer ein bisschen unheimlich. Und dann hat er sich angeblich für wohltätige Zwecke interessiert. Das war eindeutig gelogen. Er war sich immer selbst am nächsten. Ich glaube, er hätte gerne einen Haufen Geld verdient und wäre ins Ausland gegangen. Svavar hat jedenfalls oft davon geredet, in wärmere Gefilde zu ziehen.« Er beugte sich vor und senkte die Stimme: »Und mit meinem Gehalt wäre das nicht möglich gewesen. Entweder habe ich besonders wenig verdient, oder die beiden hatten noch andere Einnahmequellen, von denen niemand etwas wusste.«

»Was ist mit Logi? War der auch in diese Geschichte involviert?«, fragte Ari.

»Ich bin mir, ehrlich gesagt, nicht sicher. Ich glaube nicht. Aber ihm haben sie mehr vertraut als mir. Einmal Bulle, immer Bulle, was?« Er grinste. »Wobei ich Elli gestern mit Logi reden sehen habe, und als ich dazukam, wurden sie plötzlich ganz still. Vielleicht war er ja doch in die Sache verwickelt. Tja, oder sie wollten ihn in den Geheimbund aufnehmen!«, sagte Páll scherzhaft, wirkte aber trotzdem ein bisschen beleidigt, nicht miteinbezogen worden zu sein.

Hlynur hatte Ari mit Palli ins Verhörzimmer gehen sehen.

Er wusste genau, dass er vor einem Jahr da drinnen gewesen wäre, nicht Ari. Wut kochte in ihm hoch.

Er musste unbedingt herauskriegen, wer ihm diese Mails schickte. Dann würde er wieder festen Boden unter den Füßen bekommen.

Hlynur riss sich zusammen und betrachtete die Nachrufe auf Gauti. Es war lange her, seit er sie zuletzt angeschaut hatte. Gautis Todestag war der 10. Mai. Die erste E-Mail war genau an diesem Tag gekommen, ein paar Jahre nach Gautis Tod. Das war kein Zufall.

Aus der Einleitung des Nachrufs ging hervor, dass Gauti zwei Geschwister hatte. Eine Schwester, ein paar Jahre jünger als er, und einen älteren Bruder. Als er starb, war sein Vater schon tot gewesen, aber seine Mutter hatte noch gelebt.

Hlynur notierte sich die Namen und schlug sie im Melderegister nach.

Die Geschwister wohnten im Hauptstadtbereich, aber Gautis Mutter war inzwischen verstorben. Hlynur fand ohne große Schwierigkeiten Nachrufe auf sie. Sie war ein Jahr nach Gauti gestorben. Er überflog die Nachrufe und hatte das unangenehme Gefühl, dass sie aus bloßer Trauer über Gautis Tod gestorben war. Doch aus den Nachrufen ging nicht hervor, ob sie sich das Leben genommen hatte.

Hlynur wurde ganz mulmig. War es nicht schon schwer genug, die Verantwortung für Gautis Tod zu tragen? Jetzt hatte er auf einmal zwei Menschenleben auf dem Gewissen.

In seinem Kopf rauschte es, Hoffnungslosigkeit durchströmte ihn, aber er versuchte, sie abzuschütteln.

Im Internet suchte er nach Fotos von Gautis Geschwistern.

Sein Bruder hieß Oddur. Hlynur fand schnell ein Bild von ihm, hatte ihn aber noch nie zuvor gesehen.

Gautis Schwester hatte einen gängigeren Namen. Guðrún. Bei der Bildersuche im Netz kamen mehrere Frauen in Frage, und Hlynur war sich nicht sicher, welche die richtige war, kannte aber keine von ihnen.

Tómas und Ari waren am Abend zu einer Lagebesprechung nach Akureyri eingeladen worden. Tómas hatte vorgeschlagen, am späten Nachmittag loszufahren und unterwegs etwas zu essen.

Er war heilfroh, eine Entschuldigung zu haben, auswärts zu essen, und das sogar in Gesellschaft. Zurzeit lebte er mehr oder weniger von Tiefkühlkost. Er hatte nie richtig kochen gelernt, konnte aber immerhin ein Fertiggericht in die Mikrowelle schieben. Manchmal kaufte er zur Abwechslung eine Tiefkühlpizza und wärmte sie im Backofen auf. Er vermisste die Gerichte, die seine Frau gekocht hatte, die alltäglichen wie die festlichen.

Am meisten vermisste er die Steaks, die es ab und zu gegeben hatte, meistens mit Sauce béarnaise und Fritten. Ein langsamer, aber köstlicher Tod.

Ari hatte sich Pálls Aussage bestätigen lassen. Falls sein Freund die Wahrheit sagte, hatte Páll sich nicht in der Nähe des Tatorts befunden. Dann war die Einladung zu der Besprechung eingetroffen, und nun würde er also mit Tómas nach Akureyri fahren.

Ari hatte überhaupt keine Lust dazu. Er war noch nicht so weit, dass er zufällig auf Kristín stoßen wollte. Noch nicht.

Andererseits konnte er die Gelegenheit nutzen, um seine Theorie über Ríkharður Lindgren zu überprüfen. Eines von dessen Opfern wohnte in Akureyri, der Witwer der Frau, die aufgrund seines Ärztefehlers gestorben war. Vielleicht konnte er dem Mann einen Besuch abstatten, ohne Tómas sofort in die Sache miteinzubeziehen. Er würde Natan, seinen alten Schulkameraden, der jetzt in Akureyri wohnte, bitten, ihn hinzubringen. Seine Vermutung war zwar recht weit hergeholt, aber dennoch einen Versuch wert.

Ari trat hinaus in die Sonne; der Ortskern von Siglufjörður war immer noch voller Touristen von dem Kreuzfahrtschiff. Er hatte noch ein bisschen Zeit, bevor sie nach Akureyri losfahren würden, und wollte bei dem Sohn der Bauern vorbeischauen, auf deren Hof Elías seine Sommerferien verbracht hatte. Vielleicht konnte der ihm etwas Interessantes berichten.

Auf dem Weg rief er seinen Freund Natan an und verabredete sich mit ihm. Tómas hatte zwar davon gesprochen, dass sie in Akureyri zu Abend essen könnten, aber Ari würde sich einfach entschuldigen und sagen, er esse mit seinem Kumpel ein Sandwich. Tómas war es bestimmt egal, wenn er alleine essen musste, das war er ja gewöhnt.

Zudem konnte Ari Natan bei der Gelegenheit nach Neuigkeiten über Kristín fragen.

Ari hatte kein Interesse an einer neuen Beziehung, seit sich Kristín und Ugla so kurz hintereinander von ihm getrennt hatten.

Es hatte nur einen Fehltritt gegeben, falls man das einen Fehltritt nennen konnte – er war Kristín gegenüber ja zu nichts mehr verpflichtet. Im Herbst, nachdem sie sich getrennt hatten, wollte ein Freund von der Polizeischule ihn unbedingt mit zu einem Landball in Blönduós nehmen. Freund war vielleicht zu viel gesagt, eher ein Bekannter. Ari hatte im Grunde kaum Freunde und war nie gut darin gewesen, Freundschaften zu schließen. Er konnte sich nur schwer öffnen und anderen Wärme oder Gefühle zeigen. Seit seine Eltern und seine Großmutter tot waren, hatte er sich im Grunde nur mit zwei Menschen richtig wohl gefühlt: erst mit Kristín und dann mit Ugla.

Aris Bekannter war gerade nach Blönduós gezogen, hatte eine Vertretung bei der dortigen Polizei übernommen und kannte nicht viele Leute im Ort. Er wollte nicht alleine zu dem Landball gehen und hatte Ari gefragt, ob er nicht mal aus Siglufjörður weg wolle. Zu der Zeit war Ari sich selbst mit seinem Gejammer darüber, die Sache mit Ugla und Kristín vermasselt zu haben, auf die Nerven gegangen, und hatte zugesagt.

Er hatte Hlynur überredet, ihm sein Auto zu leihen, ein etwas peinliches Gespräch, da die beiden sich fast nie außerhalb der Arbeit trafen und kaum Gemeinsamkeiten hatten. Es fiel Ari ziemlich schwer, ihn um den Wagen zu bitten, aber er überwand sich. Wen hätte er auch sonst fragen sollen? Wohl kaum Tómas. Und ganz bestimmt nicht Ugla.

Der Lärm war ohrenbetäubend, er hatte seinen Bekannten in der Menschenmenge verloren, die laute Musik übertönte alles andere, Lieder, die er noch nie gehört hatte. Was war das eigentlich für eine Band? Die dröhnenden Bässe machten ihn ganz kirre. Er war wirklich zu alt für so was. Jemand rempelte ihn brutal an, er drehte sich um und wollte zurückrempeln, war aber zu spät. Dann sah er dieses wunderschöne Mädchen, ging mit entschlossenen Schritten auf sie zu, obwohl er seinen Körper nicht mehr richtig unter Kontrolle hatte, kein Gleichgewichtsgefühl mehr. Er stellte sich vor, sagte, er sei Polizist. Verstand ihren Namen nicht. Sagte ihr noch einmal, er sei bei der Polizei, falls sie es beim ersten Mal nicht richtig verstanden hatte. Sie war rothaarig, klein. Total sexy. Bestimmt jünger als er. Dann hatten sie den Saal plötzlich verlassen, standen vor einem Haus in Blönduós. Einem roten Haus. Das rothaarige Mädchen in dem roten Haus. Sie gingen rein, sie gab ihm ein Glas, legte Musik auf, drehte die Anlage hoch, dieser ewige verdammte Lärm. Kurz darauf war sie splitternackt. Er musste an Kristín denken. Dabei war das Liebesspiel mit ihr ganz anders: drängender, heftiger, kälter. Trotzdem dachte er die ganze Zeit an Kristín.

Wieder nüchtern und auf dem Rückweg nach Siglufjörður, bereute er die ganze Geschichte. Dieser Vorfall würde in der Nie-passiert-Akte abgeheftet werden, falls Kristín und er wieder zusammenkämen. Falls Kristín und er jemals wieder zusammenkämen.

Aber wenn im Grunde nichts mehr zwischen Kristín und ihm war, warum zum Teufel hatte er dann das Gefühl, sie betrogen zu haben?

21. Kapitel

In der Wache war es ausgesprochen ruhig. Hlynur hatte die meiste Zeit damit verbracht, die alten Nachrufe noch einmal zu lesen. Erst die auf Gauti, dann die auf seine Mutter.

Außerdem hatte er mehrmals sein Mailprogramm aufgerufen und die Drohmails gelesen, wie er sie inzwischen nannte.

Wo würde das alles enden?

Wie konnte er seine alten Sünden wiedergutmachen?

War das vielleicht gar nicht möglich?

Er hätte sein ganzes Hab und Gut dafür gegeben, aus diesem Teufelskreis herauszukommen. Nur für einen Hinweis, wie er alles wieder richten könnte.

Doch er vermutete und befürchtete, dass er diesen Hinweis bereits bekommen hatte.

Als Nächstes zeige ich dir, wie man stirbt.

Die Person, die ihm diese Mails geschickt hatte, ob es nun Gautis Bruder oder Schwester oder jemand ganz anderes gewesen war, wartete im Grunde nur auf das Unvermeidliche. Dass Hlynur denselben Weg gehen würde wie Gauti.

Dann überkam ihn Wut. Tiefer Hass.

Warum können sie mich nicht in Ruhe lassen?

Ich bereue es! Ich bereue alles!

22. Kapitel

Jónatan stand in der Türöffnung wie ein Wächter vor einem Schloss. Ari hatte ihn schon mal im Ort gesehen, aber nicht gewusst, wer er war. Der Sohn der Bauern, auf deren Hof Elías die Sommerferien verbracht hatte. Groß, aber gebeugt, anscheinend mit einem kaputten Rücken, obwohl er kaum älter als vierzig war.

Er betrachtete Ari durch seine dicken Brillengläser und musterte ihn von oben bis unten, als fälle er ein Urteil über ihn. Als er anfing zu sprechen, war seine Stimme nicht so tief und monoton, wie Ari erwartet hatte.

Ari hatte seinen Besuch nicht angekündigt und auch nicht mit Tómas darüber gesprochen. Er wollte sich nicht in die Karten schauen lassen.

Jónatan war alles andere als erfreut über den ungebetenen Gast.

»Was wollen Sie?«, blaffte er und blieb wie angewurzelt stehen.

»Nichts Besonderes.« Ari versuchte, sich ein Bild von dem Mann zu machen. »Nur ein paar Fragen stellen, das ist alles.«

»Ich mag keine Polizisten, wie Sie bestimmt wissen. Nie lasst ihr mich in Ruhe.« Er grummelte vor sich hin, aber es klang eher elend und kränklich als bedrohlich. »Wollen Sie mich nach Elli fragen?«

Elli. Sie kannten sich also. Jónatan erinnerte sich wahrscheinlich an die Zeit, als Elías auf dem Hof seiner Eltern gewesen war.

»Wie ich bestimmt weiß?«, entgegnete Ari. »Was meinen Sie damit?« Dann fügte er hinzu: »Wollen Sie mich nicht reinbitten?«

»Ich lasse niemanden rein«, antwortete der Mann barsch. »Immer diese Schnüffelei.« Schließlich trat er aus der Türöffnung auf die Treppenstufen, Ari fast auf die Füße, und knallte die Tür hinter sich zu. »Ich bin gerade auf dem Weg in den Ort, zum Supermarkt. Du kannst mich begleiten, Junge, und unterwegs mit mir reden.«

Ari blickte zum Rathausplatz. Vom alten Friedhof, wo Jónatans Haus stand, war es dorthin nicht weit. Nur Zeit für ein paar wenige Fragen. Er musste sie sich gut überlegen.

»In Ordnung«, sagte Ari ungeduldig, entspannte sich aber ein wenig, als er sah, dass Jónatan ganz langsam ging und Schwierigkeiten mit dem Laufen hatte. Vielleicht blieb ihm ja doch mehr Zeit für dieses informelle Verhör.

»Was haben Sie eben gemeint?«, fragte er.

»Mach mir doch nichts vor, Junge. Du weißt bestimmt, dass ich im Knast war. Sonst wärst du ja wohl nicht zu mir gekommen«, sagte Jónatan griesgrämig.

Verdammt. Wie dilettantisch, den Mann so unvorbereitet zu vernehmen.

»Nein, ich schaue mir normalerweise nicht die Strafregister von allen Leuten an, mit denen ich reden muss«, sagte Ari und hoffte, überzeugend zu klingen.

»Ich kann mir vorstellen, dass das nicht besonders erheiternd ist«, meinte Jónatan, während er mühsam bergab ging.

»Weshalb haben Sie denn gesessen?« Ari ärgerte sich, kostbare Zeit mit Fragen zu vergeuden, die er auf der Wache im Handumdrehen selbst hätte beantworten können.

»So eine scheiß Drogengeschichte, schlag's einfach nach. Ich war weder schuldig noch unschuldig.« Er zögerte und schien die Sache dann genauer erläutern zu wollen. Ari wusste aus Erfahrung, dass jeder für alles eine Entschuldigung hatte. »Ich hab's für Geld gemacht, verstehst du, hab was übers Meer geschmuggelt, das war nicht meine Idee.«

»Kannten Sie Elías gut?«

»Gut? Nee, kann ich nicht behaupten. Ich erinnere mich nur an ihn …« Seine Stimme brach, er räusperte sich. »Erinnere mich, dass er bei uns auf dem Land war. Er hat nicht mal bei mir vorbeigeschaut, als er nach Siglufjörður gezogen ist. Ich habe überhaupt erst erfahren, dass er hier wohnte, als ich in den Nachrichten von dem Mord gehört habe. Ich mische mich nicht unter die Leute, deshalb höre ich keinen Klatsch im Ort.«

»Wohnen Sie schon lange hier?«

»Seit mein Vater starb, das ist jetzt fünf Jahre her. Da war meine Mutter schon tot. Ich wollte diesen verdammten Hof nicht übernehmen, es gab fast kein Vieh mehr und nichts zu tun, außer aufs Meer zu schauen und an alte … an alte Zeiten zu denken.« Seinem Tonfall nach zu urteilen waren diese Erinnerungen nicht besonders schön.

»Wann waren Sie in diese Drogengeschichte verwickelt?«, fragte Ari. Sie waren jetzt kurz vorm Supermarkt.

»Das ist lange her«, sagte Jónatan mit wehmütiger Stimme. »Lange her. Bevor meine Eltern starben. Ich zog nach Reykjavík, um was zu lernen. Man muss ja was lernen. Als ich aus dem Knast kam, zog ich wieder in den Norden. Hatte sonst keinen Zufluchtsort. Dann starb meine Mutter, mein Vater versuchte, den Hof am Laufen zu halten und starb dann im selben Jahr … Da gab ich auch auf. Meine Geschwister kauften dieses Haus für mich, für einen günstigen Preis.« Er blieb stehen, drehte sich mühevoll um und nickte in Richtung seines kleinen Hauses. »Meine Geschwister sind alle nach Reykjavík gezogen, wohnen in irgendwelchen idyllischen Vororten.« Er grinste und fügte dann hinzu: »Sie besuchen mich nie. Hier gab es eben billigen Wohnraum, und es passte ihnen gut in den Kram, mich abzuschieben, schön weit weg.«

»Was machen Sie hier im Ort?«

Er stand jetzt vor der Tür zum Supermarkt. »Tja … man kann sagen, dass ich Rentner bin. Frührentner.« Er grinste wieder. »Ich kriege Stütze, mein Körper macht nicht mehr mit. Ich krebse so vor mich hin. Weiß nie, welcher Tag ist. Nur den Unterschied zwischen Wochentag und Wochenende, den weiß ich immer. Weißt du, wie ich das mache?«

Ari stand reglos da, antwortete nicht.

»Wenn ich morgens aufwache, schaue ich aus dem Fenster. Wenn Leute unterwegs sind, ist ein Wochentag, und wenn nicht, ist Wochenende. Das reicht mir. Das Leben kann so verdammt einfach sein, wenn man allen scheißegal ist.« Er schlurfte in den Laden, ohne sich noch einmal umzuschauen.

23. Kapitel

Jónatan hatte keine Ahnung, was er im Supermarkt kaufen sollte. Er war knapp bei Kasse und hatte eigentlich alles im Haus, etwas Milch, Quark und Reste vom gestrigen Abendessen. Er hatte diesen Polizisten nur nicht ins Haus lassen wollen, und Einkaufengehen war die einzige Idee gewesen, auf die er gekommen war.

Und warum wollte er die Polizei nicht im Haus haben? Er musste zugeben, dass es auch damit zu tun hatte, dass bei ihm so ein Durcheinander herrschte, denn er räumte schon lange nicht mehr auf, es kam sowieso nie jemand zu Besuch.

Andererseits befürchtete er auch einfach, sich zu verplappern, seinem Herzen Luft zu machen. Wobei das vielleicht gar nicht so schlecht gewesen wäre. Besser, als die Wahrheit mit sich herumzuschleppen. Auf seinem kaputten Rücken. Wie blöd, einfach den Hang runterzulaufen, ohne den Gehstock mitzunehmen. Er hatte ihn in der Eile vergessen und stand jetzt wie bestellt und nicht abgeholt im Supermarkt, zwischen lauter Touristen vom Kreuzfahrtschiff, ohne überhaupt etwas kaufen zu wollen.

Als er den Polizisten auf der Treppe gesehen hatte, hatte er erst für einen kurzen Moment geglaubt, alles sei aufgeflogen.

Eigentlich war er erleichtert gewesen. Er hatte überlegt, ihn ins Haus zu bitten, in das Chaos, ihm einen Stuhl anzubieten und ihm alles zu erzählen.

Jetzt schaute er sich im Laden um. Sah niemanden, den er kannte. Niemand beachtete ihn, er eilte zur Kasse und schlich sich dann hinaus auf die Straße. Fühlte sich wie ein Idiot, weil er in den Supermarkt gegangen und mit leeren Händen wieder herausgekommen war. Er ging um die Ecke und blickte hangaufwärts. Der verfluchte Stock wäre jetzt nützlich gewesen.

Er war immer sehr sensibel und aufgeweckt gewesen, schon seit seiner Kindheit. Gründlich, gutes Gedächtnis, gewissenhaft. Hatte jedoch nicht viel Unterstützung bekommen, sie waren zu Hause viele Kinder, er war der jüngste von fünf Geschwistern, und seine Eltern hatten mit dem Hof im Skagafjörður alle Hände voll zu tun. Dennoch hatte im Grunde nie ein Zweifel daran bestanden, dass er auf die weiterführende Schule nach Reykjavík gehen würde. Körperliche Arbeit lag ihm überhaupt nicht, und er hatte kein Interesse daran, den Hof zu übernehmen. Deshalb zog er in die Stadt und legte ein glänzendes Abitur hin, wobei sich die Probleme, die ihm später zum Verhängnis werden sollten, bereits bemerkbar machten.

Er wollte Medizin studieren. Ein schweres und anspruchsvolles Studium. Schon im Sommer vor Beginn des ersten Semesters bereitete er sich vor. Saß am Schreibtisch und las, musste aber immer wieder darüber nachgrübeln, ob er wirklich ein guter Arzt werden würde. Konnte er zahlreiche Patienten am Tag behandeln, jedem eine passende Diagnose stellen? »Gehen Sie nach Hause, Sie sind gesund.« Würde er sich immer sicher sein? Wie machten die Ärzte das, Tag für Tag so schwerwiegende Entscheidungen zu treffen? Er stellte sich vor, dass er jeden Fall akribisch untersuchen, in der Bibliothek in Büchern und Zeitschriften nach Quellen suchen und sich erst nach genauester Recherche zutrauen würde, zu sagen: »Gehen Sie nach Hause, Sie sind gesund.« Oder? Was, wenn der Patient dann doch erkrankte? Was, wenn er etwas übersähe? Diese Gedanken machten ihm schwer zu schaffen.

Dann ging das Studium richtig los.

Er saß beim Schein einer Lampe am Schreibtisch in der Bibliothek. Schaute ins Buch, las aber nicht weiter. Steckte auf der Seite fest. Wusste nicht, wie lange schon. Kam frühmorgens. Las die ganze Nacht zu Hause. Versuchte, sich alles zu merken. Die Worte verschwammen miteinander. Die Tage eintönig und alle gleich. Hatte er die erste Prüfung verpasst? Vielleicht. Er wusste es nicht mehr. Doch, wahrscheinlich hatte er eine oder zwei Prüfungen verpasst. War noch nicht bereit. Sein Vater hatte vor ein paar Tagen angerufen. Er konnte ihm nicht die Wahrheit sagen. Sagte, er hätte bestanden, alle Prüfungen mit Bestnote. Was nicht unrealistisch war. Er kannte den Stoff besser als jeder andere.

Nachdem er das Studium geschmissen hatte, versuchte er einen Job zu finden. Es war allerdings leichter gesagt als getan, in der Hauptstadt eine passende Arbeit zu finden. Am Ende wurde ihm ein Job im Hafen angeboten, verfluchte Schufterei den lieben langen Tag, anständig bezahlt, aber das würde er nicht lange durchhalten. Für so etwas war er auf Dauer zu empfindlich, sein Rücken zu schwach. Er riss sich zusammen, aber die Schmerzen kamen immer öfter und hielten immer länger an. Dann bekam er die Chance, zur See zu fahren, wo der Lohn noch besser war. Er wollte Geld sparen, seinen Mann stehen.

Doch Seefahrt lag ihm noch weniger als die Arbeit im Hafen. Er strengte sich an, kämpfte mit dem Wellengang, blass und schlapp, machte mehrere Touren. Dort lernte er dann den Teufel in Menschengestalt kennen, einen Mann, der ihn in Versuchung führte wie Satan Jesus in der Wüste – und zwar mit Erfolg.

»Körperliche Arbeit ist was für Jämmerlinge«, sagte er.

Schneller Profit sei der beste Profit, und er hatte natürlich die passende Lösung für Jónatan parat.

Zu diesem Zeitpunkt war sein Rücken fast ganz kaputt, und er war für alle Vorschläge dankbar.

Beim ersten und zweiten Mal lief es gut mit dem Drogenschmuggel.

Doch aller guten Dinge sind drei.

Beim dritten Mal wurde er geschnappt. War wochenlang in Untersuchungshaft und bekam schließlich eine Haftstrafe. Erst da merkten seine Eltern, dass er nicht mehr Medizin studierte. Dass er das Fach gewechselt und sich auf dem Gebiet der angewandten Chemie selbständig gemacht hatte.

Der Gefängnisaufenthalt war gar nicht so schlimm. Die Zelle war ziemlich geräumig und bequem. Das Schlimmste aber war, wieder in den Norden ziehen zu müssen. Körperlich und seelisch zerstört.

Jónatan hatte inzwischen mit Mühe den Hang erklommen. Er blieb im milden Sommerwetter stehen und streckte sich. Sein Rücken schmerzte gehörig, aber es war schon oft schlimmer gewesen.

Er schleppte sich ins Haus. Dieses kleine, baufällige Haus, für das seine Geschwister zusammengelegt hatten. Sein Blick fiel auf den Gehstock, der auf der alten Heizung im Flur lag. Der gesegnete Stock.

Jónatan legte sich erschöpft ins Bett. Er musste sich ein bisschen ausruhen.

In der Nacht würde er bestimmt schlecht schlafen.

Er konnte das Licht nicht ausstehen, die Mitternachtssonne, die alle so schön fanden. Die ganze Nacht lang war es hell. Zwar hatte er dicke, dunkle Vorhänge gekauft, aber das Licht fand meistens doch einen Weg ins Schlafzimmer.

Für ihn waren die hellsten Nächte die dunkelsten.

Und er wusste genau, warum.

24. Kapitel

Es wurde schon Abend, als Ísrún Dalvík erreichte, was jedoch nur an der Uhr ablesbar war. Der Juniabend war sonnig und hell, der Tag im Norden noch länger als im Süden.

Sie stand vor dem Haus, in dem Elías' engster Mitarbeiter wohnte, Svavar Sindrason. Zweiundvierzig Jahre alt. Alleinstehend. Kommi hatte sie auf halber Strecke angerufen und gefragt, ob sie was Neues für die Abendnachrichten hätte. Sie hatte ziemlich unwirsch verneint und gesagt, das brauche Zeit. Bei der Gelegenheit hatte sie ihn gebeten, Auskünfte über Svavar einzuholen, den sie treffen wolle, das Gespräch mit Ríkharður Lindgren jedoch nicht erwähnt. Kommi, ein absoluter Profi, hatte gute Arbeit geleistet, sie kurz darauf zurückgerufen und ihr diverse Infos über Svavar gegeben: Geburtstag, Familienverhältnisse und so weiter. Ísrún grinste in sich hinein, weil Kommi auf einmal ihr half und nicht umgekehrt, wie Ívar es gerne gewollt hätte.

Svavar hatte kein besonders ereignisreiches Leben geführt, im Internet und in den Medien war kaum etwas über ihn zu finden. Sein Name war lediglich auf Sportseiten in alten Tageszeitungen aufgetaucht, weil er eine Zeitlang in der Handball-Nationalliga gespielt hatte.

In seiner Straße standen dicht gedrängt alte und ehrwürdige Häuser. Ísrún klingelte an Svavars Haustür. Sie musste sich kein bisschen überwinden, abends einen fremden Mann zu behelligen. Als Journalistin hatte sie sich längst ein dickes Fell zugelegt. Die Nachrichten waren das Wichtigste, standen an erster, zweiter und dritter Stelle. Sie hatte zwar das Ziel, professionell und gründlich zu arbeiten, wusste aber, dass sie fremden, ahnungslosen Leuten durch ihren Job bisweilen Unannehmlichkeiten bereitete. Wenn sie so etwas zu nah an sich herankommen ließ, musste sie sich einen anderen, ruhigeren Job suchen.

Nach einer geraumen Weile kam endlich jemand zur Tür.

Der Mann wirkte müde.

»Guten Abend«, sagte er mit leiser Stimme.

»Ich würde gerne mit Ihnen über Elías sprechen«, sagte Ísrún unumwunden. »Ich bin den ganzen Weg von Reykjavík hergefahren, um Sie zu treffen.« Ein bisschen Übertreibung schadete nicht. »Hätten Sie zehn Minuten Zeit für mich?«

Svavar schien keine Einwände zu haben.

»Kommen Sie rein.«

Das ließ Ísrún sich nicht zweimal sagen. Sie stand schon im Wohnzimmer, als er noch murmelte: »Sind Sie nicht … bei den Nachrichten?« Er starrte auf die Narbe in ihrem Gesicht.

Das Wohnzimmer wirkte wie ein geschmacklos eingerichtetes Sommerhaus: Die bunt durcheinandergewürfelten Möbel entbehrten jeglichen Charmes, und die paar Bücher in dem kleinen Regal stammten aus allen möglichen Richtungen, als hätte jemand sie dort vergessen. Der Unterschied zwischen einem Haus und einem Heim konnte in der Tat sehr groß sein.

Ísrún bejahte Svavars Frage.

Er schaute sich suchend um.

»Und wo ist der, Sie wissen schon ...«, murmelte er.

»Wer?«

»... na, Sie wissen schon, der Kameramann.«

»Der ist noch in Reykjavík. Ich recherchiere erst mal, führe wenn nötig Interviews. Ein bisschen Vorbereitungsarbeit.« Sie achtete sorgfältig darauf, das Zauberwort »inoffiziell« nicht in den Mund zu nehmen. Dieses Gespräch hatte nämlich nichts Inoffizielles, und falls es erforderlich war, würde sie jedes einzelne Wort verwenden – wahrscheinlich in einem anderen Sinne, als Svavar vermutete.

Er hatte sich auf den einzigen Stuhl im Wohnzimmer gesetzt. Ísrún stand mitten im Raum, wartete auf eine Aufforderung, doch als diese ausblieb, ging sie in die Küche, kam mit einem kleinen Hocker zurück und setzte sich.

»Verstehe«, sagte Svavar schließlich mit erschöpfter Stimme. »Vorbereitungsarbeit. Sie arbeiten bestimmt für diesen Typen, der eben in den Abendnachrichten war.«

Mist. Sie hätte sich besser ausdrücken sollen. Sie würde bestimmt nichts Vernünftiges aus Svavar herausbekommen, wenn er glaubte, dass sie für Kommi in Reykjavík arbeitete. Das wusste sie aus Erfahrung. Die Leute wollten mit denen reden, die den meisten Einfluss hatten – und Fernsehreporter hatten ziemlich viel Einfluss.

»Nein, genau andersrum«, log sie. Leichte Gewissensbisse, nicht weiter schlimm. »Er arbeitet für mich. Ich wollte ihn nicht mitnehmen. Jemand musste ja den Bericht in Reykjavík zusammenschneiden. Eine schreckliche Puzzlearbeit.« Sie lächelte. »Kannten Sie Elías gut?«

»Ja«, murmelte er. »Sehr gut. Ich habe jahrelang für ihn gearbeitet.«

»Was war er für ein Chef?«

Er schwieg einen Moment und sagte dann: »Ein verdammt guter.«

»Fleißig?«

»Ein Arbeitstier.«

»Hatte er viele Mitarbeiter?«

»Hauptsächlich wir drei.« Svavar räusperte sich und rieb sich die Hände. »Ich, Logi und Bullen-Palli. Die wohnen beide in Siglufjörður. Elli war Bauunternehmer.«

»Gab es viel zu tun?«, fragte Ísrún sofort. Sie versuchte, längere Pausen zu vermeiden und wollte Svavar am Reden halten.

»Ja, mehr als genug. Oft Nachtarbeit. Dieser Tunnel soll ja fertig werden, bevor wir alle tot sind. Er wird wohl im Herbst eröffnet.«

»Und was ist Ihrer Meinung nach mit Ihrem Freund geschehen?«

»Keine Ahnung«, antwortete er wie aus der Pistole geschossen und strich sich über die unrasierte Wange.

»Aber Sie würden es gerne wissen, oder?«

»Na klar«, stieß er hervor, allerdings wenig überzeugend. Ísrún fand, dass sein gesamtes Verhalten darauf hinwies, dass er irgendetwas wusste.

»Ist er mit dem Gesetz in Konflikt geraten?«

»Warum fragen Sie das?«

Sie spürte geradezu, wie Svavar der Schweiß ausbrach, obwohl sie zum Glück recht weit von ihm entfernt saß.

»Wissen Sie nicht, dass ein Journalist nie seine Informanten preisgibt?«, fragte sie lächelnd.

»Der Elli war grund…, äh, grund… anständig«, nuschelte er nach einer Weile. »Man soll nicht schlecht über die Toten reden.«

»Manchmal gehört das zum Job. Gab es keine Beschwerden, keine Ungereimtheiten, von denen Sie etwas mitbekommen haben?«

»Hören Sie, lassen Sie den Scheiß!« Er wurde lauter und machte Anstalten aufzustehen, sackte dann jedoch in sich zusammen. »Das ist kein verdammtes Verhör! Halten Sie sich etwa für eine Polizistin? Worauf wollen Sie eigentlich hinaus?«

»Ich habe das Gefühl, dass Sie das genau wissen. Hat die Polizei heute mit Ihnen geredet?«

»Ja, die waren heute hier«, murmelte er, wieder etwas ruhiger. »Ich habe denen dasselbe gesagt wie Ihnen. Ich war die ganze Nacht zu Hause, ich habe ihn nicht umgebracht.«

»Danach habe ich Sie doch gar nicht gefragt«, beschwichtigte Ísrún ihn, zufrieden, erfahren zu haben, dass er von der Polizei verhört worden war. Immerhin etwas, ein kleines Appetithäppchen für Kommi und Ívar, während sie weiter auf eigene Faust recherchierte.

»Reicht Ihnen das jetzt?«, sagte er schließlich, etwas energischer als vorher, als hätte er endlich die Kraft, wie ein Hausherr in seinem eigenen Haus aufzutreten.

»Doch, das reicht. Sie können sich gerne bei mir melden, wenn Ihnen noch etwas einfällt.« Sie schrieb ihre Telefonnummer auf einen Zettel und gab ihn Svavar, bereute es jedoch sofort. Der Kerl war ihr irgendwie nicht geheuer.

Als Ísrún wieder draußen war, blieb sie vor ihrem roten Auto stehen und holte ihr Handy heraus, um Bericht zu erstatten und Zeit zu schinden. Danach würde sie nach Akureyri fahren und dort übernachten.

Sie erreichte Kommi sofort. Er hatte sein Handy immer dabei.

»Hi, bist du im Norden?«, fragte er.

Im Hintergrund hörte sie Verkehrslärm. Wahrscheinlich war er auf dem Weg von der Schicht nach Hause.

»Ja, in Dalvík. Ich habe mit Svavar gesprochen. Er wurde heute von der Polizei vernommen.«

»Wirklich? Darüber hat noch niemand berichtet«, sagte Kommi verdutzt.

Ísrún wusste, dass Kommi damit recht haben musste. Er schaffte es auf wundersame Weise, die Nachrichten aller ihrer Konkurrenten mitzuverfolgen, die Tageszeitungen und Webnews zu lesen und dennoch tadellose Arbeit abzuliefern. Vielleicht hatte er das gemeint, als er mal gesagt hatte, er sei mit seinem Job verheiratet.

»Kannst du daraus was machen? Morgen liefere ich euch dann bestimmt was Packendes. Wie ist es denn heute gelaufen?«

»Ganz gut«, sagte er nicht wirklich begeistert. »Es war natürlich die erste Meldung, auch wenn es nicht viel Neues gab. Keine Topnews heute. Die kommen dann morgen. Mann, hast du ein Glück, dass du in den Norden fahren durftest. Diese verdammte Asche liegt wie ein Albtraum über der Stadt. Seit du weg bist, ist es noch schlimmer geworden. Der Abend ist richtig düster und unheimlich. Wie eine Sonnenfinsternis mitten im Sommer. Fast wie in der Hölle.«

25. Kapitel

Südisland,
ein Jahr vor dem Leichenfund

»Du hättest deine Großmutter kennenlernen sollen«, sagte die alte Katrín, die mir an einem wuchtigen Holztisch in ihrem kleinen Haus in Landeyjar gegenübersaß.

Das liegt doch auf der Hand, dachte ich, lächelte ihr aber freundlich zu. Wir saßen in ihrem Wohnzimmer, falls man das ein Wohnzimmer nennen konnte. Das Haus war so klein, dass die Küche und das Wohnzimmer aus einem Raum bestanden. Im ersten Stock befände sich der Schlafbereich, hatte sie mir erzählt. Das Haus war gut geheizt, fast zu gut, denn alle Fenster waren geschlossen und die Hitze erdrückend.

Katrín war Oma Ísbjörgs beste Freundin.

Ihre Jugendfreundin und auch eine entfernte Verwandte von mir.

Inzwischen war sie über achtzig. Im selben Alter wie meine Großmutter, wenn der Krebs sie nicht so früh geholt hätte.

Wir saßen am Fenster, ich blickte ab und zu aufs Meer, in Richtung Westmännerinseln. Draußen war es sehr stürmisch, obwohl Sommer war. »Hier ist immer Wind«, hatte die alte Frau gesagt.

»Ihr hättet euch gut verstanden, darauf kannst du Gift nehmen«, sagte sie nach kurzem Schweigen. »Du erinnerst mich an sie.«

»Ach ja?«, fragte ich höflich, obwohl ich das schon oft gehört hatte.

»Ja, du erinnerst mich an sie«, wiederholte Katrín. Draußen war es hell, dennoch hatte sie eine große Kerze angezündet, die in der Mitte des Tisches stand. Die Kerze verbreitete eine behagliche Stimmung. Dieses kleine Haus hatte eine gute Atmosphäre.

Ein altes Holzhaus, gemütlich und gewiss voller Geschichten und Erinnerungen.

»Wir saßen oft hier an diesem Tisch. Stell dir nur vor! Wir waren jung und hübsch. Das Haus ist schon lange im Besitz meiner Familie. Länger als die ältesten Leute sich erinnern können. Zumindest länger als ich mich erinnern kann, und ich habe weiß Gott ein gutes Gedächtnis.«

»Und womit habt ihr euch beschäftigt? Damals gab es ja noch kein Fernsehen.«

»Kein Fernsehen, nein, darauf kannst du Gift nehmen. Das hat mich noch nie groß interessiert. Ich habe gar keinen Fernseher.« Sie machte eine kurze Pause und sagte dann: »Wir haben uns unterhalten, manchmal Karten gespielt, zu zweit oder zu mehreren. Wir waren hier auf dem Land ein paar Freundinnen, jedenfalls am Anfang, zwei unserer besten Freundinnen zogen nach Reykjavík, aber wir blieben hier.« Sie seufzte.

»Was habt ihr gespielt?«, fragte ich.

»Meistens Mau-Mau. Kennst du das?«

»Nie gehört.«

»Ihr jungen Leute sitzt ja nie beisammen und spielt, wie wir früher. Zu viel Fernsehen.« Sie runzelte die Stirn.

Ich grinste verschämt. Ich hatte der alten Frau noch gar nicht erzählt, dass ich beim Fernsehen arbeitete.

»Was für eine Frau war meine Großmutter?«

»Eine gute Frau«, sagte Katrín, ohne lange nachdenken zu müssen. »Du erinnerst mich an sie.«

Dann fügte sie hinzu: »Sie war blitzgescheit und warmherzig. Eine Frau, der man vertrauen konnte.«

Ich schwieg, wollte mehr wissen. Nach einer kurzen Pause sprach Katrín weiter. »Sie las viel. Wir lasen früher alle viel. Saßen abends oft mit den Freundinnen zusammen und lasen gemeinsam. Deine Großmutter wollte nicht alleine im Dunkeln sitzen. Sie hatte ein bisschen Angst vor der Dunkelheit«, sagte die Alte verschmitzt.

»Angst vor der Dunkelheit? Habt ihr denn an Geister geglaubt? Düstere Abende und lange Wege zwischen den Höfen, da erwachen die alten Volksmärchen doch bestimmt zum Leben.« Plötzlich befand ich mich in der vertrauten Rolle der Reporterin, die versucht, das Gespräch zu steuern.

»Geister? Tja, ich kann ja nicht für deine Großmutter sprechen. Sie hatte einfach Angst im Dunkeln. Der Ausbruch der Hekla 1947 machte ihr schwer zu schaffen.«

»Ach ja?«

»Ja, sie sprach oft davon. Wir waren beide um die zwanzig, als die Katastrophe über uns hereinbrach. Die Luft füllte sich mit Asche, der Himmel wurde finster und bedrohlich, und die verfluchte Asche zerstörte die Felder. Es ist wirklich unheimlich, wenn es plötzlich dunkel wird, obwohl man überhaupt nicht damit rechnet. Ein unangenehmes Gefühl. Deine Großmutter kam nicht gut damit zurecht.« Katrín senkte die Stimme und beugte sich zu mir. »Sie nannte es Todesnacht. Daran erinnere ich mich gut. Wenn wir später über den Vulkanausbruch sprachen, benutzte sie immer dieses Wort. ›Kata, weißt du noch, als die Todesnacht über uns hereinbrach?‹, sagte sie.«

Ich schaute aus dem Fenster.

Ein kurzer Schauer lief mir über den Rücken.

Zum Glück war es draußen hell, trotz des verdammten Sturms.

»Ich war nicht so belesen wie deine Großmutter«, fuhr Katrín fort. »Sie hatte für alles eine Bezeichnung. Für mich war Dunkelheit einfach Dunkelheit. Aber zuweilen fühle ich mich unwohl, wenn es dunkel wird, ein unheimliches Gefühl befällt mich dann, das hat man ja schon mal, und dann muss ich immer an dieses Wort denken.«

26. Kapitel

Ari hatte die Gelegenheit genutzt, als Tómas in der Wache noch Unterlagen geholt hatte, und eine CD mit klassischer Klaviermusik in den CD-Player des Polizeijeeps geschoben.

Er hatte nicht vor, im Wagen zu sitzen und sich den ganzen Weg nach Akureyri alte isländische Schlager aus der Zeit des Heringsbooms anzuhören.

Tómas liebte diese alten Tanzlieder, hatte damals bestimmt im Hafen das Tanzbein geschwungen und ein paar Schäferstündchen in der romantischen Talmulde Hvanneyrarskál verbracht. Jetzt klang Chopin durch den Wagen, und Tómas war zu träge, um eine Bemerkung darüber zu machen. Er wirkte bedrückt, wie so oft in der letzten Zeit.

Sie erreichten Akureyri zeitig, was Ari nur recht war, denn dann konnte er Natan noch treffen und sich kurz mit dem armen Mann unterhalten, dem der Arzt so übel mitgespielt hatte.

»Ich wollte noch einen Bekannten treffen, ist das in Ordnung?«, fragte Ari höflich.

»Kann der nicht mitkommen, wenn wir uns einen Hamburger mit Fritten genehmigen?«, fragte Tómas mit Nachdruck.

»Ich wollte eigentlich kurz mit ihm weg und mir unterwegs ein Sandwich kaufen.«

Der nahezu kahlköpfige Polizeiwachtmeister blickte starr auf die Straße und versuchte vergeblich, seine Enttäuschung zu überspielen.

»Dann mach das«, sagte er unwirsch.

Im Wagen herrschte frostiges Schweigen, bis Tómas' Handy klingelte. Er ging ran. Das Handy war an die Freisprechanlage angeschlossen, und Hlynurs Stimme drang durch die Autolautsprecher: »Wo seid ihr eigentlich?«, fragte er mit leicht zittriger Stimme.

»Auf dem Weg nach Akureyri«, antwortete Tómas.

»Nach Akureyri? Warum zum Teufel?«

»Wegen des Mordfalls. Wir haben eine Besprechung wegen des Mordfalls«, sagte Tómas zögerlich.

Am anderen Ende der Leitung entstand eine kurze Pause. Dann sagte Hlynur »okay« und legte auf.

»Das war ja merkwürdig.« Tómas strich sich mit der Hand durch die wenigen Haare, die er noch auf dem Kopf hatte. »Höchst merkwürdig!«

»Warum?«

»Ich habe ihm das doch erst vor einer halben Stunde erzählt.«

Hlynur saß da und starrte auf das Telefon.

Er war alleine in der Wache, und ihm war ziemlich heiß.

Draußen war es warm, eigentlich sehr warm für Anfang des Sommers.

Sie waren auf dem Weg nach Akureyri wegen des Mordfalls.

Jetzt erinnerte er sich, dass Tómas ihm davon erzählt hatte, bevor er mit Ari losgefahren war. Und dennoch hatte er plötzlich das unangenehme Gefühl gehabt, er sei ganz alleine auf der

Welt, Tómas und Ari seien plötzlich verschwunden und hätten sich noch nicht mal von ihm verabschiedet. Er war vom Stuhl aufgestanden, durch die ganze Polizeiwache gegangen und hatte nach seinen Kollegen gerufen. Hatte nicht verstanden, wo zum Teufel sie hingegangen waren. Leute verschwanden ja nicht einfach spurlos, zumindest nicht in einem so kleinen Ort wie Siglufjörður.

In einer Art Wutanfall hatte er zum Hörer gegriffen, Tómas angerufen und nach einer Antwort verlangt.

Was war eigentlich los mit ihm?

Wie hatte er das vergessen können?

Er sank auf den Boden, psychisch und körperlich völlig erschöpft, verbarg das Gesicht in den Händen und dachte an Gauti.

Da fiel Hlynur plötzlich ein, dass die Veranstaltung in der Grundschule gleich anfing. Tómas hatte darauf bestanden, dass er mit irgendwelchen blöden Urkunden hinginge.

Vielleicht würde es ihm guttun, an die frische Luft zu kommen.

Er riss sich zusammen und stand kurz darauf vor den Schülern.

Sah Gesichter seiner alten Schulkameraden in der Gruppe. Heftige, widerstrebende Gefühle überkamen ihn.

Jemand tippte ihn an, der Direktor.

Hlynur versuchte, seine Aufgabe ordnungsgemäß zu beenden, hastete dann ohne Abschiedsgruß aus dem Saal, in den Flur und in die nächste Toilette und erbrach sich.

27. Kapitel

Leerfahrt, hatte manchmal auf den Bussen gestanden, die an Ari vorbeigefahren waren, wenn er als Student an der Bushaltestelle gewartet hatte. Er fuhr damals viel mit dem Bus, nachdem er seine Eltern verloren hatte und zu seiner Großmutter gezogen war. Als seine Eltern noch am Leben gewesen waren, hatte er sich um nichts kümmern müssen, doch nun bemühte er sich, auf eigenen Beinen zu stehen.

Manchmal hatte er über den Widerspruch dieser Formulierung nachgedacht: Der Bus war nicht in Betrieb, fuhr aber dennoch vorbei, auf dem Weg zu einem Ziel.

Genau so hatte er sich in den letzten Monaten gefühlt. Er hatte genug zu tun, war immer beschäftigt, dabei aber furchtbar ziellos. Kristín war sein Kompass gewesen. Warum hatte er sie nur gehen lassen?

»Und was gibt's Neues von Kristín? Trefft ihr euch manchmal?«, fragte er Natan. Er wollte die Antwort zwar nicht hören, konnte der Versuchung, zu fragen, aber nicht widerstehen. Sie saßen in Natans altem Volvo, der schon längst seinen Geist hätte aufgeben müssen, aber immer noch fuhr.

Natan antwortete nicht sofort.

»Ja, wir treffen uns ab und zu auf einen Kaffee. Es geht ihr gut.« Er starrte konzentriert geradeaus auf die Straße und schien nicht viel von Kristín erzählen zu wollen.

»Also immer noch Single«, sagte Ari und tat so, als sei ihm das egal, was ihm nicht besonders gut gelang.

»Es geht ihr gut, wie gesagt.«

»Was meinst du damit?«, fuhr Ari ihn ungewollt an und entschuldigte sich sofort.

»Sie trifft sich mit einem Typen«, entgegnete Natan schroff. »Wenn du es unbedingt wissen willst. Das merkt doch jeder, dass du immer noch auf sie stehst. Aber du musst endlich aufhören, an sie zu denken, du hast jetzt andere Dinge zu tun, musst dich um einen Toten und wer weiß was noch alles kümmern!«

»Es geht dich überhaupt nichts an, woran ich denke«, hielt Ari entgegen, holte dann tief Luft und versuchte, sich wieder unter Kontrolle zu kriegen. »Entschuldige …«, murmelte er.

»Du musst endlich darüber hinwegkommen«, sagte Natan kameradschaftlich. »Sie ist nicht der Nabel der Welt. Gibt's in Siglufjörður keine netten Frauen?«

»Doch, leider.« Er dachte sofort an Ugla. Bedauerte es, nicht mit ihr geschlafen zu haben, als sich die Gelegenheit dazu geboten hatte. Diese verdammte »Affäre« war fast rein platonisch gewesen, hatte seine Beziehung zu Kristín aber trotzdem zerstört. Als würde man dafür bestraft, vom verbotenen Apfel gekostet zu haben, wenn die Strafe dafür, ihn zu essen, die gleiche gewesen wäre.

»Und wer ist dieser Typ?«, fragte Ari dann. *Wer ist dieses verdammte Schwein?*, hätte er am liebsten gesagt, hielt sich aber zurück.

»Ich habe ihn nie gesehen, aber sie redet viel von ihm. Sie haben sich beim Golfen kennengelernt. Er ist älter als wir, hat seine Frau verloren. Ich habe nie verstanden, was Frauen an älteren Männern finden, und bin ehrlich gesagt ein bisschen beleidigt, wenn ich eine Frau in meinem Alter mit einem wesentlich älteren Mann sehe.«

Er hielt den Wagen an.

»Wir sind da.«

Natan wartete im Auto, während Ari bei dem Witwer anklopfte. Er wohnte auf einem alten Bauernhof am Rande der Stadt, in einem heruntergekommenen Wellblechhaus. Dort hatte es früher bestimmt eine blühende Landwirtschaft gegeben, aber davon war nichts mehr übrig. Noch nicht einmal ein Hund, der die ungebetenen Gäste begrüßte.

Ari erklärte kurz sein Anliegen und merkte schnell, dass der alte Mann – er musste fast achtzig sein – nicht abgeneigt war, über den Arzt zu sprechen, und zwar schlecht.

Sie saßen in der Abendsonne unter dem Dachfirst auf einer alten, blauen Bank, die genauso abgenutzt war wie das ganze Haus. Das hohe Gras rund ums Haus schien schon seit Ewigkeiten nicht mehr gemäht worden zu sein; das Haus, die Ländereien, die Bank – an allem hatte der Zahn der Zeit genagt, nicht zuletzt an dem alten Mann selbst. Er betrachtete das Gras, während er redete, schaute Ari nie in die Augen.

»Sie glauben also, dass der Mörder den falschen Mann erwischt hat? Dass er eigentlich dieses Schwein von Arzt umlegen wollte?«, fragte er Ari mit belegter Stimme.

»Vielleicht. Ich weiß es natürlich nicht genau.«

»Das wird ihm nie vergeben«, sagte der Alte nachdrücklich. »Und das sage ich als gottesfürchtiger Mann. Er hat betrunken gearbeitet. Ich vermisse meine Frau jeden Tag. Besonders an sonnigen Tagen wie heute. Wissen Sie, eigentlich war sie meine Sonne«, sagte er mit leiser Stimme. Er hatte keine Eile.

»Hatten Sie nach der Sache noch Kontakt zu diesem … Ríkharður?«, fragte Ari.

»Nein, das wollte ich nicht«, antwortete der alte Mann niedergedrückt. »Er wurde verurteilt, uns eine Entschädigung zu zahlen.« Er seufzte. »Was soll ich denn mit einer Entschädigung?«

Ari musste zugeben, dass es schwer vorstellbar war, dass dieser bedächtige Mann einen Mord begangen hatte – geschweige denn einen so brutalen Mord.

»Wissen Sie, ob er jemals bedroht wurde?«

»Nein, mein Freund, ich habe keine Ahnung. Dabei habe ich ihm selber im Geiste Rache geschworen. Habe meiner Phantasie freien Lauf gelassen, mir Dinge vorgestellt, von denen ich dachte, ich würde sie im Nachhinein bereuen, aber nichts da. Meine Frau hatte etwas Besseres verdient. Sie war immer so herzlich und gut, still und nachdenklich, viel intelligenter als ich. Sie war die Philosophin in der Familie, hatte den Sinn des Lebens gefunden. Glaubte sie zumindest. Ihre Theorie war, dass es auf diese Frage keine allgemeingültige Antwort gibt, mein Freund. Wir müssen alle, jeder für sich, den Sinn finden. Herausfinden, was uns glücklich macht. Gott sei Dank. Wenn alle Kinder Gottes nur ein Ziel hätten, würden ja alle dasselbe tun. Das wäre doch eine recht eintönige Welt, nicht wahr?« Der Mann betrachtete immer noch das Gras, schien aber froh zu sein, über seine verstorbene Frau reden zu können.

»Ich muss jetzt wieder los«, sagte Ari schließlich und stand auf. Er wusste genau, was – oder vielmehr wer – ihn glücklich machen würde. Aber er hatte seine Chance verspielt. Er bekam

Kristín nicht mehr aus dem Kopf. Er hatte immer gehofft, dass sie wieder zusammenkämen, aber jetzt fürchtete er, dass es endgültig aus und vorbei war, dass er verloren hatte. »Danke für das Gespräch.«

»Danke für den Besuch. Schade, dass er … dieser Tote … nicht Ríkharður war. Das wäre sehr … erfreulich gewesen.«

28. Kapitel

Die Besprechung in Akureyri ging mehr oder weniger an Ari vorbei. Er saß am Tisch, versuchte zuzuhören und dachte dabei die ganze Zeit an Kristín. Er trank wässrigen Kaffee, weil es keinen Tee gab, und knabberte an dem Gebäck, das auf dem Tisch stand.

Immerhin bekam er mit, wie eine junge Frau namens Helga von der Kripo Akureyri berichtete, Elías sei kurz vor seinem Tod nach Asien, genauer gesagt nach Nepal gefahren, mit kurzem Zwischenstopp auf dem Kopenhagener Flughafen. Zunächst hatte man angenommen, er habe nur ein paar Tage in Dänemark verbracht. Genauere Erklärungen für diese Reise lagen nicht vor.

Die Atmosphäre in dem großen Besprechungsraum war alles andere als entspannt. Der Mord hatte für großes Aufsehen gesorgt, und die Presse machte Druck.

Ari konnte sich kaum mehr erinnern, was der alte Mann auf dem Bauernhof ihm erzählt hatte, so sehr hatte ihn die Nachricht über Kristín und den neuen Mann in ihrem Leben geschockt. Seine Theorie über Ríkharður Lindgren hatte er jedoch fast verworfen. Zumindest vorübergehend. Dieser alte Mann war jedenfalls kein Mörder.

Ari versuchte, das Meeting zu verfolgen und seine Eifersucht im Zaum zu halten. Er hatte es nicht immer geschafft, sie zu kontrollieren. Wie alt war er damals gewesen? Siebzehn? Achtzehn? Er hatte sich mit einem Mädchen im gleichen Alter, das auf einer anderen Schule war, getroffen. Hatte gedacht, er sei verliebt. Die Beziehung hielt drei Wochen und endete mit einem Ausraster bei einer Party. Das Mädchen war schon früher hingegangen, und Ari wollte später vorbeischauen und sie überraschen. Vorher ging er noch zu einer anderen Party mit seinen eigenen Klassenkameraden, trank etwas zu viel Bowle und nahm dann ein Taxi, um seine Freundin zu treffen. Er erinnerte sich noch genau an das Haus. Ein schickes Einfamilienhaus in Hafnarfjörður, traditionell eingerichtet, mit schweren Möbeln, dunkel und erdrückend, zumindest in seiner Erinnerung, die womöglich unter dem Einfluss der späteren Ereignisse stand.

Er fand sie nicht sofort, suchte sie im Wohnzimmer und in der Küche. Als er nach ihr fragte, zeigte jemand in Richtung Flur. »Sie ist da irgendwo.« Er spähte in die Schlafzimmer, eins nach dem anderen, und im dritten und letzten fand er sie endlich. Doch sie war nicht alleine, sondern in inniger Umarmung mit einem Jungen. Das Gefühl, das Ari packte, war so stark, so überwältigend, dass er sich nicht mehr daran erinnern wollte. Wenn er sich Kristín mit diesem fremden Mann vorstellte, spürte er einen Funken dieses Gefühls. Obwohl er jetzt stocknüchtern war.

Das Mädchen hatte aufgeschaut, als er ins Zimmer getreten war. Hatte sich aus den Armen des Jungen gewunden und Ari einen Moment lang angeschaut. Nichts gesagt. Ihr Gesichtsausdruck schwankte zwischen »verzeih mir« und »so ist das Leben«. Ari verlor die Kontrolle, anders ließ es sich kaum beschreiben, stürzte sich auf den Jungen, würgte ihn hasserfüllt, aber nicht besonders stark, so dass er nach hinten fiel und sich den Kopf anstieß. Blut sickerte aus der Wunde. Ari rannte weg, bevor der Junge zu sich kam.

Er redete nie wieder mit dem Mädchen und wunderte sich, dass der Junge ihn nie darauf ansprach und ihn nicht anklagte. Vielleicht gab er sich selbst die Schuld. Man spannt anderen nicht die Freundin aus, begehrt nicht die Frau seines Nachbarn. Das wusste jeder. War das nicht eines der zehn Gebote?

29. Kapitel

Ísrún fühlte sich nicht besonders wohl, konnte der billigen Pension jedoch nicht die Schuld daran geben. Dort ließ es sich gut aushalten, ein kleines, aber hübsches Zimmer mit einem Kleiderschrank und einer Kommode, ansonsten nicht viel mehr als eine Bibel in der Schublade.

Bittere Erinnerungen strömten auf sie ein, jetzt, wo sie in Akureyri war. Sie hatte gedacht, sie wäre stärker. Bestimmt hätte sie auch umsonst bei einer ihrer alten Freundinnen in der Stadt übernachten können, hatte aber keinen Kontakt mehr zu ihnen, seit sie damals nach Reykjavík gezogen war, überstürzt und unter fadenscheinigen Vorwänden.

Sie zog die Vorhänge zu und legte sich ins Bett. Es war noch nicht sehr spät, aber sie wollte am nächsten Morgen früh raus. Erst bei Elías' Wohnung vorbeischauen, die sich eigentlich noch im Besitz seiner Ex-Frau befand, und dann nach Siglufjörður fahren. Da war sie noch nie gewesen.

Ísrún war gerade eingenickt, als das Handy klingelte. Ein guter Journalist schaltete sein Handy nie aus. Die Arbeit ging vor.

Dennoch fluchte sie leise, als sie nach dem Handy tastete, denn manchmal war Schlaf fast so kostbar wie dieses Lebensmotto der Journalisten. Kommi war am anderen Ende der Leitung und kam sofort zum Thema.

»Bist du in Akureyri?«

Sie rieb sich die Augen und murmelte etwas in den Hörer, das er offenbar als »ja« interpretierte.

»Hast du schon geschlafen? Steh auf! Beim Bezirksrat findet gerade ein Meeting wegen der Sache statt«, sagte er aufgeregt.

»Gibt es danach eine Pressekonferenz?«, fragte sie mit müder Stimme.

»Nein, nein, außer uns weiß keiner davon. Mach dich auf die Socken!«

Ísrún setzte sich im Bett auf. Verwundert. Nicht über Kommis Neuigkeiten, sondern dass er so gute Informanten hatte. Der Knabe hatte mehr drauf, als man vermuten würde.

»Ich beeile mich«, sagte sie. »Bekomme ich einen Kameramann?«

»Ja, der ist unterwegs. Wir zahlen seinen Einsatz.«

»Darf ich ihn morgen auch mit nach Siglufjörður nehmen?«

»Glaubst du wirklich, dass Ívar das genehmigen würde?«, sagte Kommi verdrossen.

Nein, das glaubte sie nicht.

Ísrún riss sich zusammen und stand auf, obwohl sich ihr Körper dagegen sträubte.

Vor dem Büro des Bezirksrats traf sie den Kameramann, der zudem Korrespondent vor Ort war.

»Da findet gerade ein Meeting statt, aber es ist noch niemand rausgekommen«, sagte er.

Sie warteten eine gute halbe Stunde, bis etwas passierte.

Als Erster kam ein Mann mittleren Alters in Uniform aus dem Haus, den Ísrún nicht kannte. Knapp über fünfzig, fast glatzköpfig. Er hatte einen zweiten Polizisten im Schlepptau, wesentlich jünger, kaum zwanzig, größer und dynamischer.

Sie ging auf die beiden Männer zu und wollte gerade ihre erste Frage stellen, als sie eine Frau erblickte, die sie aus den Nachrichten kannte. Helga, Leiterin der Kripo Akureyri.

»Aha, die Presse ist auch schon da!«, sagte sie und lächelte Ísrún zu. »Sie bekommen jetzt keine Infos von uns. Vielleicht geben wir heute Abend noch eine Pressemeldung raus.« Ihrem Gesicht nach zu schließen, war damit eher nicht zu rechnen.

Ísrún wusste, dass die Kamera lief, und machte unverdrossen weiter:

»Wie ist der Stand der Ermittlungen?«

»Zurzeit nichts Neues«, sagte Helga.

»Haben Sie neben Svavar Sindrason noch weitere Personen verhört?«

Helga stutzte.

»Wir haben mit sehr vielen Leuten gesprochen. Im Moment steht noch niemand unter Verdacht.«

»Hat der Arzt Ríkharður Lindgren etwas mit dem Fall zu tun?«

»Ganz sicher nicht«, antwortete Helga mit Nachdruck.

Ísrún wollte nach Elías' Wohnung in Akureyri fragen, aber Helga ließ sie nicht zu Wort kommen. »Das reicht fürs Erste.«

Ísrún war zu müde, um zu protestieren.

30. Kapitel

Ein Sommerabend in Siglufjörður.

Jónatan schaute aus dem Fenster, kaum jemand unterwegs. Hoffentlich hatte das Kreuzfahrtschiff abgelegt und die Touristen mitgenommen. Die Veränderungen im Ort gefielen ihm nicht; Bautätigkeiten, Cafés und Restaurants, ein neuer Tunnel. Mit dem Frieden war es vorbei. Dieser Tunnel war ein wahrer Fluch. Das friedliche Leben und die Abgeschiedenheit waren dahin.

Der Besuch des Polizisten machte ihm immer noch zu schaffen.

Jónatan vermied es tunlichst, an die Vergangenheit zu denken. An seine Eltern und die »gute« alte Zeit.

Die Gewalt, in ihrer reinsten Form.

Gegen ihn selbst und gegen die anderen Jungen, obwohl er ein paar Jahre älter gewesen war als sie.

Die Ursache für die Gewalt war schwer auszumachen.

Machtgier?

Eigentlich waren die Machtverhältnisse klar gewesen.

Das Bedürfnis, seine eigene Macht zu demonstrieren?

Obwohl er Opfer und nicht Täter gewesen war, fühlte er sich auf gewisse Weise verantwortlich. Vor allem danach, als er über alles geschwiegen hatte.

Er hatte gehofft, dass das alles vergessen und erledigt wäre.

Jetzt hatte er den Verdacht, dass dem doch nicht so war.

Der arme Elli.

Jónatan konnte nur hoffen, dass diese längst vergangenen Ereignisse nicht zu seinem Tod geführt hatten.

Das wäre eine schwere Bürde.

ZWISCHENSPIEL

ETWAS FRÜHER IM SELBEN SOMMER

Ein kleiner Junge stand am Straßenrand. Er trug eine Art Schuluniform, ein weißes Hemd und eine graue Hose mit einem bunten Gürtel und einer gestreiften Krawatte. Er hatte eine Digitaluhr am Handgelenk, seine Schultasche stand neben ihm. Er presste die Hände zusammen wie beim Beten und legte sie dabei über seinen Mund und seine Nase. Vielleicht hielt er die Hände so, um sich vor dem Staub und der allgegenwärtigen Luftverschmutzung zu schützen? Vielleicht dachte er auch nur nach – oder betete.

Die Umgebung war ziemlich trist, neben der Schotterstraße lag eine kleine Wiese, aber bei den Häusern gab es nur Sand und Kies. Das Gras war noch nicht so grün, wie Elías es von Island her kannte, sondern das Grün ging ins Graue.

Elías saß auf dem Rücksitz eines klapprigen Taxis im Stau, starrte aus dem Fenster und wartete. Er schaute dem Jungen direkt in die Augen, bis der den Blick senkte. Hinter ihm standen zwei Ziegelsteinhäuser, in einem befand sich ein Lebensmittelladen, Konservendosen füllten das große Fenster, und am Haus hing ein Schild mit einer knalligen Seifenwerbung. In der Ladentür wartete eine ältere Frau auf Kundschaft. Kisten und Säcke stapelten sich vor dem Laden. In dem anderen Ziegelsteinhaus wurde Malerbedarf verkauft, und davor stand ein altes Motorrad.

Elías dachte nicht zum ersten Mal darüber nach, ob diese Reise der Mühe wert war. In ein fernes Land zu reisen, um einen dubiosen Auftrag für zwielichtige Leute auszuführen.

Er war noch nie außerhalb Europas gewesen, fuhr meistens im Sommer in den Süden, um zwei, drei Wochen zu relaxen und Bier zu trinken. Das war das wahre Leben. Nicht diese Plackerei zu Hause in Island.

Er wusste genau, dass er durch die Leute, mit denen er sich zusammengetan hatte, reich werden konnte. Erst dieser Auftrag und danach etwas Größeres. Er durfte sich nur nicht über den Tisch ziehen lassen. Musste die Augen überall haben.

Jetzt hatte er die Chance bekommen, sich zu bewähren. Er hatte Svavar schon von seinen neuen Bekannten erzählt und wollte ihn gerne dabeihaben. Er konnte sich sogar vorstellen, den Kreis der Eingeweihten zu erweitern, einen könnten sie noch gebrauchen, wenn die Aufträge zunahmen. Elías konnte es kaum erwarten, diese schreckliche Mietwohnung in Siglufjörður loszuwerden. Sobald der Tunnel fertig war, würde er ausziehen. Aber die Wohltätigkeitsarbeit wollte er nicht drangeben. Der Verein war perfekt, um Schwarzgeld in Umlauf zu bringen.

Das Taxi rollte weiter. Dichter Verkehr in beide Richtungen. Elías hatte ein paar ausgediente Busse gesehen, die dermaßen mit Menschen vollgestopft waren, dass ein paar Passagiere sich außen an den Wagen hängten, um nicht zurückbleiben zu müssen.

Die Hitze war erdrückend, und man konnte die Rückfenster nicht herunterkurbeln.

Elías saß schon seit einer halben Stunde im Auto. Die erste Nacht hatte er in der Hauptstadt Kathmandu verbracht und war dann am nächsten Morgen zu seinem Ziel, einer Kleinstadt auf dem Land, geflogen. Normalerweise war er nicht ängstlich, musste sich aber eingestehen, dass der Inlandsflug mit der kleinen Maschine ihm ein bisschen Angst eingejagt hatte.

Der Taxifahrer hupte unentwegt, drehte sich gelegentlich zu Elías um und zuckte mit den Achseln. Er konnte nichts machen.

Vielleicht war es Glück im Unglück, dass Elías das Fenster nicht öffnen konnte, denn bei diesem Verkehr war die Luft bestimmt stickig und verpestet. Wenn er den Fahrer richtig verstanden hatte, gab es irgendwo eine Baustelle und eine Straßensperrung, weshalb sich der Verkehr staute.

Ging er ein zu großes Risiko ein? Für fremde Männer, die er kaum kannte, auf einen anderen Kontinent zu reisen? Nur um eine Frau abzuholen und nach Europa zu bringen? Über einen Kontaktmann hatten sie ihr ein Visum verschafft. »Das ist ein gutes Business. Du wirst es nicht bereuen«, hatte einer der Männer auf Englisch zu ihm gesagt. Er hatte durchblicken lassen, dass Elías nicht mehr viele solche Reisen machen müsste, sondern für größere Aufgaben bestimmt sei und andere auf die anstrengenden Reisen schicken könnte.

Dies war ein Test, und er wollte sich bewähren und von der langen Reise nicht zu sehr nerven lassen.

Langsam fuhren sie an einem belebten Markt vor einer roten Ziegelsteinmauer vorbei. Auf kleinen Karren stapelten sich bunte Früchte, es herrschte ein geschäftiges Treiben, und Verkäufer schwatzten mit ihren Kunden, unbeeindruckt von dem Verkehrslärm.

Der Taxifahrer beschleunigte das Tempo, der Verkehr schien sich ein wenig zu lichten. In der Ferne tauchten weitere Ziegelsteinhäuser auf, große, mächtige Bäume und immer wieder riesige Reklametafeln mit englischsprachiger Werbung für europäische Biersorten.

Elías hätte jetzt nichts gegen ein eiskaltes Bier gehabt.

Je länger sie fuhren, desto weiter lagen die Häuser auseinander. Einige waren sehr baufällig.

Vielleicht tat er der armen Frau ja nur einen Gefallen. Rettete sie aus dieser Armut. Allerdings wusste sie nicht, was sie in Europa erwartete. Sie hatte keine Ahnung, womit sie ihr Geld verdienen sollte.

Aber das war ihm im Grunde egal. Das ging ihn nichts an.

Eine fremde Frau vom anderen Ende der Welt. Er war bereit, sie zu opfern, um voranzukommen. Ja, und nicht nur bereit, sondern er freute sich sogar darauf.

Elías stand mit dem Mädchen und dessen Familie vor einer Ansammlung von Häusern. Sie hatten ihn hineingebeten, aber er hatte abgelehnt. Dazu hatte er weder Lust noch Zeit.

Er war ungeduldig, wollte schnellstens wieder zum Flughafen, zurück nach Kathmandu und dann nach Hause, sobald wie möglich.

Das Mädchen war zweifellos sehr hübsch. Sie würden zufrieden mit ihr sein.

Nahm diese Verabschiedungszeremonie denn gar kein Ende? Sein Blick fiel auf eine Frau, offenbar die Mutter des Mädchens. Er sah Tränen und Trauer.

Verdammt noch mal, man kann auch alles übertreiben.

Er ließ seine Gedanken schweifen, während er wartete.

Dachte darüber nach, dass sie ihre Familie wahrscheinlich nie wiedersehen würde, ließ das aber nicht wirklich an sich heran. Die Welt konnte hart sein, das wusste er aus bitterer Erfahrung.

Das Mädchen hatte sich nun von allen Familienmitgliedern verabschiedet, außer von seiner Mutter.

Und das hatte schon ewig gedauert …

Nun wandte sie sich ihrer weinenden Mutter zu und wollte sie umarmen. Da fasste Elías sie an der Schulter, so höflich wie möglich, und sagte ihr, sie würden das Flugzeug verpassen.

Das Mädchen zuckte zusammen, tränenüberströmt, nickte und folgte ihm zum Taxi.

Das entsprach zwar nicht ganz der Wahrheit, sie hatten genug Zeit, aber alles war besser als eine weitere Umarmung.

Sie stand unter einem Ventilator in dem kleinen Inlandsflughafen, in ihrer besten Bluse, der geblümten, und musterte diesen seltsamen Isländer, der den ganzen weiten Weg gekommen war, um sie abzuholen. Er lief geschäftig durch den Flughafen und schien nicht recht zu wissen, wo es lang ging. Sie hatte ein bisschen Mitleid mit ihm. Es war nicht leicht für einen Ausländer, herauszufinden, wo und wann das Flugzeug nach Kathmandu abflog. Währenddessen hatte sie am Fenster gestanden und die landenden und abfliegenden Flugzeuge beobachtet. Dies war ihre erste Flugreise. Fliegen war teuer. Ein Luxus, den sich ihre Familie nicht leisten konnte.

Sie konnte es kaum glauben, dass sie diese Chance bekam – nach Island zu ziehen. Es war bestimmt kalt dort, aber die Arbeit war gut bezahlt. Sie fand es aufregend, nach Europa zu reisen, aber sie fürchtete sich auch ein wenig. Vermisste ihre Familie schon jetzt. Dabei nahm sie das alles in erster Linie für ihre Familie auf sich, wollte ihren Angehörigen eine gute Zukunft sichern.

Die Jobbeschreibung war ziemlich konkret gewesen. Dienstleistung in einem großen Hotel. Das klang wirklich gut. Kost und Logis inbegriffen. Vielleicht konnte sie ihren gesamten Lohn beiseitelegen. Zum Glück konnte sie etwas Englisch. Darüber waren sie auf sie aufmerksam geworden, auf einer Internetseite, wo sie sich als arbeitssuchend eingetragen hatte. Der Isländer versicherte ihr jedoch, dass sie für den neuen Job nicht viele Englischkenntnisse brauche. Dann grinste er.

Das kleine Flugzeug war sehr voll. Wieder überkam Elías dieses unangenehme Gefühl. Hoffentlich würde er das überleben. Andererseits war er froh, vom Land zurück in die Hauptstadt zu kommen.

In der dünn besiedelten Gegend, in der das Mädchen wohnte, hatte er plötzlich an den Bauernhof in Island denken müssen. Den Hof im Skagafjörður, auf dem seine Kindheit die pure Hölle gewesen war.

Im ersten Sommer hatte er sich noch darauf gefreut, aufs Land zu fahren, da war er sechs Jahre alt gewesen. Doch der Traum war schnell zum Albtraum geworden.

Am Anfang waren es nur verbale Erniedrigungen gewesen, weder lustig noch ironisch, sondern einfach nur gehässig.

Die Beschimpfungen waren heftiger geworden. Dann befiel ihn der Verdacht, dass alle Päckchen von seinen Eltern aus Reykjavík gestohlen wurden. Die körperliche Gewalt ließ nicht lange auf sich warten.

Die Schläge an sich waren nicht so schlimm, und man achtete sorgfältig darauf, dass sie keine sichtbaren Spuren hinterließen. Nein, über das Schlimmste konnte er nicht reden. Er hatte nie darüber geredet. Im Grunde war es unbeschreiblich, wie die Gewalt in ihrer Schlichtheit die brutalste Form annahm. Die Jungen redeten noch nicht einmal untereinander darüber, dabei war er sich sicher, dass sie alle dasselbe ertragen mussten. Selbst Jónatan, der jüngste Sohn des Ehepaars, der ein paar Jahre älter war als Elías. Er war wahrscheinlich derjenige, der am meisten ertragen musste. Er konnte im Herbst nicht zurück in die Stadt fahren.

Nach dem ersten Sommer ging Elías wieder zur Schule, körperlich und seelisch gebrochen. Doch er tat so, als sei nichts geschehen. Die Drohungen waren sehr eindringlich gewesen. Drohungen gegen ihn und seine Familie, Drohungen, dass seinen Eltern alle möglichen »Unfälle« zustoßen würden. Er musste zwei Dinge versprechen: nie darüber zu reden, was in jenem Sommer passiert war, und im nächsten Sommer wiederzukommen. »Wir können es uns nicht leisten, euch Jungs im Sommer nicht aufzunehmen.«

Außerdem wollte er einfach nicht über die Vorfälle auf dem Land sprechen. Er schämte sich für das, was passiert war. War sich sicher, dass er schuld daran war. Auch später redete er nicht darüber, musste selbst mit dieser Erfahrung klarkommen, war sich aber im Nachhinein nicht sicher, ob ihm das gelang.

Den ganzen Winter über hatte er Angst vor dem Sommer. Nachts schlief er schlecht, wachte manchmal schweißgebadet auf, zitternd und verängstigt. Seine Eltern verstanden gar nichts, aber er brach sein Versprechen nicht. Erzählte niemandem davon. Als der Frühling kam und die Dunkelheit von der höher stehenden Sonne verdrängt wurde, sagten seine Eltern, sie hätten nun alle Vorkehrungen für den Sommer getroffen. Er werde auf denselben Hof fahren. »Freust du dich, Elli?« Freuen? Seit dem ersten Sommer hatte er dieses Gefühl nicht mehr verspürt. Hatte sich auf gar nichts gefreut, weder auf den Sommer noch auf den Winter, weder auf Weihnachten noch auf seinen Geburtstag. Die Angst war immer stärker. Sie lag manchmal auf ihm wie ein Albtraum.

Er schaffte es, einen weiteren Sommer an diesem Ort zu überleben. War sich nicht sicher, wie er das gemacht hatte. Die Gruppe aus dem letzten Jahr hatte sich etwas verkleinert, dafür waren zwei neue Jungen hinzugekommen. Elías hätte sie am liebsten gewarnt. Ihnen gesagt, sie sollten weglaufen, zurück nach Hause fahren, bevor es zu spät sei. Die Gewalt fing wieder an, in derselben Form wie vorher. Doch diesmal ging alles noch schneller. Die Jungen wurden bei der geringsten Kleinigkeit bestraft. Es war unmöglich, alle Regeln zu befolgen, die nur in einem kranken Hirn existierten.

Nach diesem Sommer hatte Elías jeglichen Lebenswillen verloren. Etwas in seinem Inneren war gestorben. Als im nächsten Sommer die Fahrt in den Norden näherrückte, wurde er plötzlich krank. Lag tagelang im Bett, schwach und blass. Der Arzt hatte Schwierigkeiten, eine genaue Diagnose zu stellen. Es gab einfach keine zufriedenstellende Erklärung. Elías erholte sich im Lauf des Sommers, doch dann war es zu spät, ihn noch aufs Land zu schicken, zumal der Arzt ihn lieber in der Stadt haben wollte, um seinen Zustand kontrollieren zu können. Danach vergingen Jahrzehnte, bevor er wieder in den Skagafjörður fuhr. Als er schließlich hinkam, war es, als sei das alles in einem anderen Leben und einem ganz anderen Jungen passiert. Die einzige Emotion, die er verspürte, war Hass. Das Bedürfnis nach Rache. Doch es war schwer, sich an einem Täter zu rächen, der längst unter der Erde war.

Deshalb rächte er sich auf andere Weise.

Sie fuhren vom Flughafen direkt zum Hotel. Mussten eine Nacht in Kathmandu übernachten. Elías hatte für sich eine Suite gebucht – in diesem Teil der Welt bekam man trotz der Abwertung der Krone noch viel für sein Geld – und für sie ein kleines Einzelzimmer. Das Hotel war prachtvoll, die Einrichtung hochwertig und luxuriös und das Personal zuvorkommend. Er fühlte sich wohl. Das Mädchen sagte nicht viel, war dankbar und bescheiden. Er sagte ihr, sie würden am Abend zusammen essen, er war ihr zwar nichts schuldig, hatte aber keine Lust, alleine zu essen. Und schließlich war sie jung, noch keine zwanzig, und sehr hübsch.

Als sie im Hotel angekommen waren, legte er sich erst hin und machte danach einen Spaziergang durch die Innenstadt. Die Menschenmassen waren erschlagend. Lärm, Stimmengewirr und enge Gassen, so dass es manchmal schwierig war, vorwärtszukommen. Überall hingen bunte Schilder, meist Werbung für Restaurants, Wäschereien, Internet- und Telefonanbieter.

Wieder wanderten seine Gedanken nach Island. In den Skagafjörður. Nach Siglufjörður.

Er hatte nicht gezögert, als man ihm den Auftrag am Héðinsfjörður-Tunnel angeboten hatte, obwohl er dann in Siglufjörður wohnen musste. Dort wollte er das große Geschäft machen. Er brauchte gute Einnahmen, um aus Island wegzukommen – dauerhaft. Vorher hatte er in Akureyri gewohnt, und die Nähe zum Skagafjörður machte ihm eigentlich nichts aus.

Erst als er schon ein paar Monate in Siglufjörður gewohnt hatte, stellte er fest, dass Jónatan, der Sohn der Bauern, dort wohnte. Der Einzige von den Geschwistern, der im Norden lebte. Er sah ihn manchmal von weitem, sprach ihn aber nie an. Im Grunde hatten sie sich nichts zu sagen. Sie teilten das Leid der vergangenen Jahre, die jetzt so fern waren. Jónatan sah nicht gut aus. Er war frühzeitig gealtert, humpelte, hatte ein ausgemergeltes Gesicht und einen krummen Rücken.

Da hatte sich Elías viel besser gehalten.

Vielleicht hatte er die Sommer auf dem Land ja einigermaßen unbeschadet überstanden.

Elías konnte sich nur schwer an den niedrigen Tisch im Hotelrestaurant gewöhnen, er hockte im Schneidersitz auf einer Art Kissen. Das Mädchen saß ihm gegenüber und kam besser damit klar. Er hatte sechs Gerichte bestellt, die der Kellner besonders empfohlen hatte. Obwohl die Speisekarte auf Englisch war, hatte Elías große Schwierigkeiten zu erraten, was er zu essen bekäme: eine Suppe als Vorspeise, ein Reisgericht, ein würziges Hühnchen, ein Pudding als Nachspeise, und dann noch etwas, das ihm überhaupt nichts sagte.

Während des Essens sprachen sie nicht miteinander. Sie schien sich nicht zu trauen, etwas zu sagen, und er hatte kein Interesse daran, sie kennenzulernen. Wollte sie nur nach Island bringen, wo ein schlimmes Schicksal sie erwartete.

Dabei hätte er sie gerne mit in seine Suite genommen und sie auf seine Weise kennengelernt. Aber er wollte kein Risiko eingehen. Man hatte ihm eingeschärft, sie in Ruhe zu lassen. Sie nach Island zu bringen. Er bekäme einen Teil der Bezahlung zu Hause auf dem Flughafen und solle das Mädchen anschließend ein paar Tage verstecken, dann würden sie übernehmen. Weitere Aufträge würden dann folgen.

Nicht schlecht.

Elías schaute sie an und lächelte. Es fiel ihm sehr schwer, der Versuchung zu widerstehen.

Sie schaute zurück. Lächelte. Mit unschuldigem Blick und gespannter Erwartung.

Sie blickte aus dem Fenster des Hotelzimmers, das so hübsch und geräumig war. Draußen war es dunkel, es war schon Abend, und doch schimmerten die schönen Hotelvorhänge ein wenig. Sie sah die Umrisse der gestreiften Liegestühle und der majestätischen Bäume am Swimmingpool.

Ein neues Kapitel in ihrem Leben hatte begonnen.

Die einmalige Chance, ihre Familie zu unterstützen.

Sie legte sich aufs Bett, schloss die Augen und sank ins Land der Träume.

ZWEITER TEIL

DER TAG NACH DEM LEICHENFUND

1. Kapitel

Sie erwachte im Dunkeln. Nur ein winziger Lichtschein und ein bisschen Sauerstoff drangen zu ihr herein, doch es schien kaum einen Unterschied zwischen Tag und Nacht zu geben. Deshalb wusste sie nicht, wie lange sie diesmal geschlafen hatte.

Es war furchtbar lange her, seit er das letzte Mal da gewesen war. Sie verstand überhaupt nicht mehr, was los war. War er mit ihr nach Island gefahren, um sie hier eingesperrt sterben zu lassen?

Warum zum Teufel machte er das?

Dabei hatte er am Anfang so freundlich gewirkt.

Sie war ganz begeistert gewesen, als das Flugzeug nach der langen Reise endlich in Island gelandet war. Die Landschaft, die sie in Empfang genommen hatte, war anders als alles, was sie kannte. Sie waren gegen Mitternacht gelandet, und es war trotzdem wunderbar hell gewesen. Da hatte sie das Gefühl gehabt, dass dieses fremde Land ihr Glück bringen würde.

Sie waren mit seinem Jeep losgefahren, nachdem er sich im Flughafen kurz mit einem Mann unterhalten hatte. Der hatte ihm eine Sporttasche gegeben. Diese Begegnung war irgendwie seltsam gewesen, die beiden hatten nervös gewirkt. Doch sie war so optimistisch und aufgeregt, dass sie gar nichts anderes wahrnahm, keinen Grund zu der Annahme hatte, dass etwas Unrechtes geschah.

Die Autofahrt dauerte lange, mehrere Stunden.

Sie rechnete damit, dass er sie in das Hotel bringen würde, wo sie sofort anfangen müsste zu arbeiten. Doch als er endlich anhielt, standen sie nicht vor einem Hotel.

Sie war starr vor Erstaunen, als er sie plötzlich brutal packte, durch eine Tür stieß und einschloss. Sie rief nach ihm, fragte, was los sei, flehte um Gnade. Vergeblich.

Dann wurde ihr klar, dass sie nicht nach Island gekommen war, um in einem Hotel zu arbeiten.

Kurz darauf kam er mit Essen und Trinken. Sie versuchte, ihn zu überwältigen, hinauszukommen, doch sie wussten beide, dass sie nichts gegen ihn ausrichten konnte. Er war viel größer und stärker als sie.

Dann begann das Warten. Sie war völlig ausgehungert, als er ihr endlich wieder etwas zu essen brachte. Erneut versuchte sie, sich an ihm vorbeizudrängen und hinaus in das isländische Licht zu gelangen, diesmal schon verhaltener als beim ersten Mal. Er stieß sie weg. »Lass das«, sagte er auf Englisch. »Sonst bekommst du nichts zu essen.«

Jetzt überlegte sie, ob er das ernst gemeint hatte. Bestrafte er sie für ihren Widerstand? Wie lange war es her, seit er das letzte Mal da gewesen war? Zwei Tage? Sie hatte längst alles aufgegessen, das Wasser ausgetrunken.

Ihre Lage war grauenhaft.

Ein schmaler Raum. Keine Fenster. Und das Schlimmste: keine Toilette, so dass es schon unangenehm roch.

Sie schloss die Augen. Ihr Kopf war so müde. Sie saß still da und hielt sich den Kopf. Saß und wartete. Auch ihre Beine schmerzten, wie bei einem Krampf, und sie war unglaublich durstig. Sie hatte die Wasserflaschen bis auf den letzten Tropfen geleert. Ein paar Mal hatte sie auf der Suche nach einem weiteren Schluck nach den Flaschen getastet, aber vergeblich. Sie wunderte sich, dass sie keinen Hunger mehr hatte. Nur Durst.

Sie war sich sicher, dass es keine Rettung gäbe, wenn er nicht zurückkäme. Sie würde hier sterben. An einem unbekannten Ort in einem fremden Land. Niemand suchte nach ihr.

Sie dachte an zu Hause. Ihre Familie rechnete nicht so bald mit einer Nachricht von ihr. Sie hatte versprochen, anzurufen oder einen Brief zu schreiben, sobald sie die Gelegenheit dazu hätte. Ihre Eltern würden bestimmt erst in einer oder mehreren Wochen anfangen sich zu wundern. Dann wäre sie längst tot.

Sie hatte keine Ahnung, wie lange sie ohne Essen und Trinken überleben konnte. Das hatte sie nicht in der Schule gelernt. Doch sie spürte, wie ihre Kräfte mit jeder Minute schwanden.

Am Anfang hatte die Angst vor dem Eingesperrtsein sie gelähmt. Sie befand sich in der Gewalt eines fremden Menschen. Konnte nicht raus, an die frische Luft, die Sonne genießen. Das Gefühl war unbeschreiblich schmerzlich. Anfangs bekam sie kaum Luft, wäre vor Angst fast ohnmächtig geworden. Doch nach und nach konnte sie wieder gleichmäßig atmen. Sie versuchte, an etwas Schönes zu denken. An einen hellen Sommertag zu Hause bei ihren Eltern.

Dann rief sie um Hilfe, so laut sie konnte, doch niemand hörte sie. Sie ruhte sich kurz aus, sammelte Energie und rief dann weiter. Als sie das erste Mal in ihrem Verlies einschlief, hatte sie fast keine Stimme mehr.

Inzwischen hatte sie das Schreien längst aufgegeben. Ihre Stimme war weg.

Sie brachte kaum noch ein Wort heraus, und ihre Zunge war ganz trocken.

Sie musste noch ein bisschen durchhalten, sich wach halten, obwohl sie am liebsten nur noch geschlafen hätte.

2. Kapitel

Ísrún war früh aufgewacht und stand jetzt vor einem alten, heruntergekommenen Einfamilienhaus in Akureyri.

Das nächste Haus war ein Stück entfernt, und es gab nicht viel zu sehen. Im Erdgeschoss hatte sich mal ein Gewerbe befunden, ein Geschäft oder eine Firma, aber die großen Fenster waren zugenagelt. Elías' Wohnung musste im ersten Stock sein. Nichts rührte sich, und alle Vorhänge waren zugezogen.

Ein Schauer durchfuhr Ísrún. Das war kein Haus, in dem sie gerne gewohnt hätte. Fast wie ein Geisterhaus. Die Wohnung würde sich bestimmt schwer verkaufen lassen, vor allem jetzt, mitten in der Wirtschaftskrise. Vielleicht hatte Elías sie deshalb nicht von seiner Frau, oder besser gesagt von deren Firma, auf seinen Namen umschreiben lassen.

Ísrún überlegte, ob sie um das Haus herumlaufen, es genauer unter die Lupe nehmen und abchecken sollte, ob sie in die Wohnung gelangen könnte. War es weniger verwerflich, in eine Wohnung einzudringen, deren Besitzer tot war? Zumindest konnte er sich nicht mehr darüber beklagen.

Sie zögerte, ließ es dann aber bleiben. Die Vorstellung, die Wohnung dieses Mannes zu durchsuchen, war ihr zuwider, auch wenn sich dort womöglich nützliche Informationen fanden. Hastig stieg sie wieder in den Wagen, schaute nicht mehr zurück und fuhr zügig nach Siglufjörður.

Svavar hatte in der Nacht schlecht geschlafen.

Auf einmal stand er im Mittelpunkt des Interesses, bekam Besuch von der Polizei und einer Fernsehreporterin, wobei er fand, dass er auf beide gut reagiert hatte. Er hatte sich nicht verplappert, weder Elías verraten, noch sich selbst in die Bredouille gebracht.

Dennoch hatten ihn letzte Nacht Zweifel befallen. Wie lange konnte er noch durchhalten?

Er war zwei- oder dreimal eingenickt, hatte nur kurz geschlafen und war dann schweißgebadet aufgewacht. Dachte immer nur an sie. An eine Frau, die er noch nicht einmal gesehen hatte. Eine Frau aus einem fremden Land, von einem fernen Kontinent.

Er wusste nur, dass sie jung und hübsch war. So hatte Elías sie zumindest beschrieben, wobei er sich unflätiger ausgedrückt hatte. Svavar hatte an fast nichts anderes gedacht, seit er von Elías' Tod gehört hatte. Die Zeit wurde knapp.

Vielleicht war es schon zu spät.

Er dachte tagsüber an sie, dachte nachts an sie, wenn er nicht einschlafen konnte, und träumte zwischendurch von ihr.

Erst hatte er sich eingeredet, dass er nicht für sie verantwortlich sei, dass er nicht für jeden Menschen auf der Welt verantwortlich sein könne.

Ständig sterben Leute.

Was geht es mich an, wenn heute eine fremde Frau stirbt?

Doch er merkte sofort, wie zynisch das klang. Elías hätte sich bestimmt keine großen Gedanken darüber gemacht. Manchmal verstand Svavar einfach nicht, wie er so gefühlskalt sein konnte. Sie waren ziemlich verschieden, obwohl sie schon lange befreundet waren. Svavar wusste genau, dass Elías seine dunklen Seiten hatte.

Und er war der Erste, der zugegeben hätte, dass er selbst auch kein Engel war. Sein Kumpel und er hatten sich nicht immer auf der richtigen Seite des Gesetzes bewegt. Waren wie echte Kameraden durch dick und dünn gegangen.

Deshalb hatte Elías sich an Svavar gewandt, als er diesen neuen Auftrag bekommen hatte. Er war in Kontakt mit Leuten gekommen, die laut seiner Aussage Riesengeschäfte machen wollten, unter anderem in Island. Dabei gehe es auch um Menschenhandel und Prostitution. Man habe vor, Frauen aus Asien nach Island zu bringen und von hier möglicherweise aufs europäische Festland. Man habe in Asien Verbindungen und wolle junge Mädchen nach Island bringen, die sich auf Jobs in Europa beworben hätten. Sobald sie hier seien, bekämen sie jedoch eine »härtere Realität« zu spüren, wie Elías sich grinsend ausgedrückt hatte. »Aber das ist ja nicht mein Problem«, hatte er noch hinzugefügt.

»Die Sache könnte sehr rentabel sein, und ich brauche jemanden, dem ich vertrauen kann. Was hältst du davon?«, hatte er Svavar gefragt, der genickt und an die kleine Wohnung gedacht hatte, die er sich in Südeuropa kaufen wollte, vielleicht in Italien oder Portugal. Menschenhandel und Prostitution konnte er ohnehin nicht verhindern, warum also nicht ein bisschen damit verdienen? Doch als er jetzt daran zurückdachte, war er nicht mehr so überzeugt.

Elías' erste Aufgabe bestand darin, nach Nepal zu fliegen, dort ein Mädchen abzuholen und nach Island zu bringen, wo sie dann andere übernähmen. Eine leichte und angenehme

Aufgabe, hatte er gesagt. Svavar war davon ausgegangen, dass er selbst auf die nächste Reise geschickt würde, und hatte sich sogar darauf gefreut, einen fremden Kontinent kennenzulernen. Diese Träume waren zu Albträumen geworden. Ihm wurde fast schlecht, wenn er an Elías' Pläne dachte. Er dankte Gott dafür, dass er nicht selbst gefahren war und diese arme, ahnungslose Frau abgeholt hatte.

Svavar hatte noch keine Krone an der Sache verdient, das sollte später kommen. Doch er wusste, dass Elías schon etwas ausbezahlt bekommen hatte.

»Sie muss ein paar Tage versteckt werden«, hatte Elías gesagt und, wahrscheinlich weil Svavar verwundert reagiert hatte, hinzugefügt: »Aber mach dir keine Sorgen, ich habe nicht vor, sie bei dir im Keller unterzubringen!«

Es war ein schöner Tag in Dalvík. Svavar wohnte nur vorübergehend in dem Ort, bis er seinen Traum verwirklichen und in den Süden ziehen würde, wie die Zugvögel im Winter. Er war sich sicher, dass er dann nie mehr zurückkehren würde. Vielleicht hatte er ja schon zu lange gewartet, den Anschluss verpasst. Er sollte sich wirklich bei der nächsten Gelegenheit aufmachen, das Haus verkaufen, seine Ersparnisse zusammenraffen und sich einen Job in wärmeren Gefilden suchen. Das wäre zwar nicht ganz das Leben, von dem er geträumt hatte, aber immerhin. Zumindest würde er dadurch dem trostlosen Alltag in Island entkommen, in einem wärmeren und freundlicheren Land leben, auch wenn er sich noch nicht sofort zur Ruhe setzen könnte.

Er blickte aus dem Fenster in den klaren Himmel.

Er vermisste seinen Freund, war aber irgendwie auch froh, ihn nicht mehr in seinem Leben zu haben. Als falle eine schwere

Last von ihm ab. Plötzlich sah er die Grenzen zwischen richtig und falsch klarer.

Er hatte Mitleid mit dem Mädchen.

Wollte sie retten, aber nicht im Gefängnis landen.

Verdammte Scheiße.

Sollte er versuchen, das Leben dieser Frau zu retten, die Fehler seines Freundes wiedergutmachen, oder einfach nicht mehr an sie denken? Sie in Frieden sterben lassen?

Svavar wusste nicht viel über diese Frau, nur, dass Elías seinen ausländischen Partnern nichts von dem Versteck erzählt hatte. Er wollte sichergehen, dass er die abschließende Zahlung auch erhalten würde. Es fiel ihm schwer, anderen zu vertrauen. Inzwischen war es gut vierundzwanzig Stunden her, seit Elías ermordet worden war. Wann das Mädchen zuletzt etwas zu essen und zu trinken bekommen hatte, wusste der liebe Himmel.

Svavar versuchte sich einzureden, dass ihn das nichts anginge.

Sie kannten sich nicht. Zwei fremde Menschen. Einer starb, und der andere lebte.

Das war die brutale Realität, von der Elías gesprochen hatte.

Das Schlimmste war – oder vielleicht war es auch nur Glück im Unglück –, dass er keine Ahnung hatte, wo sich das Mädchen befand.

Vielleicht war es letztendlich doch besser, den Dingen ihren Lauf zu lassen.

3. Kapitel

Ísrún war entlang des Fjords durch den Ort Ólafsfjörður gefahren und befand sich nun auf einer unasphaltierten, holprigen Passstraße über die Lágheiði. Sie fuhr extrem langsam, um ihrem alten Wagen nicht zu viel zuzumuten, und fürchtete in jeder Kurve und an jeder Steigung, er würde den Geist aufgeben. Die Berge waren sehr nah, direkt an der Straße, und es lag noch Schnee. Am liebsten hätte sie am Straßenrand angehalten, wäre das kurze Stück zu dem Schneefeld am Hang gelaufen, hätte sich in den kalten Schnee gelegt und ihre müden Knochen ausgeruht. In letzter Zeit fiel es ihr so schwer, Zeit zum Entspannen zu finden.

Die Fahrt war zwar lang, aber immer noch besser, als sich das Genöle des Redaktionsleiters anhören zu müssen. Außerdem war es an der Zeit, sich endlich zu rächen. Ein für alle Mal. Und sie war neugierig auf den Fall – was war wirklich mit Elías passiert?

Als die Schotterstraße über den Pass zu Ende war, wurde es nicht besser. Die Straße nach Siglufjörður war zwar asphaltiert, aber für Ísrúns Geschmack immer noch ziemlich gefährlich. Als sie endlich den Tunnel Strákagöng passiert hatte, lag vor ihr der Fjord. Der Ort nahm sie mit offenen Armen in Empfang.

Ísrún wollte den Tag dafür nutzen, mit Elías' Arbeitskollegen Logi und Páll zu reden und eine Frau zu besuchen, mit der Elías laut Meldeverzeichnis in einem Haus gewohnt hatte. Sie fuhr langsamer, versuchte, sich zu orientieren, und merkte schnell, dass sie schon in der Hvanneyrarbraut war, in der Elías gewohnt hatte. Sie brauchte nicht lange, um das Haus zu finden. Ein hübsches Einfamilienhaus an einem schönen Platz direkt am Fjord. In einem solchen Haus konnte Ísrún sich gut vorstellen zu wohnen, wenn sie irgendwann mal aufs Land ziehen würde. Dann hätte sie gerne einen Blick aufs Meer. Die Nähe des Ozeans war irgendwie beruhigend. Das waren die Gene, das Salzwasser im Blut. Ihr Großvater stammte von den Färöer Inseln und war Seemann gewesen, ebenso wie seine Vorfahren. Dabei interessierte sie sich eigentlich nicht für die Seefahrt, las kaum Meldungen über Fischerei oder Fangquoten. Vielleicht war es das Meer an sich, das sie faszinierte, weniger die Meeresbewohner.

Ísrún drückte auf die Klingel neben dem schnörkelig geschriebenen Namen Nóra Pálsdóttir. Nichts geschah. Sie wartete einen Moment, klingelte dann erneut und klopfte zur Sicherheit auch an. Endlich sah sie eine Regung hinter den hauchdünnen Gardinen in dem kleinen Fenster in der Haustür.

Die Tür ging auf, und die Frau in der Türöffnung lächelte sie an. Mit strahlend weißen Zähnen. Unnatürlich weiß. Sie war um die sechzig und trug ein grellgelbes Kleid.

»Guten Tag, bitte entschuldigen Sie die Verzögerung«, sagte sie.

»Hallo, ich heiße Ísrún. Sind Sie Nóra?«

»Ja, genau.« Sie lächelte wieder breit und zeigte auf den Namen neben der Türklingel. »Nóra Pálsdóttir. Und Sie sind von den Nachrichten, oder?«

Ísrún nickte.

»Treten Sie ein. Bitte entschuldigen Sie meinen Aufzug und die Unordnung. Ich habe heute nicht mit Besuch gerechnet. Ich bin so verstört, seit Elías tot ist, der arme Mann.«

Ísrún trat mit schmutzigen Schuhen ein, hielt nach der angekündigten Unordnung Ausschau, sah aber nur, dass sowohl die Hausherrin als auch das Haus frisch herausgeputzt waren, als wäre mitten im Sommer Heiligabend. Ein intensiver Parfümgeruch stieg Ísrún in die Nase. Sie selbst benutzte kaum Parfüm. Nóra schien sich hingegen diesbezüglich kaum mäßigen zu können.

»Ich bin am Boden zerstört«, sagte Nóra und seufzte theatralisch. »Wirklich am Boden zerstört. Ich kann immer noch nicht glauben, dass das wirklich passiert ist. Bitte nehmen Sie Platz. Ich schaue mal, ob ich etwas im Kühlschrank habe.«

Sie tänzelte aus dem Raum. Ísrún blieb im Wohnzimmer zurück und setzte sich auf den Stuhl, der am bequemsten aussah.

»Ich hoffe, Sie wollen mich nicht in den Nachrichten zitieren«, rief Nóra und fügte noch hinzu, bevor Ísrún antworten konnte: »Aber ich würde es natürlich verstehen. Sie machen ja auch nur Ihre Arbeit. Wie wir alle.«

Nach einem kurzen Moment kam Nóra mit einem verlockenden Schokoladenkuchen aus der Küche.

»Wobei ich nicht mehr arbeite, ich bin Rentnerin. Viel zu früh natürlich! Man könnte sagen, ich hatte eine Eingebung und habe mich in die Wohltätigkeitsarbeit gestürzt. Haben Sie schon mal von der Familienhilfe gehört?«

»Ich würde Ihnen gerne ein paar Fragen zu Elías stellen, wenn das in Ordnung ist«, sagte Ísrún entschieden.

Nóra stellte die Torte auf den Tisch.

»Ich hatte ganz vergessen, dass ich die noch habe. Rumschokoladenkuchen. Wirklich köstlich«, sagte sie überschwänglich. »Aber natürlich ist das in Ordnung. Ich reiße mich zusammen und beantworte Ihre Fragen so gut ich kann.«

Sie blieb stehen, als dürfe keine Knitterfalte in ihr gelbes Kleid kommen.

»Wie Sie vielleicht schon vermutet haben, arbeite ich an einem Beitrag über den Mord.« Ísrún machte eine kurze Pause. »Aber nicht nur über den Mord. Ich will auch herausfinden, was für ein Mensch das Opfer war. Ich hatte gehofft, Sie könnten mir dabei helfen.« Sie versuchte zu lächeln.

»Natürlich. Das ist mir eine Pflicht und Ehre. Wie stellen Sie sich das vor? Wollen Sie sich jetzt Notizen machen und später noch mal für ein Interview kommen?«, fragte sie geschmeichelt.

»Genau. Man könnte meinen, Sie seien selbst Journalistin gewesen.«

»Was Sie nicht sagen. Ich habe tatsächlich immer davon geträumt, es aber nie in die Tat umgesetzt. Ich bin Zahnärztin gewesen. Sie haben bestimmt schon mal ein Werk von mir gesehen.« Nóra lachte. »Schade, dass ich Ihnen nicht Elías' Wohnung zeigen kann. Er wohnte im ersten Stock. Die Polizei hat die Wohnung versiegelt und die Schlüssel mitgenommen. Da oben wurde etwas gefunden. Der Polizist hat eine Sporttasche mitgenommen. Mehr weiß ich auch nicht.« Sie kniff die Augen zusammen und lächelte breit.

»Das macht doch nichts«, sagte Ísrún.

Begierig musterte sie die Torte und fragte schließlich: »Darf ich ein Stück davon haben? Haben Sie die selbst gebacken?«

»*Oui*«, sagte sie geschmeichelt. »Ein Rezept aus Frankreich. Da habe ich viel Zeit verbracht.« Nóra schnitt ein großes Stück Torte ab, legte es auf einen Teller und reichte ihn Ísrún. »Möchten Sie eine Tasse Kaffee dazu? Ich habe zufällig frischen da.«

»Gerne, danke.«

Nóra verließ den Raum und kam umgehend mit einer Tasse dampfendem Kaffee zurück.

»Sie scheinen ja gut vorbereitet zu sein, nach dem Mord geben sich bei Ihnen bestimmt die Gäste die Türklinke in die Hand«, sagte Ísrún, bereute es jedoch sofort. Nóra wirkte peinlich berührt, fand aber ihre gute Laune wieder, als Ísrún sie aufforderte: »Erzählen Sie mir von der Familienhilfe.« Das war das Einzige, was ihr einfiel, um die Situation zu retten. Nóra war begeistert und erzählte ihr lang und breit von der Gründung des Vereins. Nur der Kuchen, der tatsächlich ein Traum war, machte das Zuhören erträglich. Am Ende erzählte ihr Nóra, dass Elías sofort die Leitung der Familienhilfe übernommen hätte, »mit seiner beispiellosen Entschlossenheit und unvergleichlichen Empathie für all jene, die es schlechter getroffen hat als uns«.

»Wie war Ihr Verhältnis zu ihm sonst? Hat er lange hier gewohnt? Hatten Sie nur beruflich Kontakt? Bitte verzeihen Sie, wenn ich zu persönlich werde.«

»Um Gottes willen, machen Sie sich darüber mal keine Sorgen, ich bin einiges gewöhnt«, sagte sie mit schriller Stimme. »Elías ist Anfang des Jahres eingezogen. Vorher hatte er ein Zimmer bei seinem Kollegen Logi gemietet. Aber die Antwort auf Ihre andere Frage lautet nein, unsere Beziehung entwickelte sich nicht in die Richtung, die Sie angedeutet haben, wobei mich das nicht überrascht hätte. Er hat mir oft Blicke zugeworfen, wenn Sie verstehen, was ich meine. Wir waren ja ungefähr im gleichen Alter.«

Im gleichen Alter … Ísrún musterte Nóra. Sie würde diese Behauptung bei Gelegenheit überprüfen, rechnete allerdings eher damit, dass Nóra Elías' Mutter hätte sein können.

»Ich habe überlegt«, sagte Nóra aus heiterem Himmel, »ob wir das Interview vielleicht im Büro der Familienhilfe machen könnten. Mit unserem Logo im Hintergrund.«

»Das können wir eventuell machen«, antwortete Ísrún und hoffte, dass Nóra ihre Lüge nicht durchschaute. »Hatte Elías keine näheren Kontakte zu Frauen hier im Ort?«

»Das glaube ich nicht«, antwortete Nóra. »Vielleicht hatte er anderswo eine Freundin. Er wollte wohl keinen Klatsch in diesem kleinen Ort. So attraktive Männer wie er haben ja in jedem Hafen eine Frau.«

»Ja, vielleicht.« Ísrún nahm den letzten Bissen von ihrem Kuchen. »Vielen Dank noch mal für den Kuchen.«

»Wann möchten Sie denn das Interview aufnehmen?« Nóra hatte sich immer noch nicht hingesetzt und stand in ihrem gelben Kleid da wie eine Königin in ihrem Reich.

»Ich muss erst alle Informationen auswerten und mich mit dem Redaktionsleiter beraten, wie wir den Beitrag aufbauen wollen. Wir versuchen dann, einen Kameramann aus Akureyri zu bekommen, vielleicht sogar noch heute, um das Interview aufzunehmen.«

Nóra lächelte, wieder leuchteten ihre weißen Zähne.

»Wunderbar. Würden Sie mir zur Sicherheit Ihre Nummer geben?«

Ísrún lächelte zurück. »Machen Sie sich keine Umstände. Ich melde mich bei Ihnen.«

4. Kapitel

Ómar, der Kapitän ohne Schiff, schaute im Lauf des Morgens in der Polizeiwache vorbei. Ari war früh zur Arbeit gekommen, denn solange der Mord an Elías Freysson nicht geklärt war, hatte er quasi immer Dienst oder musste erreichbar sein.

Hlynur war da, schien aber wie üblich zu nichts zu gebrauchen zu sein. Er saß vor dem Computer und starrte auf den Bildschirm, als sei er in einen Fall versunken, dabei wusste Ari, dass er im Augenblick nichts Wichtiges zu tun hatte.

Gegen elf Uhr stellte Ari fest, dass er weder gestern Abend in Akureyri etwas gegessen noch am Morgen gefrühstückt hatte, ging in den Fischladen und kaufte Trockenfisch. Draußen wehte eine frische Brise vom Meer, aber die Sonne ließ sich nicht blicken.

Ari ging zurück zur Wache und stieß in der Tür auf Tómas.

»Lass uns mal kurz rausgehen«, sagte Tómas und drehte Ari in der Türöffnung um. Sie liefen schweigend über die Straße. »Ich kann diese Situation nicht länger ertragen. Hlynur ist überhaupt nicht mehr ansprechbar. Kapitän Ómar ist gerade gegangen, beziehungsweise er hat sich endlich verdrückt, als ich ihm gesagt habe, ich müsste mal weg. Er wollte nicht alleine mit Hlynur in der Wache sein, wenn der in diesem weggetretenen Zustand ist, und ich kann ihn gut verstehen. Wobei ich von Ómar auch genug hatte. Der Mann quatscht einen ja tot.« Tómas seufzte.

»Der ist doch harmlos«, erwiderte Ari.

»Früher hat er ganz schön gesoffen. War ein Bekannter meiner Eltern. Manchmal kam er abends bei uns vorbei, sturzbesoffen. Ich hätte natürlich schlafen sollen, kann mich aber gut daran erinnern. Verdammte Randale. Jetzt ist er trocken, aber immer noch genauso nervig wie früher.«

Sie hatten die Straße überquert und gingen auf ein frisch renoviertes Haus am Yachthafen zu, in dem sich eine Touristeninformation und ein neues Restaurant befanden.

»Der Ort verändert sich«, sagte Tómas resigniert.

Sie setzten sich auf die Bank vor dem Haus, und Ari biss von seinem Trockenfisch ab.

»Alles verändert sich«, fuhr Tómas fort. »Restaurants, vielleicht ein neues Hotel, mehr Gäste, mehr Touristen und dann dieser Tunnel. Siglufjörður ist nicht mehr abgelegen. Wir müssen bestimmt mehr Polizisten einstellen, alles mögliche Gesindel wird herkommen … Drogen, was weiß ich. Es hat Vor- und Nachteile, Meister, wenn unser Ort so gut erreichbar ist.«

»Was hältst du vom Stand der Dinge im Fall Elías?«, fragte Ari.

Tómas seufzte. Eine ältere Frau schlurfte langsam auf ihren Stock gestützt vorbei, nickte Tómas zu und ging dann weiter, verwundert, zwei von drei ortsansässigen Polizisten mitten am Tag auf einer Bank sitzen zu sehen – dabei schien noch nicht einmal die Sonne.

»Ich glaube, ich habe keine Meinung dazu«, sagte Tómas schließlich. »Der Fall liegt nicht mehr in unserer Hand. Du hast gute Arbeit geleistet. Wir haben unser Bestes getan. Jetzt müssen die Schlaumeier in Akureyri die Puzzlestücke zusammenfügen.«

»Könnten wir nicht die Handys checken?«

»Die Handys?«, fragte Tómas verwundert.

»Ja, die Handys der Leute, die Elías am besten kannten. Palli und Logi und dieser Svavar aus Dalvík. Ja, und Nóra und eventuell Hákon, der Vorarbeiter. Könnten wir nicht überprüfen lassen, ob sie in der Tatnacht im Skagafjörður waren?«

»Vergiss Jói nicht«, sagte Tómas grinsend. »Aber die Antwort lautet nein, das können wir nicht. Keiner von ihnen steht unter Verdacht. Wir können nicht im Privatleben sämtlicher Leute, die Elías kannten, herumschnüffeln, nur weil er ermordet wurde. Unsere Anwälte würden ausrasten, wenn ich das vorschlagen würde.«

»Diese Anwälte stehen einem immer nur im Weg.«

»Da hast du recht, Meister.« Tómas gähnte.

»Müde?«

»Es geht, hab letzte Nacht schlecht geschlafen.«

Ari zögerte und war sich nicht sicher, ob er es wagen sollte, das Thema anzusprechen, das Tómas offenbar auf der Seele lag. Er stand völlig neben sich, seit seine Frau zum Studieren nach Reykjavík gezogen war. Ari wollte zwar keine schlafenden Hunde wecken, ließ es aber darauf ankommen: »Für dich hat sich bestimmt viel verändert …«

»Ja, Meister«, sagte Tómas. »Alles verändert sich.« Er schien mit den Gedanken ganz woanders zu sein.

»Wie geht es ihr denn, deiner Frau?«

»Gut, soweit ich weiß«, murmelte er. »Ich spreche ab und zu mit ihr. Sie ist sehr zufrieden mit allem. Hat schon das erste Jahr in Kunstgeschichte hinter sich. Spricht ständig von Leuten, die ich noch nie gesehen habe, und scheint viele Kontakte zu haben. Zu den anderen Studenten, die sind viel jünger als sie. Ich begreife nicht, wie sie sich in ihrem Alter noch mal dazu aufraffen konnte. Wir haben es doch so gut hier. Alles läuft in geregelten Bahnen.«

»Warum gehst du nicht einfach auch nach Reykjavík?« Es entstand eine lange Pause. Ari hätte seine Worte am liebsten zurückgenommen, aber die Stille hatte sie bereits geschluckt.

»Was würdest du machen?«, fragte Tómas urplötzlich.

»Ich?« Ari zögerte.

»Ich dachte immer, ich könnte nie von hier wegziehen«, sagte Tómas dann. »Jetzt bin ich mir nicht mehr so sicher. Vielleicht sollte ich auch etwas ändern.« Tómas schwieg eine Weile. »Aber vielleicht bin ich auch zu alt dafür. Einen alten Baum verpflanzt man nach so langer Zeit nicht mehr.«

»Du solltest zumindest darüber nachdenken.«

»Mach dir keine Sorgen, Meister. Ich denke ständig darüber nach. Und wenn ich gehe, dann übernimmst du meinen Job. Die Wache wäre bei dir in guten Händen.«

Es war eine verlockende Vorstellung, den nächsten Schritt auf der Karriereleiter zu machen. Chef zu sein. Beruflichen Erfolg zu haben, wenn das Privatleben schon brachlag.

Doch jetzt, als Tómas diese Möglichkeit laut aussprach, fühlte sich Ari plötzlich von den Bergen eingeengt, wie in seiner ersten Zeit im Norden. Und dabei hatte er gedacht, er hätte das klaustrophobische Gefühl längst überwunden.

Er hatte sich an den kleinen Ort gewöhnt und mochte ihn. Aber konnte er sich wirklich mit der isolierten Lage und den wenigen Menschen abfinden und sich ganz in Siglufjörður niederlassen?

Ísrún brauchte nicht lange, um die Polizeiwache zu finden. Sie parkte vor dem Haus und marschierte mit unerschütterlichem Selbstvertrauen hinein. Das bekam man bei diesem Job automatisch mit dem Kaffee in der Redaktion eingeflößt.

In der Wache war es sehr friedlich. Ein Polizeibeamter hatte Dienst, saß versunken vor dem Computer und schaute nicht auf, obwohl sie die Tür hinter sich zuknallte.

»Guten Tag«, sagte sie. Er rührte sich immer noch nicht.

Sie trat ein paar Schritte näher und sagte noch einmal: »Guten Tag.«

Da hob er endlich den Kopf und zuckte zusammen, als sei er aus einem schlechten Traum erwacht.

Er sah ihr in die Augen – überraschenderweise zog er ihre Augen ihrer Narbe vor –, aber sein Blick war entrückt und leer. Als wäre seine Seele noch im Computer, dachte Ísrún und vergaß dabei, dass sie eigentlich nicht an die Seele des Menschen glaubte. Dafür hatte ihr Psychologiestudium gesorgt.

»Sind Sie wegen der E-Mails hier?«, fragte er mit mechanischer Stimme.

»E-Mails?« Sie verstand überhaupt nichts. »Ich suche einen Mann, der Bullen-Palli genannt wird.«

»Palli?« Endlich schien der Polizist zu sich zu kommen. »Entschuldigen Sie, ich heiße Hlynur. Palli ist nicht mehr bei der Polizei. Schon lange nicht mehr. Solche Spitznamen wird man nur leider hier im Ort so schnell nicht wieder los.«

»Wissen Sie, wo ich ihn finden kann?«

Hlynur überlegte. »Keine Ahnung. Er heißt Páll Reynisson. Schlagen Sie ihn einfach im Telefonverzeichnis nach. Er hat bestimmt ein Handy.«

Dann wandte er sich von ihr ab, starrte wieder auf den Computerbildschirm und schwieg. Ísrún hielt es für überflüssig, sich von ihm zu verabschieden.

5. Kapitel

Natürlich hatte Páll Reynisson ein Handy und stimmte einem Treffen mit den folgenden Worten zu: »Ja, ich habe nichts zu verbergen.«

Ein paar Minuten später stand Ísrún vor einem Haus in der Hafnargata, wo er gerade arbeitete. Ein junger Mann mit ziemlich langen Haaren, in Jeans und einem karierten Hemd spähte durch die Kellertür an der Vorderseite des Hauses. Er hatte gerötete Wangen und grüßte sie mit einem Lächeln auf den Lippen.

»Hallo, ich bin Palli.«

»Ísrún«, sagte sie verhalten.

»Wenn Sie kurz reinkommen, kann ich weiterarbeiten. Ich werde ja nicht fürs Faulenzen bezahlt.«

»Was machen Sie denn gerade?«

»Ich lege neue Stromleitungen. Ein alter Einheimischer hat das Haus aus einem Nachlass gekauft und will es als Sommerhaus nutzen. Da ist er nicht der Erste und nicht der Letzte. Siglufjörður wird zu einer Sommerhaussiedlung.«

»Ist ja auch schön hier«, entgegnete sie, nur um etwas zu sagen.

Er lachte. »Mit solchen Aussagen machen Sie sich bei mir nicht gerade beliebt.« Dann fügte er hinzu: »Kommen Sie rein, beziehungsweise runter, ich muss weitermachen.« Er verschwand im Keller.

Sie musste sich bücken, um in den Keller zu gelangen, der eine so niedrige Decke hatte, dass man kaum aufrecht stehen konnte.

»Das ist ja ein geradezu menschenunwürdiger Arbeitsplatz.«

»Na, na, da habe ich schon Schlimmeres erlebt.« Er grinste sorglos.

Der Keller bestand aus drei Räumen. In dem mittleren, in dem sie standen, lagen verschiedene Gerätschaften, darunter eine verrostete Gartenschere, ein alter Rasenmäher, Werkzeug, eine Schubkarre und ein paar Pflastersteine. In einem kleinen Raum auf der rechten Seite sah Ísrún leere Gläser in unterschiedlichen Formen und Größen. Am interessantesten waren die alten Milchflaschen, die ein ganzes Regal füllten; solche Flaschen kannte sie nur vom Hörensagen. Als sie klein war, waren Milchflaschen längst von Pappkartons abgelöst worden.

»So eine hätte ich gerne«, sagte sie und zeigte auf die leeren Flaschen. »Die sind hübsch als Blumenvasen.«

Sie hoffte, er würde ihr eine Flasche mitgeben, aber seine Antwort lautete: »Ja, die kann man bestimmt in Reykjavík im Trödelladen kaufen.«

»Was ist denn da drin?«, fragte sie und zeigte nach links, um das Thema zu wechseln.

»Nichts Besonderes, da war früher eine Art Stall.«

»Ein Stall?«, sagte sie entgeistert.

»Ja, die Hausbewohner hielten eine Kuh im Keller, habe ich gehört, sie bekamen die Erlaubnis dafür, als der Scharlach im Ort ausbrach und sie eigene Milch für ihre Kinder haben wollten. Das ist lange her.«

»Ein Haus mit Geschichte.«

»Kann man so sagen.«

»Und Sie sind also Elektriker?«

»Ja, ich habe in der letzten Zeit für Elli gearbeitet.«

»Sind Sie denn jetzt arbeitslos?«

»Seh ich so aus?« Er hatte sich wieder den Stromkabeln zugewandt. »Auf gewisse Weise vielleicht. Nach dem Mord ist alles ein bisschen durcheinander. Aber ich habe den Vorarbeiter schon getroffen, er ist daran interessiert, uns weiter zu beschäftigen, mich, Logi und Svavar.« Páll war anzuhören, dass einiges für ihn auf dem Spiel stand.

»Und trotzdem arbeiten Sie jetzt hier.«

»Ja, das sind nur zusätzliche Arbeiten, die hinten anstanden.« Er hob den Kopf und schaute ihr in die Augen. »Das Problem ist, das Svavar nicht erreichbar ist. Er war Ellis engster Mitarbeiter, und der Vorarbeiter will sichergehen, dass er dabei ist, wenn wir weitermachen«, sagte er besorgt. »Logi hat ein paar Schichten übernommen, damit das Projekt vorankommt.«

»Ach, Svavar ist nicht erreichbar?« Sie widerstand der Versuchung, sich damit zu brüsten, ihn gestern Abend getroffen zu haben.

»Nein, er geht nicht ans Telefon. Ich überlege, nachher mal nach Dalvík zu fahren und bei ihm anzuklopfen. Die beiden waren sehr gute Freunde, deshalb wollte ich ihm ein bisschen Zeit lassen, aber jetzt reicht es. Ich hatte nicht damit gerechnet, dass ihn die Sache so mitnimmt. Wir dürfen uns diese Gelegenheit nicht durch die Lappen gehen lassen. Die stellen sofort andere Leute ein, wenn wir nicht zuschlagen. In unserer Branche gibt es großen Auftragsmangel und viel Arbeitslosigkeit, wie

Sie bestimmt am besten wissen, es kommen ja ständig Nachrichten über die Krise im Fernsehen.« Er schnaubte und machte sich wieder an die Arbeit.

»Sie haben am Telefon gesagt, Sie hätten nichts zu verbergen.«

Verwundert schaute er von den vielen Kabeln auf, lächelte aber immer noch. »Ja, das habe ich gesagt.«

»Was meinten Sie damit? Hatte Elías etwas zu verbergen?«

»Ich höre Ihnen doch an, dass Sie die Antwort wissen.«

»Ich habe gewisse Vermutungen«, rutschte es ihr heraus.

Páll arbeitete unbeeindruckt weiter und schwieg.

»Ich würde gerne mehr über ihn wissen«, sagte Ísrún nach einer Weile. Sie hätte sich gerne richtig ausgestreckt oder hingesetzt, aber es gab keinen Stuhl. »In was für Geschäfte war er denn verwickelt? Wissen Sie, ob er, nun ja, zu Gewalttätigkeit neigte?«

»Was sind das denn für Fragen? Glauben Sie etwa, ich würde mich einer Journalistin aus Reykjavík anvertrauen? Spielt das überhaupt eine Rolle?«

»Könnte schon sein«, sagte sie eindringlich.

»Zumindest bin ich froh, dass Sie mich nicht verdächtigen und mich nicht fragen, wo ich war, als er ermordet wurde!«, sagte er scherzend.

»Ach, wo waren Sie denn?«, fragte sie, um ihm einen Gefallen zu tun.

»In Reykjavík, Party machen. Ihr Journalisten kennt so was vielleicht nicht, ihr seid ja immer nur auf der Jagd nach Schlagzeilen.« Páll lachte.

»Haben Sie ihn getötet?«, fragte Ísrún abrupt, aber es gelang ihr nicht, ihn zu überraschen.

»Nein, ich habe keine Ahnung, wer es war. Elías war kein Unschuldsengel. Bitte zitieren Sie mich nicht. Der Typ kannte keine Skrupel.«

»Können Sie mir ein Beispiel nennen?«

»Das möchte ich eigentlich nicht«, sagte er und blickte auf, immer noch lächelnd.

Ein Mann, dem man nur wegen seines Lächelns einiges durchgehen ließ.

Nóra ging normalerweise alle zwei Monate zum Friseur, zu einem kleinen Friseursalon in Siglufjörður, den man eigentlich kaum Salon nennen konnte. Es handelte sich um einen Stuhl zu Hause bei einer pensionierten Friseurin, die die Haare der Ortseinwohner nach Bedarf schnitt und frisierte. Geöffnet nach Vereinbarung. Nóra war erst vor gut einem Monat das letzte Mal bei ihr gewesen, hatte sie jedoch am Morgen angerufen und für denselben Tag einen Termin vereinbart. Sie rechnete nämlich jeden Moment mit der Journalistin und dem Kameramann und wollte im Fernsehen unbedingt gut aussehen.

Ihre größte Sorge war, dass das Fernsehteam genau zu der Zeit bei ihr vorbeikäme, wenn sie gerade beim Friseur war. Das wäre schrecklich, sie würde vielleicht die Chance ihres Lebens verpassen. Es war nämlich keineswegs sicher, dass die Journalistin vorher anrufen würde. Nach einiger Überlegung kam sie zu dem Ergebnis, dass sie unbedingt Kontakt mit dieser Ísrún aufnehmen und ihr sagen musste, wann sie am besten vorbeikommen sollte.

Da Nóra Ísrúns Telefonnummer nicht hatte, rief sie direkt bei der Redaktion an. Das hatte sie noch nie gemacht, aber in ihrem Leben war ja auch noch nie etwas Berichtenswertes passiert.

»Nachrichten, Redaktionsleitung«, sagte eine dynamische Stimme.

»Guten Tag, ich heiße Nóra. Mit wem spreche ich?«, fragte sie nervös.

»Ívar«, spuckte der Mann seinen Namen fast aus.

Sie sah ihn sofort vor sich. Hatte ihn schon oft im Fernsehen gesehen. Ein bisschen füllig, aber äußerst attraktiv, sehr männlich.

»Ich muss mit Ísrún sprechen«, sagte sie nach kurzem Stocken.

»Ísrún ist nicht im Haus. Kann ich Ihnen weiterhelfen?« Er wurde sofort ungeduldig, obwohl das Gespräch noch nicht lange gedauert hatte. Nóra hatte vollstes Verständnis für ihn, er hatte einen anstrengenden Job, Stress und Zeitdruck von morgens bis abends.

»Nein, eigentlich brauche ich ihre Handynummer. Wir wollten uns später hier in Siglufjörður treffen.«

»Ach ja?« Ívar wurde etwas relaxter. »Warum denn, wenn ich fragen darf?«

»Äh, sie hat mich heute Morgen besucht und wollte noch mal mit einem Kameramann vorbeikommen«, sagte Nóra wichtigtuerisch.

»Ach ja?«, wiederholte Ívar. »Mit einem Kameramann? Wozu denn?«

»Der verstorbene Elías Freysson wohnte bei mir … beziehungsweise war mein Mieter. Ísrún arbeitet an einem Beitrag über ihn, soweit ich weiß. Sie wollte das Thema aus einem anderen Blickwinkel darstellen, hat sie gesagt. Der Mensch hinter dem Opfer.«

Nóra hoffte, dass sie sich ungefähr richtig erinnerte. Wobei das nicht so wichtig war. Die Hauptsache war, dass sie ins Fernsehen kam.

»Aha, ach so«, sagte Ívar mit einem leicht ironischen Unterton. »Sie macht also einen Beitrag über den Menschen hinter dem Opfer?« Bevor Nóra zu Wort kam, fügte er noch hinzu: »Sie können ihr eine Nachricht hinterlassen. Was soll ich ihr ausrichten?«

»Bitte sagen Sie ihr, dass ich heute erst ab vier Uhr zu Hause bin. Ich muss nämlich zum Friseur, ich habe zufällig heute einen Termin und hatte heute Morgen ganz vergessen, ihr das zu sagen.«

»Ich richte es ihr aus. Auf Wiederhören.« Er legte auf, bevor Nóra sich von ihm verabschieden konnte.

6. Kapitel

Sie war immer noch wach. Sie wusste nicht genau, wie sie das geschafft hatte, war sich aber sicher, dass sie nie wieder aufwachen würde, wenn sie erst einmal eingeschlafen wäre.

Was vielleicht gar nicht so schlecht war.

Im Geiste flog sie nach Hause. Dort nahm ihre Familie sie in Empfang, und die alte Marionette, die im Wohnzimmer an der Decke hing, erwachte zum Leben und hieß sie willkommen.

Sie fühlte sich so klein.

Alleine und verlassen.

Als die Angst in ihr aufwallte, weinte sei. Oder versuchte zu weinen, doch es kamen keine Tränen.

Ihr Kopf tat weh. Sie schloss für einen Moment die Augen, versuchte sich zu entspannen und Ruhe zu bewahren. Dann schlug sie panisch die Augen wieder auf, sie durfte kein Risiko eingehen, durfte nicht einschlafen. Sie wusste nicht genau, woher die Kopfschmerzen kamen, wahrscheinlich vom Wassermangel. Der Gestank war inzwischen unerträglich.

Erst hatte sie in der Ecke gesessen, sich angelehnt und versucht, es sich möglichst bequem zu machen, doch nun hatte sie den Platz gewechselt. Sie hatte zu große Angst einzuschlafen, Angst, eine zu bequeme Position einzunehmen.

Vielleicht hatte das ja doch alles einen Sinn.

Sie wusste, dass der Tod näher kam. Sie hatte ein gutes und ehrenhaftes Leben geführt. Jetzt war es wichtig, sich nicht von Angst und Wut überwältigen zu lassen, sie musste an etwas Positives denken. An ihre Familie.

Vielleicht sollte sie sich kurz hinlegen.

Sich entspannen.

7. Kapitel

Südisland,
ein Jahr vor dem Leichenfund

Die alte Katrín war mir sympathisch. Ich redete mir ein, dass sich etwas von Oma Ísbjörg in ihr bewahrt hatte, bestimmte Angewohnheiten, Ausdrucksweisen oder Charaktereigenschaften. Stellte mir sogar einen Moment lang vor, ich säße hier mit meiner Großmutter und nicht mit dieser fremden Frau aus Landeyjar.

»Kann ich dir denn gar nichts anbieten, mein Kind? Ich backe leider nicht mehr.« Sie schaute auf ihre knochigen Finger und sagte: »Das traue ich mir nicht mehr zu, ich bin so zittrig und schwach geworden. Die Jahre setzen einem zu.«

»Danke, ich möchte nichts.«

»Unsinn! Du siehst so müde aus. Soll ich dir nicht wenigstens ein Glas Milch holen?«

»Das wäre nett«, sagte ich aus Höflichkeit.

Im Haus war es stickig, und alle Heizungen waren aufgedreht, obwohl Sommer war. Ich wurde ganz schläfrig. Vielleicht hatte die Alte recht, ich war müde, mir war sogar ein bisschen übel, und meine Glieder schmerzten. Als sei eine Grippe im Anzug. Ich arbeitete zu viel. Verdammter Journalismus. Natürlich war das verrückt, die viele Schichtarbeit, der ganze Stress.

Katrín ging in die Küche, schlurfte ganz langsam aus dem

Raum. Es tat mir leid, dass ich ihr nicht angeboten hatte, die Milch selbst zu holen.

»Möchtest du Milchkekse dazu?«, hörte ich sie aus der Speisekammer rufen, so laut wie ihre alten Stimmbänder es erlaubten.

»Ja, danke!«

Sie kam mit einem Glas Milch in der einen und einer halben Packung Milchkekse in der anderen Hand zurück ins Wohnzimmer, setzte sich dann mit Mühe an den Holztisch und schien bei der Anstrengung regelrecht zu altern. Ihr Gesicht war gezeichnet von all den Jahren, die sie gelebt hatte – und die bestimmt nicht leicht gewesen waren.

»Erinnerst du dich noch an ihr Tagebuch?«, fragte ich so leise, als hätte ich die Frage eigentlich gar nicht laut stellen wollen.

»Was sagst du, mein Liebes?«, fragte Katrín und beugte sich über den Tisch.

Ich hatte die Chance, so zu tun, als hätte ich gar nichts gesagt, nutzte sie aber nicht.

»Erinnerst du dich daran, dass Großmutter Tagebuch geführt hat?«, fragte ich lauter und deutlicher.

»Tagebuch, ja. Daran erinnere ich mich. Sie schrieb nicht jeden Tag etwas hinein, so ein Tagebuch war das nicht, aber ich sah sie manchmal etwas notieren, meistens, wenn etwas Besonderes passiert war. Wie zum Beispiel der Vulkanausbruch.«

»Durftest du lesen, was sie geschrieben hatte?«

»Aber nicht doch, nein, das durfte ich nicht. Das war nur für sie selbst bestimmt. Ich habe wohl mal die eine oder andere Seite gesehen, aber das war für andere fast unleserlich, die Buchstaben waren so klein und die Schrift so undeutlich.«

»Hatte sie nur ein Buch, ihr ganzes Leben lang? Oder mehrere?«

»Nur ein Buch, da bin ich mir ziemlich sicher. Sie hat erst als Jugendliche damit angefangen. Und etwa mit zwanzig wieder aufgehört, glaube ich. Ich weiß noch, dass sie es wieder hervorgeholt hat, als sie krank wurde. Ich erzähle dem Buch, wie es mir geht, sagte sie, und jetzt brauche ich es ganz dringend.« Katríns Stimme klang melancholisch.

Sie schaute ins Leere, als reise sie zurück in vergangene Zeiten, und sagte dann: »Ich hoffe, die Milch schmeckt noch. Nicht, dass sie zu alt ist.«

»Sie schmeckt gut, vielen Dank«, sagte ich, obwohl die Milch eindeutig über dem Verfallsdatum war. Sie hätte vielleicht noch im Kaffee getaugt.

»Wo dieses Buch wohl jetzt ist?«, fragte die alte Frau unvermittelt.

»Das ist bestimmt verloren«, sagte ich, was zumindest die halbe Wahrheit war.

Es entstand eine kleine Pause.

Nur der Wind war noch zu hören, ein Sturm an einem Sommertag. Das war so nah am Meer normal, ohne Berge, die den Bewohnern im Tiefland Schutz bieten konnten – die einzigen Berge waren die Vulkane, die nichts und niemanden verschonten.

Und dann geschah das, was alles änderte.

8. Kapitel

Ívar wollte sich diese Gelegenheit nicht durch die Lappen gehen lassen.

Er war karrierefixiert und hatte seine jetzige Position nicht durch übermäßige Rücksichtnahme erlangt. Die Nachrichtenredaktion hatte ihn von der Konkurrenz abgeworben, er wurde gut bezahlt und bekam zweifellos mehr Gehalt als die meisten seiner Kollegen. Er hatte sich gut positioniert, wollte aber mehr. Natürlich hatte er es auf den Job des Nachrichtenchefs abgesehen. Auf diesem Stuhl saß eine Frau, María, mit der er recht gut auskam. Sie hatte sich ebenso wenig wie er in der Redaktion hochgearbeitet, sondern kam von einer Tageszeitung. Deshalb verstanden sie sich gut. Sie kamen beide von auswärts, wollten Fuß fassen und Zugang zum inneren Zirkel der Redaktion bekommen, aber gleichzeitig auf Abstand bleiben. Sie wegen ihrer Position und er wegen der Position, die er anstrebte. María blieb nie lange an einem Arbeitsplatz, und Ívar glaubte nicht, dass sie länger als drei oder vier Jahre in der Redaktion bleiben würde. Und dann wäre er an der Reihe.

In der Zwischenzeit musste er allerdings noch einiges einfädeln, vor allem die Kollegen loswerden, die ihm nicht vertrauten. Und dabei stand Ísrún an erster Stelle. Ihr ganzes Auftreten ging ihm auf die Nerven. Sie war übertrieben selbständig und ehrgeizig und außerdem schon lange in der Redaktion, wenn auch mit Unterbrechungen. Sie war ein Teil dieser verdammten Clique und kannte ihre Kollegen noch von früher. Sie vertrauten ihr. Zum Glück hatte Ívar Verbündete in der Gruppe gefunden, wie zum Beispiel Kommi, aber er musste Ísrún unter Kontrolle halten.

Tief im Inneren fürchtete er sogar, sie könnte so dreist sein, sich auf den Job als Nachrichtenchefin zu bewerben, wenn es so weit war. Gott sei Dank hatte er im Gegenteil zu ihr oft die Redaktionsleitung inne. Die Position des Redaktionsleiters wurde unterschätzt, denn der hatte im Grunde oft mehr Einfluss als der Nachrichtenchef. Er entschied über die tägliche Arbeit, verteilte die Aufgaben und legte fest, in welcher Reihenfolge die Meldungen gesendet wurden. Auf diese Weise konnte er Ísrún belanglose Themen geben, die meistens in den Spätnachrichten landeten. Bei den Spätnachrichten konnte man sich nicht profilieren, das wusste Ívar genau.

Er behielt Marías Bürotür im Auge und wartete auf einen günstigen Moment. Die Tür ging auf, und ein Mann, den Ívar aus der Buchhaltung kannte, verließ das Büro. Das war seine Chance, auch wenn María nach einem Gespräch mit der Finanzabteilung meistens nicht unbedingt bester Laune war.

Er spähte in ihr Büro und sagte freundlich: »Störe ich?«

»Nein, kein Problem.« Sie setzte ihre Lesebrille ab und sah ihn scharf an. Er hatte schon oft gedacht, dass er nicht gerne von ihr interviewt werden würde, zumindest nicht, wenn sie die Absicht hätte, ihrem Gesprächspartner etwas Prekäres zu entlocken. »Setz dich.« Sie sagte nie »nimm bitte Platz« und verschwendete keine unnötigen Worte.

»Es geht um Ísrún.« Ívar sprach automatisch etwas leiser als sonst.

María schwieg.

»Sie ist in den Norden gefahren, um in diesem Mordfall zu recherchieren.«

María nickte, immer noch schweigend.

»Ich wollte sie eigentlich nicht fahren lassen, wir brauchen hier alle Leute, aber sie hatte einen Informanten, der das Opfer, diesen Elías, mit Drogenschmuggel in Verbindung gebracht hat. Ich hatte gehofft, sie würde uns eine tolle Schlagzeile liefern. Manchmal muss man dem Nachwuchs eine Chance geben, auch wenn sie in letzter Zeit keine besonders gute Arbeit geleistet hat.« Er benutzte das Wort »Nachwuchs« absichtlich, damit María nicht darauf kam, wie lange Ísrún in Wahrheit schon in der Redaktion arbeitete.

»Und?«

»Tja, ihre letzten Berichte waren nichtssagend und eintönig, so dass ich gezwungen war, sie nach hinten zu schieben. Manchmal musste ich sie sogar bitten, sie noch mal zu überarbeiten. Ísrún hat einfach keinen Biss mehr«, sagte er und bemühte sich, eine besorgte Miene aufzusetzen.

»Auf dem Bildschirm wirkt sie immer so abgekämpft«, meinte María nachdenklich.

»Abgekämpft und teilnahmslos. Ich vermute, dass sie abends zu viel durch die Stadt zieht. In den letzten Monaten hat sie alle Krankentage ausgenutzt, als würde sie es darauf anlegen, möglichst wenig zu arbeiten, ohne den Bogen zu überspannen.«

»Interessant.«

»Sie ist also, wie gesagt, in den Norden gefahren. Und jetzt recherchiert sie anscheinend nicht mehr in dem Mordfall, sondern arbeitet an einem Bericht über den Menschen hinter dem Opfer. Das war überhaupt nicht abgesprochen.«

»Und was soll ich deiner Meinung nach machen?« Entschlossene Stimme, schneidender Blick.

»Wir müssen ihr kündigen. Ich glaube, sie packt das nicht mehr.«

»Warten wir mal ab.«

Dabei beließ Ívar es fürs Erste, würde das Thema aber bei Bedarf wieder aufgreifen. Steter Tropfen höhlt den Stein.

Tómas und Ari waren zurück auf der Wache, doch keiner von ihnen hatte Hlynur angesprochen. Der saß immer noch wie angewurzelt vor dem Computer, tief in Gedanken versunken. Er war nicht auf seine Kollegen angewiesen. Sie hatten ihn hintergangen und dafür gesorgt, dass er völlig überflüssig war, nur noch ein Teil des Inventars auf der Polizeiwache.

Dieser Tag war sonderbar. Manchmal befand er sich auf der Wache und versuchte, bei Vernunft zu bleiben. Manchmal war es jedoch, als wäre er an einem ganz anderen Ort, an dem Gauti und seine Mutter noch lebten, an dem er es geschafft hatte, seine Taten wiedergutzumachen, an dem er nicht von diesen verfluchten E-Mails belästigt wurde, an dem E-Mail noch nicht einmal erfunden war.

Im Moment war er jedoch zu seinem Leidwesen auf der Polizeiwache und konnte an nichts anderes denken als an die Mails.

Als Nächstes zeige ich dir, wie man stirbt.

Am liebsten wäre er nach Hause gegangen. Hätte eine Grippe vorgetäuscht, wie unglaubwürdig das im Sommer auch klingen mochte. Aber er war zu schlapp und wollte Tómas nicht noch mehr gegen sich aufbringen.

Nein, er würde schon durchhalten. Er würde einfach dasitzen, bis sein Dienst zu Ende wäre, und versuchen, so lange wie möglich in dieser angenehmen Welt zu verweilen, in der er niemanden umgebracht hatte.

Ari schaute zu Hlynur. Er saß starr vor seinem Computer. Hlynur und er hatten sich nie besonders gut verstanden. Sie hatten neben der Arbeit kaum Gemeinsamkeiten, und Ari sah keinen Grund, ihn anzusprechen und zu fragen, was los sei. Das wäre heuchlerisch und peinlich. Ari versuchte, peinliche Momente zu vermeiden – genau deshalb hatte er auch der Versuchung widerstanden, Kristín anzurufen. Dabei hätte er gerne ihre Stimme gehört, sich vielleicht mit ihr verabredet und sie daran erinnert, dass es noch mehr Männer gab als diesen alten Sack.

Peinliche Momente. War das wirklich der einzige Grund, warum er Kristín nicht anrief? Oder machte sich sein altes Problem, die Eifersucht, wieder bemerkbar? Hatte er Angst, die Kontrolle zu verlieren, wenn ihre neue Beziehung zur Sprache käme?

Er hielt das Telefon in der Hand, hätte sie so gerne angerufen, hielt sich aber zurück. Da klingelte es.

Der Tag im Krankenhaus verlief wie immer. Langsam. Viel zu langsam. Obwohl genug zu tun war.

Kristín freute sich auf einen gemütlichen Abend mit Rotwein und ihm. Ihr erstes richtiges Date. Aber das war nicht der einzige Grund, warum die Zeit so langsam verging. Die Arbeit langweilte sie einfach. Das war alles. Keine ihrer Aufgaben interessierte sie wirklich. Das ging ihr alles nur auf die Nerven.

Aber war es inzwischen nicht zu spät, sich noch einmal neu zu orientieren? Das ganze Lernen, die viele Arbeit, alles wäre umsonst, wenn sie jetzt aufgäbe. Und was würden ihre Eltern sagen? Sie musste vernünftig sein, es wäre bescheuert, einen sicheren Arbeitsplatz und ein gutes Gehalt mitten in der Wirtschaftskrise aufzugeben.

Und was sollte sie auch stattdessen machen?

Es schien nichts zu geben, wofür sie sich wirklich begeistern konnte.

Nichts, das ihr Blut in Wallung brachte. Sie wachte morgens auf, ging, wenn sie Zeit hatte, Golfen, arbeitete dann wie ein Roboter, bis die lange Schicht zu Ende war, ging nach Hause, wo sie kaum etwas anderes machte als schlafen – und dann ging die Tretmühle von vorne los. So war es auch während des Studiums gewesen. Aufstehen, lernen, schlafen.

Sie musste etwas unternehmen, um aus dieser Tretmühle zu kommen. Vielleicht war Ari die Antwort, vielleicht sollte sie ihm eine zweite Chance geben. Doch es fiel ihr schwer, diesen Gedanken zu Ende zu denken. Konnte sie ihm jemals verzeihen?

Wahrscheinlich musste sie einfach mal spontan sein, den Rotwein genießen, Ort und Zeit vergessen, zumindest für eine Weile, und den Abend und die Nacht mit diesem nahezu fremden, äußerst interessanten Mann verbringen.

Das Telefonat war beendet. Helga von der Kripo Akureyri lud sie zu einem abendlichen Meeting nach Akureyri ein. »Ihr seid herzlich willkommen«, sagte sie, was natürlich hieß, dass sie, diese dämlichen Provinzbullen, alles andere als willkommen waren und die Ermittlungen nur behinderten. Ari kündigte seine Teilnahme an und ging davon aus, dass Tómas auch kommen würde.

Dann setzte Helga Ari kurz über den Stand der Ermittlungen in Kenntnis. Es hatte sich herausgestellt, dass Elías dubiosen Geschäften nachgegangen war, häufiger Kontaktmann für den Verkauf von Diebesgut gewesen war und Einbrüche organisiert hatte. Zudem war die Buchhaltung bei seiner Wohltätigkeitsorganisation höchst merkwürdig, ungeklärte Einnahmen und zweifelhafte Ausgaben.

Wieder würde Aris Weg nach Akureyri führen.

Vielleicht sollte er Kristín doch anrufen oder ihr eine Mail schicken. Er hatte ja nichts zu verlieren und hatte im Geiste schon eine Mail an sie verfasst:

»*Hallo.*« Nein: »*Hi.*« Ja, das klang besser. »*Hi, ich hoffe, es geht dir gut. Ich muss heute Abend nach Akureyri. Würde dich gerne kurz treffen und mit dir reden. Hättest du zehn Minuten Zeit?*« Ja, das war gut. Zehn Minuten. Diese Bitte würde sie ihm kaum abschlagen können.

Er rief hinüber zu Tómas: »Meeting in Akureyri heute Abend! Um halb sechs fahren wir los!«

»Alles klar!«, rief Tómas zurück. »Aber diesmal essen wir unterwegs einen Hamburger mit Fritten, okay, Meister?«

Ari lächelte und nickte.

Dann öffnete er sein Mailprogramm, schrieb eine Mail an Kristín und schickte sie ab, bevor er Zeit hatte, seine Meinung zu ändern.

Ísrún spürte, wie die Müdigkeit sie übermannte. Die Tage waren anstrengend: Dalvík, Akureyri und dann Siglufjörður. Sie musste noch mit einer Person über Elías sprechen, mit dessen

Kollegen Logi. Seine Adresse hatte sie schon gefunden, musste sich aber erst ein bisschen ausruhen. Trotz besseren Wissens beschloss sie, Kommi nicht anzurufen, um Bericht zu erstatten. Sie hatte ihm ohnehin nichts Wichtiges mitzuteilen. Konnte ihm nur von Elías' penetranter Vermieterin oder von Páll Reynisson erzählen. Páll war in der Tatnacht nicht in Siglufjörður gewesen, sondern angeblich in Reykjavík, aber ob das stimmte? Er war sympathisch, kam kaum als Mörder in Frage, und sie wollte ihn nicht unbedingt in die Berichterstattung über den Fall hineinziehen.

Ísrún nahm sich ein Zimmer in einer Pension im Ort, in erster Linie um sich kurz hinzulegen, vielleicht würde sie dann am Abend nach Reykjavík fahren. Da sie sich keine großen Hoffnungen machte, dass die Redaktion ihr die Übernachtungskosten erstatten würde, wählte sie das günstigste Zimmer.

Sie zog die Vorhänge zu und legte sich ins Bett, ohne die Überdecke wegzunehmen. Dann fiel ihr das Handy ein. Sie beschloss, ihre Prinzipien ausnahmsweise zu brechen, stand auf und schaltete den Ton aus. Niemand wusste, wo sie war, und niemand konnte sie mit einem Anruf stören. Genau das wollte sie jetzt.

Ísrún legte sich wieder hin und schloss die Augen. Sie ließ ihre Gedanken schweifen und dachte darüber nach, was sie mit dieser privaten Ermittlung eigentlich erreichen wollte.

Endlich war Kristín in der kurzen, langersehnten Kaffeepause. Sie holte sich einen starken Kaffee, um ihre Konzentration nicht zu verlieren, warf einen Blick in die Zeitung, setzte sich dann an den Computer, den sie auf der Arbeit benutzte, und öffnete ihr E-Mail-Programm.

Ihr Herz machte einen Sprung, als sie sah, dass eine Mail von Ari eingegangen war.

Kurz nach der Trennung hatte er ihr ständig Mails geschrieben und angerufen. Sie hatte ihm nie geantwortet. Das hatte er nicht verdient. Doch inzwischen sah die Sache anders aus. Sie hatte einen anderen Mann kennengelernt. Ari sollte ruhig erfahren, dass sie auf eigenen Beinen stehen konnte.

Sie las seine Mail. Kurz und bündig. Er wollte sie treffen.

Kristín dachte darüber nach, was passieren müsste, damit sie ihm eine zweite Chance gäbe. Vielleicht wäre es vernünftig, ihn zu treffen und offen mit ihm zu reden, aber noch nicht jetzt. Erst wollte sie ihre Freiheit genießen und ja, Ari schwitzen lassen. Sie beantwortete seine Mail mit wohlüberlegten Worten: *»Habe heute Abend leider keine Zeit. Mein Freund kommt zu Besuch.«*

9. Kapitel

Wie hatte sie sich nur von dem Angebot des Isländers blenden lassen können?

Mit funkelnden Sternen in den Augen, so hell, dass sie erblindet war und den dunklen, bedrohlichen Schatten nicht gesehen hatte.

Sie spürte den Tod näher kommen.

Hatte keine Angst mehr vor ihm.

Der Tod war so normal wie das Leben.

Sie machte sich nur Sorgen, dass ihre Leiche wahrscheinlich begraben und nicht nach der Tradition, mit der sie aufgewachsen war, verbrannt würde.

Dennoch versuchte sie, alle negativen Gedanken zu verdrängen.

Und nicht an den quälenden Durst zu denken.

10. Kapitel

Ísrún konnte überhaupt nicht mehr gut schlafen. Meistens hatte sie einen leichten Schlaf und wachte nachts mehrmals auf. Ab und zu fiel sie in Tiefschlaf und träumte, doch dann sorgten Albträume dafür, dass sie schlecht schlief.

Jetzt war sie aufgewacht, stand auf, taumelte, setzte sich aufs Bett und holte tief Luft, schloss die Augen und versuchte, gleichmäßig zu atmen. Sie schaute auf die Uhr auf ihrem Handy: Sie hatte eine gute Stunde geschlafen, das reichte.

Jemand hatte versucht sie anzurufen.

María, die Nachrichtenchefin.

Was zum Teufel wollte die von ihr?

Ísrún hatte keine Energie, jetzt mit ihr zu reden. Sie steckte das Handy in die Tasche und ging hinaus in den Sommertag. Sie wollte das Zimmer in Siglufjörður behalten, da sie bereits für eine Nacht bezahlt hatte.

María saß in ihrem Büro. Manchmal war es gut, die Tür hinter sich zumachen zu können, obwohl das Multi-Space-Office – ein Begriff, den Zeitungs- und Fernsehredakteure schon lange Zeit vor dem Wirtschaftsboom eingeführt hatten – die Lebensader der Redaktion war. Als die Banken und Finanzdienstleister später massenweise neue Mitarbeiter einstellten, wurde der Begriff »Multi-Space-Office« zu einer Zauberformel, die enge Teamarbeit, günstigere Mietkosten und höheren Profit ermöglichen sollte. María hatte zweimal Jobangebote aus dem Finanzsektor bekommen, der Medienbranche jedoch nicht den Rücken zukehren können. Das Gehalt war zwar verlockend, aber die Leidenschaft für den Journalismus saß tief. Sie konnte sich einfach nicht von dieser Welt trennen, in der sie ihre gesamte berufliche Laufbahn zugebracht hatte.

Der Job als Nachrichtenchefin hatte Vor- und Nachteile. Sie konnte sich auf wichtige Themen konzentrieren und die Ausrichtung der Redaktion bestimmen, aber der Job war auch mit endlosen Meetings verbunden. Bewerbungsgespräche, Finanzen und Geschäftliches. Das Schlimmste war jedoch, Mitarbeiter entlassen zu müssen, was sie möglichst vermied.

Doch Ívar hatte nicht ganz unrecht. Ísrún war zweifellos talentiert, schien aber den Biss zu verlieren. Sie konnte kreativ und tough sein, manchmal vielleicht zu tough, ließ aber in ihrer Leistung nach. Sie fehlte oft, nutzte alle Krankentage aus, wie Ívar gesagt hatte, und wirkte bei der Arbeit oft ausgelaugt. María hatte sie vor ungefähr einem halben Jahr in ihr Büro gerufen, gefragt, ob alles in Ordnung sei, und sie wohlwollend darauf hingewiesen, dass sie ungewöhnlich oft krank sei. »Ja, ich war diesen Winter ständig erkältet«, hatte Ísrún nervös geantwortet, so dass María sofort gewusst hatte, dass sie log.

Nach diesem Gespräch hatte sich jedoch nichts geändert. Und Ívar traute ihr nicht, aber María vermutete, dass das von Anfang an so gewesen war. Manche Leute waren eben einfach nicht auf einer Wellenlänge. In diesem Fall zog Ísrún den Kürzeren. Ívar war ein wertvoller Mitarbeiter mit viel Erfahrung, von der Konkurrenz abgeworben, und sie durfte ihn nicht verlieren.

Die Entscheidung war zwar nicht leicht, aber auf gewisse Weise schon seit längerem absehbar gewesen.

Und wenn María eine Entscheidung getroffen hatte, besonders, wenn es eine schwierige Entscheidung war, wollte sie sie schnell umsetzen und ließ sich nur selten umstimmen.

11. Kapitel

Die Frau, die in der Türöffnung stand, war schwanger und in Ísrúns Alter. Sie hatte auf den ersten Blick etwas Seltsames an sich, das Ísrún nicht richtig einordnen konnte. Erschöpfung? Ein wenig vielleicht. Kummer? Ja … eindeutig. Eine Art Schwangerschaftsdepression?

»Guten Tag«, sagte Ísrún und war sich noch nicht sicher, wie sie vorgehen sollte.

»Tag«, sagte die Frau kurz angebunden, schien jedoch um ein Mindestmaß an Höflichkeit bemüht zu sein.

Das Einzige, was Ísrún einfiel, war eine Mischung aus Ehrlichkeit und Notlüge. »Ich heiße Ísrún«, setzte sie an. Vielleicht kennen Sie mich aus dem Fernsehen, hätte sie gerne gesagt, merkte aber, dass das nicht nötig war. »Wir machen einen kleinen Beitrag über Elías Freysson, der vorletzte Nacht gestorben ist. Wie Sie vielleicht wissen, hat er sich für eine Wohltätigkeitsorganisation hier in Nordisland engagiert, und wir würden gerne durch Gespräche mit einigen seiner Freunde und Bekannten an ihn erinnern.«

Die Frau konnte ihre Verwunderung nicht verbergen, blieb wie erstarrt in der Türöffnung stehen und brachte kein Wort heraus.

»Ich habe schon mit seinen Kollegen Svavar Sindrason aus Dalvík und Páll Reynisson, der hier im Ort wohnt, gesprochen und gehe davon aus, dass Logi auch etwas über seinen verstorbenen Freund sagen will, oder was meinen Sie?«

»Äh … doch, bestimmt«, antwortete sie zaghaft.

»Ist er zu Hause?«

»Nein … er arbeitet. Aber er müsste bald nach Hause kommen«, murmelte sie.

»Ausgezeichnet. Dürfte ich hier auf ihn warten? Der Kameramann ist auf dem Weg, er will mich hier treffen.« Dann stellte sie sich noch einmal vor und streckte ihre Hand aus: »Ich heiße Ísrún.«

»Ja, entschuldigen Sie, Móna.« Die Frau versuchte zu lächeln und nahm Ísrúns Hand. »Äh, wollen Sie nicht reinkommen?«

»Vielen Dank.« Das ließ Ísrún sich nicht zweimal sagen. Sie folgte der Frau in eine geräumige Küche. Auf dem Küchentisch stand ein Milchglas neben einer aufgeschlagenen Zeitung.

»Bitte setzen Sie sich. Möchten Sie etwas trinken? Ich habe leider keinen frischen Kaffee, ich trinke im Moment keinen.« Sie legte die Hand auf ihren Bauch.

»Ein Glas Milch wäre nett«, sagte Ísrún. Unvermittelt musste sie an die alte Katrín in Landeyjar denken, an die Milch, die sie dort bekommen hatte. Diesen Tag wollte sie am liebsten vergessen. »Wie weit sind Sie denn?«

»Im fünften Monat«, antwortete Móna. Sie holte eine Tüte Milch und ein Glas für Ísrún und setzte sich dann an den Küchentisch. Ísrún nahm ihr gegenüber Platz und musterte die Küche. Die Einbauschränke waren strahlend weiß und die

Ablageflächen aus schwarzem Marmor. Der Küchentisch war ebenfalls schwarz und die Stühle weiß. An der Wand hingen Schwarz-Weiß-Fotos. Das schmutzige, bunt durcheinandergewürfelte Geschirr im Spülbecken passte nicht zu der gestylten Einrichtung. Die meisten Küchengeräte mussten in den Schränken verstaut sein, es stand kaum etwas herum. Nur ein paar weiße Kaffeetassen in einem kleinen Regal über der exklusiven Kaffeemaschine.

»Herzlichen Glückwunsch«, sagte Ísrún dann.

Móna nickte und lächelte dumpf, anstelle einer Antwort.

»Haben Logi und Sie viele Kinder?«

»Äh … Logi und ich?«, entgegnete sie laut und sagte dann so entschieden, dass Ísrún sich fast angegriffen fühlte: »Nein, das ist Jökulls Kind.«

»Jökulls?«

»Ja, Logi wohnt im ersten Stock. Ich bin die Frau von Jökull, seinem Bruder.«

»Bitte entschuldigen Sie«, sagte Ísrún verlegen. »Das war mir nicht klar. Ich hätte mich besser vorbereiten sollen.« Sie lächelte, um die Stimmung zu lockern, kam aber nicht richtig damit durch. »Ist es Jökulls und Ihr erstes Kind?«

»Ja.«

»Tja, also, manche fangen eben erst spät mit Kindern an – und andere gar nicht, wie ich zum Beispiel.«

Móna schwieg und schaute in das Milchglas.

Die Stille war erdrückend, bis Ísrún schließlich sagte: »Hat Jökull auch für Elías gearbeitet?«

»Nein, ganz sicher nicht. Er arbeitet in der Sparkasse«, sagte sie mit klarer Stimme.

»Stammen Sie beide von hier?«

»Ja.«

»Stolze Einwohner, wie ich sehe.« Ísrún schaute zu den Schwarz-Weiß-Fotos an der Wand, die anscheinend alle von Siglufjörður waren, Landschaftsfotos und alte Bilder vom Leben im Ort.

»Kann man sagen. Wann kommt denn dieser Kameramann?«, fragte sie ungeduldig. »Soll ich Logi anrufen? Kann gut sein, dass er länger bleibt als geplant.«

»Es eilt nicht«, entgegnete Ísrún. Sie wollte von Móna mehr über Elías erfahren und hatte noch im Ohr, dass Nóra erzählt hatte, er habe bei Logi ein Zimmer gemietet, bevor er zu ihr gezogen sei. »Was machen Sie denn beruflich?«

»Ich arbeite bei der Stadtverwaltung. Bin jetzt in Mutterschutz, auf ärztlichen Rat. Die Schwangerschaft war bisher nicht gerade leicht.« Sie seufzte.

»Tja, das kommt vor. Aber so lange dauert es ja nicht mehr.«

»Ja, das stimmt«, sagte sie mit gedrückter Stimme.

»Kannten Sie Elías gut?«

»Nein, fast gar nicht«, murmelte sie.

»Wohnte er nicht eine Zeitlang bei Ihnen?«

Sie zögerte. »Doch, oben bei Logi. Er hatte da ein Zimmer gemietet. Ist zum Jahreswechsel ausgezogen. Er hat sich nicht oft blicken lassen.«

»Wahrscheinlich hat er viel Zeit mit dieser Wohltätigkeitsorganisation verbracht«, meinte Ísrún beiläufig.

Móna schnaubte. Es war klar, warum. Sie glaubte nicht, dass Elías ein großer Menschenfreund gewesen war. Sie trank einen Schluck Milch und blätterte in der Zeitung, wie zum Zeichen, dass sie nicht weiter über Elías reden wollte.

Móna wirkte immer noch bedrückt, als sei der Sommer noch

nicht in ihr Haus vorgedrungen, wobei es draußen auch noch nicht sehr sommerlich aussah. Wenn man aus dem Küchenfenster schaute, hätte es trotz der Wärme ebenso gut Herbst sein können.

»Es ist bestimmt nicht leicht, jemanden zu kennen, der ermordet wurde«, sagte Ísrún, denn sie wollte immer noch nicht gehen.

»Ja«, nuschelte Móna. »Das ist nicht leicht.«

»Unheimlich.«

Móna schaute auf. »Ja, sehr«. Sie entspannte sich ein wenig. »Sehr unheimlich«, sagte sie halb zu sich selbst.

»Ich fände das auch unangenehm«, sagte Ísrún. »Noch vor kurzem hat er hier bei Ihnen gewohnt, und jetzt … jetzt hatte jemand einen Grund, ihn zu töten. Unverständlich. Aber das ist nicht gerade ein erbauliches Thema für eine schwangere Frau«, ergänzte sie und schämte sich ein wenig, was nicht allzu oft vorkam.

Móna lächelte halbherzig. »Man reißt sich zusammen, versucht, nicht darüber nachzudenken und die Bilder zu verdrängen, die auf einen einströmen, wenn man von so einem schrecklichen Mord hört.«

»Ja, angesichts der Meldungen muss man wirklich sagen, dass es ein schreckliches Verbrechen war. Und ich schenke den Nachrichten ziemlich großen Glauben, zumindest denen, die von meiner Redaktion kommen!« Ísrún lächelte.

Móna erschauerte, versuchte jedoch, sich zusammenzureißen. Dann gähnte sie.

»Entschuldigen Sie, ich bin ein bisschen müde.«

»Solche Meldungen halten einen bestimmt nachts wach … vor allem in Ihrem Zustand«, sagte Ísrún mitfühlend.

»Ja, ich habe seit zwei Nächten nicht mehr geschlafen. Eigentlich wollte ich mich heute hinlegen.«

Ísrún hatte verstanden. Schließlich wollte sie einer Schwangeren nicht die Ruhe verwehren.

»Ich mache mich dann mal auf und komme einfach später noch mal vorbei.«

»Nein, so war das doch nicht gemeint. Ich rufe Logi an.« Móna stand mit Mühe auf und ging ins Wohnzimmer. Ísrún hörte sie telefonieren.

»Er arbeitet noch und kommt erst in einer guten Stunde, ich hoffe, das macht nichts«, sagte Móna, als sie wieder in die Küche kam.

»Keine Sorge, das klappt schon, ich schaue später noch mal vorbei.«

»Und was ist mit dem Kameramann, ist der nicht auf dem Weg?«, fragte sie misstrauisch.

Ísrún stutzte. Sie musste ihre kleinen Lügengeschichten besser unter Kontrolle halten. »Ach ja, natürlich. Ich rufe ihn einfach an«, sagte sie beiläufig und ging in den Flur. »Vielen Dank für das Gespräch.«

12. Kapitel

»Was ist mit Jói?«, fragte Ari, der mit Tómas in der Kaffeestube saß. Unter normalen Umständen wäre Hlynur dazugekommen, aber der war immer noch in seiner eigenen Welt versunken und beachtete seine Kollegen gar nicht.

Tómas hatte Ari gefragt, ob er eine brauchbare Theorie zu dem Mord hätte, die sie bei dem Meeting am Abend präsentieren könnten.

»Jói? Na hör mal, Meister, der kann doch keiner Fliege was zuleide tun«, entgegnete Tómas empört.

»Da bin ich mir nicht so sicher. Ich habe ihn ja heute getroffen und finde, dass er etwas Irres an sich hat, etwas Leidenschaftliches und Verbissenes. Der lässt sich bestimmt nichts gefallen.«

»Die beiden kannten sich doch kaum«, meinte Tómas skeptisch.

»Sie hatten wohl eine Auseinandersetzung bei dieser Demonstration gegen den Tunnelbau. Und man kann nie wissen, wozu so was führt.«

»Ach, davon wusste ich ja gar nichts.« Tómas hob die Augenbrauen. »Man kann sich nie sicher sein. Da denkt man, man kennt die Leute, und dann …«

Ari fiel ihm ins Wort, bevor er anfangen konnte, über seine Frau zu sprechen. »Ich glaube nicht, dass Elías von einem Kollegen ermordet wurde. Ich kann mir einfach nicht vorstellen, dass einer von denen ein Motiv hatte, wobei … vielleicht am ehesten im Zusammenhang mit diesen dubiosen Geschäften. Aber ich bezweifle, dass Páll oder Logi darin verwickelt waren.«

»Nein, bestimmt nicht«, sagte Tómas mit klarer Stimme. »Palli war bei der Polizei, und Logi ist der Schwager meiner Cousine. Es kann natürlich auch sein, dass Elías nur zufällig zum Opfer wurde. Vielleicht sollte dieser Arzt, Ríkharður, umgebracht werden. Dem gehört ja das Grundstück.«

Ari hielt die Luft an. Seine Theorie war also doch nicht so weit hergeholt. »Die Idee hatte ich gestern auch schon, wollte aber erst noch ein bisschen recherchieren, bevor ich dir davon erzähle. Ich habe gestern in Akureyri einen alten Mann getroffen«, sagte er triumphierend. »Ríkharður hat seine Frau auf dem Gewissen.«

»Ach? Und du glaubst, dass Elías von einem alten Mann angegriffen wurde? Das glaube ich eher nicht.« Tómas grinste.

»Ich auch nicht. Der arme Kerl hasst Ríkharður abgrundtief, aber ich kann mir nicht vorstellen, dass er einen so brutalen Mord begangen hat.«

»Vielleicht soll es einfach nicht so sein, dass wir diesen Fall lösen, Meister«, sagte Tómas väterlich. »Aber wir haben unser Bestes getan.«

Nun hatte Ríkharður Lindgren zwei Besuche in zwei Tagen bekommen. Das war wirklich übertrieben. Erst diese aufdringliche Journalistin, die vorgab, von der Polizei zu sein, und heute zwei echte Polizeibeamte. Nach dem Besuch der Journalistin misstrauisch, war er ihnen gegenüber sehr reserviert gewesen und hatte sie nach ihren Ausweisen gefragt, da sie keine Uniformen trugen. Er war gezwungen gewesen, sie hereinzulassen, und versuchte, nicht an die vielen Bakterien zu denken, die sie mit in die Wohnung geschleppt hatten.

Nach dem Besuch hatte er sorgfältig die Stühle abgewischt.

Der Fernseher war ausgeschaltet, und er hatte entgegen seiner Gewohnheit keine Muße zum Lesen und hörte stattdessen ein Streichquartett von Schostakowitsch.

Die Polizisten hatten ihm unzählige Fragen gestellt. All diese Unannehmlichkeiten nur wegen eines Ermordeten. Er hatte den Mann kaum gekannt. Der eine Polizist hatte sogar die Theorie aufgestellt, Elías sei »versehentlich« ermordet worden, und er, Ríkharður, hätte das Opfer sein sollen. Was für ein Schwachsinn. Man nahm vielleicht versehentlich eine fremde Jacke mit, aber man tötete doch nicht versehentlich einen Menschen.

Wobei Ríkharður schon gesehen hatte, dass die Medien ihn mit dem Fall in Verbindung brachten und alte Meldungen hervorkramten. Dabei hatte er geglaubt, er hätte diese Geschichte längst hinter sich. Er hatte sogar Schmerzensgeld gezahlt, und zwar reichlich.

Jetzt war es höchst unrealistisch, dass er noch in das Haus im Norden ziehen würde.

Ríkharður stellte die Musik lauter und lehnte sich zurück.

Er würde dort nie seinen Frieden finden. Das Haus würde immer mit diesem verdammten Handwerker verbunden sein.

Wäre es, so wie die Dinge lagen, nicht am besten, ins Ausland zu ziehen?

Da hätte er vielleicht seine Ruhe.

13. Kapitel

Im Grunde hatte sie keine festen Vorstellungen von Island gehabt und nur gewusst, dass es dort kalt war, wahrscheinlich schneebedeckt und vielleicht dunkel.

Sie saß wieder an die Wand gelehnt, wusste nicht mehr, wann sie ihre Position verändert hatte, spürte aber plötzlich, dass sie sich ein wenig entspannen und ihre müden Knochen ausruhen konnte. Das war gut.

Ihr Herz schlug schnell, und ihr war furchtbar warm. Sie hätte nie damit gerechnet, dass ihr das in Island passieren würde.

Wenn sie die Augen schloss, dachte sie manchmal, sie wäre zu Hause.

Sie hatte alles versucht, um aus ihrem Gefängnis auszubrechen. Die Tür war der einzige Ausweg, doch die war sehr dick und massiv. Der kleine Schlitz unter der Tür ließ lediglich etwas Licht und Luft in den Raum.

Die Kopfschmerzen wurden stärker, ihr war übel.

Sie dachte an zu Hause, sah ihre Familie vor sich, die Sonne und das Licht.

Sie war so müde, musste sich kurz ausruhen.

Die Gedanken für einen Moment nach Hause schweifen lassen. Den Tod in Empfang nehmen.

14. Kapitel

Svavar musste unablässig an sie denken.

Das überraschte ihn, er hatte sich für stärker gehalten.

Er sah sie vor sich, gefangen, auf Elías wartend.

Das Leben wäre viel einfacher, wenn Elías die Sache nie erwähnt hätte. Dann hätte sie in Frieden sterben können, ohne dass Svavar sich mit dem Gedanken herumschlagen müsste, sie möglicherweise retten zu können. Auch wenn ihm nicht bekannt war, wo sie sich befand, konnte er zumindest die Polizei nach ihr suchen lassen. Ihr ein bisschen Hoffnung geben.

Eine Hoffnung, die jedoch allmählich verblasste.

Er musste eine Entscheidung treffen.

Svavar hatte kein schlechtes Gewissen, weil er zusammen mit Elías den Auftrag angenommen hatte, für Geld eine junge Frau nach Island zu bringen, die gefügig gemacht werden sollte. *Das passiert ohnehin, ob es mir nun gefällt oder nicht*, hatte er gedacht. *Wenn ich nicht dabei mitmache, dann macht es eben jemand anders.*

Doch jetzt war diese junge Frau in Svavars Kopf plötzlich zu einem echten Menschen geworden, obwohl er sie nicht mit eigenen Augen gesehen hatte, zu einem Menschen, der irgendwo saß und auf den Tod wartete.

Doch sein Instinkt, sich selbst zu schützen, war stark. Man ist sich selbst am nächsten. Er konnte sich kaum vorstellen, sie zu retten, wenn er dafür ins Gefängnis käme, wenn seine Träume von einem besseren Leben in einem wärmeren Land dann einfach verpufften.

Svavar hatte sich hingelegt, aber nicht einschlafen können. Jetzt saß er am Fenster und schaute in den Himmel.

Er wusste nicht, wie spät es eigentlich war, hatte sein Handy ausgeschaltet und das Festnetztelefon gekappt. Seit die Journalistin gestern Abend bei ihm gewesen war, hatte er mit niemandem mehr geredet.

Die Journalistin.

Eine Idee schoss wie ein Blitz durch den tosenden Sturm in seinem Kopf.

Er wusste zwar nicht viel über Journalismus, aber ihm war bekannt, dass Journalisten nie ihre Informanten preisgaben. Niemals. Warum war er nicht schon früher darauf gekommen?

So einfach und doch so perfekt.

Er würde sein Gewissen beruhigen, indem er die Verantwortung auf die Journalistin abwälzte. Sie konnte ihn nicht verraten, musste aber natürlich die Polizei über das arme Mädchen informieren.

Svavar war wieder hellwach, stand von dem Baststuhl auf und suchte nach seinem Handy. Jetzt bekam er Hunger, denn er hatte den ganzen Tag nichts gegessen. Er konnte sich sogar vorstellen, runter zum Hafen zu spazieren und frischen Fisch zu kaufen. Ein einfaches, perfektes Gericht, das zu dieser genialen Idee passte.

Das Handy lag auf dem Küchentisch. Er schaltete es ein und suchte den Zettel, auf den Ísrún ihre Telefonnummer geschrieben hatte. Währenddessen meldete sein Handy, dass er zahlreiche SMS erhalten hatte. Die meisten waren von Bullen-Palli und dem Vorarbeiter Hákon. Svavar würde sich bei ihnen melden, sobald er Ísrún erreicht hatte. Er war durchaus in der Lage, wieder zu arbeiten.

Dann tippte er ihre Nummer ein.

Ísrún war fast wieder bei der Pension angelangt. Sie stand am Rathausplatz und blickte nach oben zur Kirche. Sie war ziemlich hungrig und hatte sich vorgenommen, in einem Restaurant in der Aðalgata eine Pizza zu essen. Erst wollte sie jedoch die Kirche besichtigen, sich hineinsetzen und ein wenig entspannen. Sie war früher nie besonders gläubig gewesen, doch in den letzten Monaten hatte sich das geändert.

Jetzt hätte sie gerne geglaubt, wusste aber nicht, wie sie nach all den Jahren den Glauben finden sollte. Vielleicht, indem sie öfter in Kirchen ging.

Sie besuchte nicht oft die Messe, setzte sich aber gerne in eine Kirche, wenn sie leer war, setzte sich einfach in eine Bank und genoss die Stille.

Mit langsamen, schweren Schritten erklomm sie die steilen Stufen zur Kirche, nach dem anstrengenden Tag von Müdigkeit übermannt. Die Kirche stand offen, und drinnen war niemand zu sehen.

Ísrún seufzte, als sie in die vorletzte Bank sank. Sie schloss die Augen und versuchte, an nichts zu denken, nicht an den Vorfall in Akureyri vor eineinhalb Jahren, der dazu geführt hatte, dass sie nach Reykjavík gezogen war und wieder in der Redaktion angefangen hatte. Auch an den Besuch bei Katrín in Landeyjar vor einem knappen Jahr wollte sie nicht denken.

Nach der Sache in Akureyri hatte sie einen schweren Schock erlitten, es aber durch festen Willen und Verdrängen trotzdem geschafft, wieder auf die Beine zu kommen. Doch der Schock nach dem Besuch in Landeyjar war existenziell gewesen. Wieder hatte sie versucht, sich in die Verdrängung zu flüchten, doch das würde nur kurze Zeit gut gehen, das wusste sie sehr wohl.

Ísrún unterdrückte diese Gedanken sofort, schaffte es aber nicht, den Kopf freizubekommen und sich zu entspannen; stattdessen musste sie an das Gespräch mit Móna denken, dieser deprimierten, erschöpften Frau, die so abwesend wirkte. Plötzlich hatte sie das Gefühl, dass etwas an Mónas Aussagen nicht zusammenpasste. Irgendein Detail.

Als ihr endlich klar wurde, um welches Detail es sich handelte, stand sie so abrupt von der Kirchenbank auf, dass es laut polterte, und war froh, dass niemand sie gesehen hatte.

So schnell sie konnte rannte sie die Kirchentreppe hinunter. Sie musste sofort zu Móna, am besten, noch bevor Logi und Jökull nach Hause kamen.

Mitten auf dem Weg klingelte ihr Handy.

Sie blieb stehen und schaute aufs Display.

Eine fremde Nummer.

Dieses Gespräch musste warten.

Kurze Zeit später stand sie auf den Stufen vor Mónas Haustür.

Sie klingelte und musste nicht lange warten.

Móna ließ sie herein und sagte beschämt: »Ich habe schon damit gerechnet, Sie noch mal zu sehen. Ich habe mich verplappert, oder?«

Ísrún nickte.

»Dann ist es wohl am besten, wenn Sie die ganze Wahrheit hören«, sagte sie dann, und es klang, als falle ihr eine schwere Last von der Seele.

15. Kapitel

Guðrún dachte jeden Tag an Gauti.

Sie arbeitete bei einer großen IT-Firma in Reykjavík. Die Arbeitstage waren lang und anstrengend, aber sie musste trotz des täglichen Stresses immer wieder an ihren Bruder denken – und natürlich an ihre Mutter. Beide waren viel zu früh von ihr gegangen. Sie hatten sich das Leben genommen. Ihr Vater war ebenfalls verstorben, aber schon bevor Gauti sich umgebracht hatte. Der Einzige, der außer ihr noch lebte, war ihr älterer Bruder, doch der hatte seinen Geschwistern nie sonderlich nahegestanden und war einige Jahre älter. Gauti hatte sich immer an Guðrún gewandt, wenn es ihm in der Schule schlecht ergangen war.

Und es war ihm vom ersten Tag an schlecht ergangen. Er hatte nie dazugehört. Guðrún war zwei Jahre jünger als er und hatte nach besten Kräften versucht, ihn zu unterstützen. Doch sie war auch nur ein Kind. Natürlich hätte sie mit ihren Eltern darüber reden können, doch Gauti hatte es ihr streng verboten. Er verstand nicht, dass ihn keine Schuld traf und er nur ein unschuldiges Mobbingopfer war.

Guðrún wusste genau, wer der Schlimmste gewesen war und ihren Bruder seelisch und körperlich am meisten gequält hatte.

Sie erinnerte sich gut an Hlynur, dabei wusste er bestimmt nicht, wer sie war. Sie hatte ihn verabscheut, kein Wunder, so grausam wie er manchmal gewesen war. Gauti hatte seiner Schwester nicht alles erzählt, manchmal hatte sie jedoch auf anderen Wegen erfahren, was passiert war. Doch von der Sache im Schwimmbad hatte er ihr erzählt, wie Hlynur ihn immer wieder unter Wasser gedrückt hatte, fast in jeder Stunde, und ihm stets dasselbe zugeflüstert hatte: *Als Nächstes zeige ich dir, wie man stirbt.* Diese Worte hatten sie verfolgt und ihr Albträume bereitet, obwohl sie die Quälereien nicht mitansehen, geschweige denn am eigenen Leib erfahren musste wie ihr Bruder.

Der hatte ihr anvertraut, dass er immer damit rechnete, dass Hlynur seine Drohung in der nächsten Schwimmstunde wahrmachen und ihn so lange unter Wasser tauchen würde, bis alles vorbei wäre.

Gauti war von Natur aus sensibel gewesen. Zerbrechlich. Doch Hlynur hatte ihn nicht mit einem Schlag ausgelöscht, sondern ganz allmählich.

Es überraschte niemanden, dass Gauti weit davon entfernt war, das Gymnasium abzuschließen. Schon im ersten Jahr gab er auf und zog sich in seine Schale zurück. Dabei hatte er das erste Mal die Chance, noch einmal ganz von vorne anzufangen – auf einer neuen Schule, ohne Hlynur –, doch er schaffte es nicht. Der Schaden war bereits geschehen.

Gauti zog nie von zu Hause aus, aber Guðrún zog zu Beginn des Studiums zu ihrem Freund, woraufhin sich Gautis Zustand rapide verschlechterte, bis er einfach aufgab.

Hlynur traf die alleinige Schuld. Er hätte an jenem Tag genauso gut zu Gauti gehen und ihn umbringen können.

Guðrún hatte nicht sofort etwas unternommen, ihr Hass hatte sich aufgestaut.

Hlynur hatte das Leben ihres Bruders und das Leben ihrer Familie systematisch zerstört.

Sie wusste, dass Gauti nicht sein einziges Opfer gewesen war, aber zweifellos derjenige, der am meisten unter dem Druck gelitten hatte.

Gautis Selbstmord war ihrer Mutter sehr nahegegangen. Sie war davon überzeugt gewesen, auf gewisse Weise schuld daran zu sein, was natürlich absurd war. Guðrún hatte versucht, ihr das klarzumachen, war jedoch auf taube Ohren gestoßen.

Dann hatte auch ihre Mutter aufgegeben.

Wieder traf Hlynur die Schuld daran.

Guðrún hatte versucht, ihren Hass zu zügeln und sich nicht mit Hlynur auf eine Stufe zu stellen. Das war lange Zeit gut gegangen, doch dann hatte sie sich, mitten am Arbeitstag, von der Wut mitreißen lassen. Ein gutes Gefühl.

Wobei es kein normaler Arbeitstag gewesen war. Es war Gautis Todestag.

Guðrún hatte schnell herausgefunden, was Hlynur beruflich machte. Polizist in Siglufjörður. Angenehm weit von Reykjavík entfernt, so dass sie nicht an seinem Haus vorbeifahren und seine Fensterscheiben einschmeißen konnte. Nein, sie hatte sich vorgenommen, ihn mit seinen eigenen Waffen zu schlagen.

Über E-Mail konnte sie in direkten Kontakt zu ihm treten, sowohl von der Arbeit als auch von zu Hause. Sie richtete sich eine neue Mailadresse ein, die sich nur schwer zurückverfolgen ließ. Es war von Anfang an klar, was in der E-Mail stehen sollte. Einige Zeit später schickte sie dann eine weitere E-Mail. Mit demselben Text. Und dann noch eine … Hlynur antwortete nie. Sie schickte weiter E-Mails, ohne zu wissen, ob sie irgendeinen Einfluss auf ihn hatten.

Guðrún war sich nicht ganz sicher, was sie damit erreichen wollte.

Vielleicht eine Art Gerechtigkeit.

16. Kapitel

Tómas und Ari hatten sich auf den Weg nach Akureyri gemacht. Hlynur war alleine zurückgeblieben und hatte bis spätabends Dienst.

Wozu eigentlich?

Das Leben im Ort war überaus friedlich.

Am Abend würde es nicht viele Einsätze geben, schlimmstenfalls etwas Randale im Suff.

Man traute ihm überhaupt nichts mehr zu.

Kein Wunder.

Hlynur verstand selbst nicht, warum er sich nach den schlimmen Taten in seiner Jugend eingebildet hatte, bei der Polizei arbeiten zu können.

Er stand vom Computer auf, nachdem er sich die neueste E-Mail des unbekannten Absenders ein letztes Mal angeschaut hatte. Dann schaltete er den Computer aus, verließ die Wache und schloss die Tür hinter sich ab.

Seinen Wagen hatte er zu Hause stehen lassen, denn er ging im Sommer normalerweise zu Fuß zur Arbeit und im Winter am liebsten auch.

Er marschierte los und war nach guten zehn Minuten zu Hause.

Nur ein Gedanke drang zu ihm durch. Wie ungerecht es war, dass Gauti sterben musste und er selbst lebte.

Er fand, dass es an der Zeit war, diese Ungerechtigkeit auszugleichen.

17. Kapitel

Sie saßen in Mónas Küche wie in einem schwarz-weißen Traum oder vielmehr in einem schwarz-weißen Albtraum.

Nachdem sie eine Weile geschwiegen hatten, ergriff Ísrún das Wort: »Zwei Nächte.«

Móna nickte.

»Sie haben gesagt, der Mordfall hätte Sie zwei Nächte lang wach gehalten, dabei wurde er erst gestern Morgen bekannt gegeben«, fuhr Ísrún mit ernster Stimme fort. »Sie haben sich also nicht vertan?«

»Nein …« Móna seufzte. Eine Träne floss ihr über die Wange. »Es ist so furchtbar.«

Sie vergrub das Gesicht in den Händen, blickte dann auf und sagte: »Aber ich bin trotzdem froh, dass ich mit jemandem darüber reden kann. Dieses Geheimnis hat mir jegliche Energie geraubt.« Dann wiederholte sie: »Aber es ist so furchtbar. Und er ist schuld.« Sie sprang auf, schlug mit der Hand auf den Tisch und schrie: »Er ist schuld!«

Ísrún stand auf und legte Móna den Arm um die Schultern. »Schon gut, beruhigen Sie sich. Sie dürfen sich nicht so aufregen.«

Móna setzte sich wieder an den Küchentisch.

»Meinen Sie Elías?«, fragte Ísrún dann so behutsam wie möglich.

»Ja.« Móna hatte sich wieder ein bisschen beruhigt. »Elías ist schuld.«

Móna verstummte.

»Was hat er gemacht?«, fragte Ísrún nach einer Weile.

Móna schwieg immer noch. Tränen strömten ihr jetzt übers Gesicht.

Ísrún beschloss, es auf andere Weise zu versuchen. »Haben Sie ihn ermordet?«, fragte sie, obwohl sie sich sicher war, dass die Antwort nein lautete. Eine schwangere Frau im fünften Monat würde kaum mitten in der Nacht von Siglufjörður in den Skagafjörður fahren und mit einem Brett auf einen Mann losgehen. Wobei nichts ausgeschlossen war, das hatte Ísrún in der Medienbranche gelernt. Die Wahrheit war manchmal sagenhafter als die wildesten Lügenmärchen.

»Nein, sie waren es«, sagte Móna schließlich leise.

»Sie?« Ísrún spitzte die Ohren.

»Mein Mann. Und Logi«, sagte sie und brach wieder in Tränen aus. »Natürlich wollten sie ihn nicht töten. Sie wollten ihn schlagen ... aber nicht töten, das hat Jökull mir gesagt, als sie nach Hause kamen. Aber in dem Brett war ein Nagel.«

Ísrún durchfuhr ein eiskalter Schauer.

Móna schwieg einen Moment und sagte dann: »Ich ... wir mussten die Polizei anlügen und Logi ein Alibi geben. Als Elías' Arbeitskollege stand er natürlich unter Verdacht. Jökull kannte Elías nicht so gut.«

»Warum haben sie das gemacht?«

Móna nahm sich zusammen und sagte: »Elías kam an dem Abend, bevor er starb, hierher. Spätabends. Ich habe diesen verdammten Schuft reingelassen. Er wollte mit Logi sprechen. Der hat meinem Mann dann von dem Gespräch erzählt. Elías hatte irgendwelche dubiosen Pläne. Er hat behauptet, er bekäme Geld dafür, Ausländer, genau genommen ausländische Frauen, nach Europa zu bringen. Dort hätten sie dann die Chance, ein neues Leben zu beginnen. Ein neues Leben!« In ihrer Stimme lag Verachtung.

»Elías wollte, dass Logi dabei mitmachte. Ich war total geschockt, Elías an diesem Abend wiederzusehen. Es war lange her, seit ich ihn das letzte Mal getroffen hatte. Ich ging ins Schlafzimmer und heulte. Jökull wollte wissen, was los ist, aber ich wollte es ihm nicht sagen. Eigentlich wollte ich es ihm niemals erzählen, aber ich konnte einfach nicht anders.«

Ísrún lauschte wie erstarrt. Sie sagte nichts und ließ Móna einfach reden.

»Am Ende habe ich Jökull alles erzählt. Da ist er durchgedreht. Jökull ist sonst immer ganz gelassen, aber er war rasend vor Wut.« Sie seufzte und schloss die Augen. »Er rief nach Logi und beschimpfte ihn, weil er uns mit diesem miesen Schwein bekannt gemacht hatte«, sagte sie aufgebracht. »Als Logi schließlich hörte, was passiert war, wurde er genauso wütend wie Jökull. Das zahlen wir ihm heim, sagte er.«

Dann fügte sie erklärend hinzu: »Logi ist viel hitzköpfiger als Jökull. Bevor ich wusste, wie mir geschah, waren die beiden weg. Auf dem Weg in den Skagafjörður. Mein Gott, wie sehr ich es bereue, Jökull davon erzählt zu haben. Gütiger Gott!«

Móna schluchzte auf.

Ísrún hätte die nächste Frage gar nicht mehr stellen müssen, denn sie glaubte, die Antwort zu kennen.

»Hat Elías Sie vergewaltigt?«

Móna antwortete unter Schluchzen: »Ja. Woher wussten Sie das?«

»Sie sind nicht sein erstes Opfer. Wann ist es passiert?«

Móna sprach leise und machte lange Pausen zwischen den Sätzen: »Kurz vor Silvester. Mitten am helllichten Tag. Ich hatte mein Handy vergessen und kam mittags nach Hause, um es zu holen. Elías wohnte bei Logi, im ersten Stock. Die Wohnungen sind nicht abgetrennt, im Grunde ist es ein großer Wohnbereich. Logi hatte Schicht, und Jökull war auf der Arbeit. Ich konnte mich nicht wehren. Ich habe versucht zu schreien und um mich zu schlagen, aber er war zu stark. Als hätte er das schon öfter gemacht.«

Wieder durchfuhr Ísrún ein Schauer.

»Danach stand ich unter Schock«, sagte Móna. »Ich habe es niemandem erzählt, ich weiß nicht, warum. Ich konnte einfach nicht darüber reden. Immerhin war er so schlau, sofort auszuziehen.«

Ísrún zögerte, stellte aber dann die Frage, die in der Luft lag: »Ist das Kind von ihm?«

Móna antwortete nicht sofort.

»Ja, ich bin mir ziemlich sicher«, murmelte sie schließlich, immer noch weinend. »Jökull und ich haben so lange versucht, ein Kind zu bekommen, ohne Erfolg. Und jetzt trage ich das Kind eines Vergewaltigers im Bauch. Ich schwöre, dass ich Jökull niemals davon erzählen wollte. Niemals! Er war so froh, dass es endlich geklappt hatte, als ich schwanger wurde. Sie können sich jetzt vorstellen, warum die beiden so ausgerastet sind.«

»Das verstehe ich gut. Das verdammte Schwein hatte es verdient zu sterben, das war überfällig«, stieß Ísrún wütend hervor.

»Ja. Er war der Teufel in Menschengestalt, aber sie wollten ihn nicht töten.«

»Natürlich nicht.« Ísrún versuchte ruhig zu bleiben, obwohl sie ziemlich aufgewühlt war.

»Logi hat ihn erschlagen«, sagte Móna nach einer Weile. »Jökull hat mir erzählt, was passiert ist. Elías hat die Vergewaltigung zugegeben, und Logi hat ihn einfach nur gefragt, warum er mir das angetan hätte. Als er die Antwort hörte, packte er ohne nachzudenken das Brett und erschlug ihn.« Ihre mit Schluchzern unterbrochenen Worte waren kaum verständlich.

»Was hat Elías geantwortet?«, fragte Ísrún entgegen besseren Wissens, war wieder einmal unbewusst in die Rolle der Reporterin geschlüpft.

»Weil es in meiner Macht lag.«

18. Kapitel

Weil es in meiner Macht lag.

Ísrún lief ein kalter Schauer über den Rücken – und gleichzeitig machte sich ihr schlechtes Gewissen bemerkbar. Trug sie nicht eine gewisse Verantwortung dafür, wie es gekommen war?

Die Frauen schwiegen eine Weile.

Dann fragte Móna plötzlich: »Was haben Sie eben gemeint?«

Ísrún stutzte.

»Sie haben eben gesagt, ich sei nicht sein erstes Opfer gewesen«, sagte Móna mit entschlossener Stimme.

»Das stimmt. Er hat mich auch vergewaltigt«, platzte Ísrún heraus, musste es laut aussprechen, bevor sie die Gelegenheit hatte, ihre Meinung zu ändern. Es war seltsam, den Klang ihrer Worte zu hören. Endlich hatte sie die Kraft gefunden, jemandem davon zu erzählen. Nach zahllosen schlaflosen Nächten, den vielen Albträumen. Eineinhalb Jahre waren inzwischen vergangen, und Ísrún wusste nicht, wann sie endlich darüber hinwegkäme. Seitdem hatte sie keinen Mann mehr an sich herangelassen. Der Gedanke ekelte sie an.

Ísrúns Antwort war für Móna wie ein kalter Wasserguss. Sie riss die Augen auf.

»Er hat Sie auch vergewaltigt?« Sie schien ihren eigenen Ohren nicht zu trauen. Dann kam die Frage, vor der sich Ísrún gefürchtet hatte: »Und warum lief er dann noch frei herum?«

»Ich habe niemandem davon erzählt, bis jetzt. Ich fühlte mich so schlecht«, erklärte sie und versuchte, nicht in Tränen auszubrechen. Es war nicht ihre Art, zu weinen. »Ich konnte mir einfach nicht vorstellen, zur Polizei zu gehen und darüber zu reden. Das war natürlich ein Fehler, das weiß ich jetzt.«

»Verdammt noch mal!«, rief Móna und stand auf. »Sie hätten mich retten können!« Doch sie beruhigte sich schnell wieder. »Entschuldigung, ich verstehe natürlich am allerbesten, wie Sie sich gefühlt haben«, sagte sie mit brüchiger Stimme.

»Das ist eine schreckliche Erfahrung, die man mit niemandem teilen will. Aber Sie müssen sich darüber klar werden, ob Sie der Polizei erzählen wollen, was er Ihnen angetan hat – und was Jökull und Logi gemacht haben. Das geht mich nichts an, und ich werde es nicht melden«, sagte Ísrún, verwundert über sich selbst.

Sie wollte diesen Auftrag unbedingt übernehmen, um aufzudecken, was Elías für ein Mensch war. Wollte sich an ihm rächen, etwas Negatives über ihn ans Licht zerren und es in den Nachrichten aufblähen. Zahn um Zahn. Dennoch wollte sie niemandem erzählen, was er ihr angetan hatte.

»Danke«, sagte Móna mit unsicherer Stimme.

»Bitte behandeln Sie das, was ich Ihnen erzählt habe, vertraulich«, sagte Ísrún zögernd.

»Wann ist es passiert?«

»Letztes Jahr im Januar. Ich wohnte in Akureyri, habe da gearbeitet. Ich bin abends ausgegangen, und dieser Mann, den ich überhaupt nicht kannte, ließ mich nicht in Ruhe. Dann folgte er mir aus dem Saal in den Flur, zog mich zur Seite … in irgendeine verdammte Abstellkammer … und …« Sie seufzte, konnte es nicht in Worte fassen. »Ich habe genauso reagiert wie Sie. Habe nichts gesagt. Konnte mir nicht vorstellen, in Akureyri wohnen zu bleiben und bin bei der ersten Gelegenheit nach Reykjavík gezogen und habe wieder in der Redaktion angefangen.«

»Und dann bekamen Sie den Auftrag, einen Beitrag über ihn zu machen, das muss ein Schock gewesen sein«, sagte Móna, die aufgehört hatte zu weinen.

»Nein, ganz so war es nicht.« Ísrún schwieg einen Moment und beschloss dann, reinen Tisch zu machen. Móna würde sich nicht bei Ívar oder ihrer Chefin über sie beschweren. »Nach der Vergewaltigung bin ich, wie gesagt, nicht zur Polizei gegangen. Ich wusste nicht, wie der Mann hieß, und wollte es auch gar nicht wissen. Ich wollte das alles so schnell wie möglich vergessen. Aber natürlich konnte ich weder den Vorfall noch den Mann vergessen. Ich träume fast jede Nacht von seinem Gesicht. Gestern kam dann die Meldung, dass ein Mann tot im Skagafjörður aufgefunden wurde. Ich hatte gerade Dienst, kriege aber normalerweise nicht so spannende Aufgaben.« Sie versuchte zu lächeln. »Aber das ist eine andere Geschichte. Wie üblich wurde sein Name in der Redaktion schnell bekannt, und ich habe nebenbei nach ihm gegoogelt. Und dann sah ich ein Foto von ihm. Das Foto eines Mannes, den ich kannte. Sie können sich ja vorstellen, wie ich reagiert habe.«

Móna nickte und wischte ihre Tränen weg.

»Es bestand kein Zweifel, dass das der Mann war, der mich vergewaltigt hatte … Elías Freysson. Erst war ich wie erstarrt, dann wurde ich aber furchtbar wütend. Ich wollte mich an ihm rächen. Dieses verdammte Schwein war tot, deshalb konnte ich ihn nicht mehr umbringen, aber ich konnte das Einzige, was er noch besaß, zerstören. Seinen Ruf. Nach kurzer Recherche zweifelte ich nicht mehr daran, was für ein Mensch er war. Er hatte eindeutig mehr als diese eine Vergewaltigung auf dem Gewissen. Ich brauchte nur die Erlaubnis, den Fall für die Redaktion zu übernehmen und ein paar Nachforschungen anzustellen«, sagte Ísrún eifrig. »Ich habe dem Redaktionsleiter vorgelogen, jemand hätte mich angerufen und mich darüber informiert, dass Elías in Drogenschmuggel verwickelt gewesen sei. Daraufhin hat er mir erlaubt, genauer zu recherchieren. Wobei ich glaube, dass er froh war, mich für eine Weile los zu sein, wir verstehen uns nicht besonders gut.«

»Und was wollen Sie jetzt machen?«, fragte Móna leise.

»Nichts. Ich werde Ihre Familie nicht einem fanatischen Medienhype aussetzen, nur um meine Rachegelüste zu befriedigen. Sie müssen selbst entscheiden, was Sie tun.«

Móna beugte sich vor und starrte ins Leere. Eine winzige Träne perlte über ihre Wange, tropfte dann auf den Tisch und schien sämtliche Kraft, die sich noch in ihrem Körper befand, mitzunehmen.

19. Kapitel

Es fühlte sich gut an.

Endlich jemandem von der Vergewaltigung erzählt zu haben.

Über das Ereignis gesprochen zu haben, das Ísrún niemals einer Menschenseele erzählen wollte.

Der erste Schritt. Vielleicht hatte sie jetzt die Kraft, mit psychologischer Unterstützung über diese schreckliche Erfahrung hinwegzukommen.

Sie war schon in der Pension, als ihr der Anruf wieder einfiel; jemand hatte sie auf dem Weg zu Móna angerufen. Erschöpft setzte sie sich auf die Bettkante, wollte aber dennoch zurückrufen, wie es sich für eine gute Journalistin gehörte.

»Ja?«, war die ziemlich barsche Antwort. »Ist da Ísrún?«

»Ja, haben Sie mich eben angerufen? Wer sind Sie?«

»Hallo, hier ist Svavar … aus Dalvík.«

»Hallo«, sagte sie, ziemlich verwundert, weil sie nicht damit gerechnet hatte, nochmal von ihm zu hören. Was zum Teufel wollte er? Sollte sie sagen, sie sei beschäftigt, und einfach auflegen? Svavar war ihr gleichgültig. Ísrún hatte die Seite, die sie an dem Fall interessierte, geklärt, das Rätsel war gelöst, und sie hatte die Bestätigung bekommen, dass Elías mindestens eine weitere Frau vergewaltigt hatte, wahrscheinlich sogar mehrere. Dennoch wollte sie dieses Wissen nicht verwenden, auch wenn es ihr ursprüngliches Ziel gewesen war, dieses Schwein bloßzustellen. Das konnte sie Móna nicht antun.

»Was wollen Sie?«, fragte sie kurz angebunden.

»Ich muss etwas mit Ihnen besprechen … vertraulich.« Er zögerte. »Als Informant, Sie wissen schon.«

»Ja, gut«, sagte sie desinteressiert.

»Habe ich das richtig verstanden, dass Sie die Namen Ihrer Informanten nie preisgeben?«, fragte er, ohne seinen Eifer verbergen zu können.

»Ja, das stimmt. Schießen Sie los, Sie können mir vertrauen.« Jetzt war sie doch ein bisschen neugierig geworden.

»Okay, es ist ziemlich schwer, das in Worte zu fassen.« Sie hörte an seiner Stimme, dass diese Aussage nicht aus der Luft gegriffen war. Er war nervös, kurzatmig. Vielleicht bekäme sie ja doch noch ihre Schlagzeile. Ein paar Pluspunkte bei Ívar und María.

Nach einer längeren Pause, in der Ísrún nur sein heftiges Atmen hörte, sprach er weiter: »Ich glaube, dass Elías vor seinem Tod ein Mädchen eingesperrt hat. Ich mache mir Sorgen um sie.«

Ísrún traute ihren Ohren nicht und sprang auf.

»Was sagen Sie da? Ein Mädchen eingesperrt? Warum? Er ist schon seit fast zwei Tagen tot! Oh mein Gott.«

»Ja, ich weiß, deshalb bin ich ja so nervös«, murmelte Svavar.

»Nervös!«, rief sie. »Jetzt erst?!«

Er antwortete nicht, sagte aber dann ziemlich unwirsch: »Wollen Sie mir jetzt helfen oder nicht?«

»Ja. Aber warum haben Sie nicht einfach die Polizei angerufen?«

»Ich wollte mich da nicht einmischen.«

»Wie feige«, rutschte es ihr heraus. »Entschuldigung. Sie möchten also, dass ich der Polizei Bescheid gebe?«

»Ja.«

»Was ist das für eine Frau, und wo befindet sie sich?«

»Ich weiß es nicht«, antwortete er und erzählte Ísrún in wenigen Worten von Elías' Reise nach Nepal.

»Mein Gott«, sagte Ísrún noch einmal. Normalerweise brachte sie Gott nicht ins Spiel, aber einen solchen Anruf hatte sie noch nie bekommen. »Und Sie haben keine Ahnung, wo sie ist?«

»Nein. Ich hatte gehofft, die Polizei könnte es herausfinden«, sagte er resigniert.

»Okay, ich melde es – und erwähne Sie nicht, aber ich werde wahrscheinlich in den Nachrichten darüber berichten, nur damit Sie es wissen.«

»Machen Sie, was Sie wollen. Halten Sie mich nur dabei raus.« Er klang jetzt völlig verzweifelt.

Als sie sich gerade verabschieden wollte, fiel ihr auf einmal die Wohnung in Akureyri ein.

»Was ist mit der Wohnung?«, fragte sie. Ihr Herz raste.

Svavar verstand sie nicht.

»Die Wohnung, in Akureyri«, sagte Ísrún ungeduldig. Wenn Svavar die Wahrheit sagte, kam es jetzt auf jede Minute an oder sogar auf jede Sekunde. »Könnte das Mädchen da sein?«

»In der Wohnung in Akureyri? Nein, die gehörte Elías' Frau, Iðunn, und das tut sie wahrscheinlich immer noch.«

»Nein, Elías hat sie bei der Scheidung bekommen.«

Diese Neuigkeit schien Svavar zu überraschen. »Was? Das hat er nie erwähnt.«

»Dieser Schuft hatte einige Geheimnisse.« Ísrún verabschiedete sich hastig von Svavar und rief den Korrespondenten in Akureyri an, um nach der Nummer von Helga bei der Kripo zu fragen.

Helga ging nach mehrmaligem Klingeln ans Telefon. Ísrún stellte sich vor, ziemlich atemlos.

»Woher haben Sie meine Nummer? Ich bin mitten in einem Meeting und kann jetzt keine Fragen beantworten«, antwortete Helga leise, verärgert über die Störung.

»Ja, aber das ist ein Notfall, es geht um Leben und Tod.«

»Was?«, sagte Helga erstaunt. »Warten Sie, ich gehe mal kurz raus.«

»Erst müssen Sie mir versprechen, dass ich einen Kameramann zum Tatort schicken und die Sache mitverfolgen darf. Exklusiv.« Jetzt vergeuden wir wertvolle Sekunden, dachte sie und schämte sich ein wenig.

»Ich kann nichts versprechen«, sagte Helga, »aber ich versuche mein Bestes.«

»Ich habe erfahren …« Ísrún zögerte, hatte Schwierigkeiten, die richtigen Worte zu finden. »Ich habe erfahren, dass Elías in Menschenhandel verwickelt war … und …«

»Menschenhandel, aha, verdammt. Das habe ich befürchtet«, entgegnete Helga energisch.

Das wird eine Superschlagzeile, dachte Ísrún und fing schon an, die Meldung im Geiste zu formulieren. »Er hat anscheinend ein Mädchen ins Land gebracht, wussten Sie das?«

Helga zögerte. »Ja, es gab eine Passagierin, die mit derselben Maschine wie Elías von Dänemark nach Island geflogen und auch mit ihm von Nepal nach Dänemark gereist ist. Eine junge Frau. Sie saßen zwar nicht nebeneinander, hatten im Grunde keine Verbindung zueinander, aber wir sind dennoch darauf aufmerksam geworden. Wir haben das in einem sehr engen Kreis recherchiert, also behalten Sie es bitte für sich.«

»Mein Informant behauptet, Elías hätte die Frau irgendwo eingesperrt. Er wollte sie ein paar Tage verstecken, bis einer seiner Komplizen sie abholen und ihn ausbezahlen sollte«, sagte Ísrún.

»Eingesperrt? Wo? Wer hat Ihnen das erzählt?«

»Sie wissen sehr gut, dass ich den Namen meines Informanten nicht preisgeben werde. Er weiß nicht, wo sie sich aufhält. Aber ich habe die Vermutung, dass sie sich in Elías' Wohnung in Akureyri befindet.«

»Er besaß hier keine Wohnung. Das wüssten wir«, entgegnete Helga knapp.

»Sie ist auf die Firma seiner Ex-Frau eingetragen. Er hatte sie noch nicht auf sich überschreiben lassen.« Ísrún gab Helga die Adresse.

»Danke, wir fahren sofort los. Sonst noch was?«

»Nein, aber geben Sie mir Bescheid, wie es läuft. Ich bin unterwegs«, sagte Ísrún, aber Helga hatte schon aufgelegt.

Während Ísrún mit Helga telefoniert hatte, war sie aus der Pension geeilt und befand sich schon auf dem Weg nach Akureyri. Sie hatte ihr Gepäck zurückgelassen, durfte keine Zeit verlieren. Von unterwegs machte sie zwei Anrufe: den ersten bei María, der Nachrichtenchefin.

»Ach, hallo, Ísrún«, sagte sie, »ich habe auch schon versucht, dich zu erreichen.«

»Ich brauche sofort in Akureyri einen Kameramann.« Ísrún

sprach schnell und hoffte, dass der Zusammenhang klar wurde. »Die Polizei rettet eine junge Frau, die Elías in seiner Wohnung eingesperrt hat. Er hat sie vor ein paar Tagen aus Nepal geholt, um sie hier oder in einem anderen Land zur Prostitution zu zwingen.«

»Was?«, rief María. »Bist du dir sicher?«

»Ich habe die Polizei darüber informiert, habe einen sicheren Informanten. Wir wissen allerdings nicht genau, wo sie ist, aber sie suchen zuerst in Elías' Wohnung in Akureyri. Wir müssen sofort einen Kameramann hinschicken«, sagte sie entschieden. »Darf ich ihn bestellen?«

»Mach das.«

»Danke«, sagte Ísrún. »Warum wolltest du denn mit mir sprechen?«

»Ach, nichts Besonderes«, antwortete María. »Beeil dich lieber.«

Das ließ sich Ísrún nicht zweimal sagen und überschritt sämtliche Geschwindigkeitsbeschränkungen, soweit ihr Wagen es zuließ. Der zweite Anruf war bei Móna. Sie hatten Telefonnummern ausgetauscht, und Ísrún hatte ihr gesagt, sie könne sie jederzeit anrufen, Tag und Nacht, wenn sie Hilfe bräuchte. Das Gespräch war kurz und präzise.

»Ich habe eine Idee«, sagte Ísrún. »Vielleicht können Logi und Jökull den Mord gestehen, ohne Sie – und das Kind – mit hineinzuziehen. Elías hat für einen Menschenhändlerring gearbeitet und ein nepalesisches Mädchen ins Land geholt. Diese Informationen werden natürlich nicht sofort veröffentlicht. Wenn Logi und Jökull heute Abend zur Polizei gehen und sagen, sie hätten das Mädchen retten wollen und ihn deshalb umgebracht, glaubt man ihnen bestimmt.«

Móna schwieg erst und sagte dann: »Da sagen Sie was.«

Sie verabschiedeten sich.

Manchmal war Ísrún überrascht, wie wankelmütig sie der Wahrheit gegenüber sein konnte, wenn der Zweck die Mittel heiligte.

20. Kapitel

»Mein Freund kommt zu Besuch«, hatte Kristín in der E-Mail geschrieben. Freund. Es war eindeutig, was sie damit meinte.

Ari und Tómas waren bei der Lagebesprechung in Akureyri eingetroffen. Helga von der Kripo leitete das Meeting sehr resolut. Jetzt war sie kurz in den Flur gegangen, weil sie einen Anruf bekommen hatte.

Nur wenig Neues war bisher zur Sprache gekommen. Die Polizei hatte unter anderem Ríkharður Lindgren vernommen, aber es war unwahrscheinlich, dass er direkt oder indirekt mit dem Fall zu tun hatte.

Ari musste die ganze Zeit an Kristín denken und konnte sich nicht damit abfinden, sie so nah bei sich zu wissen, in derselben Stadt, mit einem fremden Mann.

War das die endgültige Bestätigung dafür, dass zwischen ihnen alles vorbei war? Musste er dieser scheußlichen Tatsache ins Auge sehen?

Oder war das alles nur ein Spiel?

Spielte sie mit ihm? Wollte sie ihn eifersüchtig machen? Wartete sie darauf, dass er dazwischenfunkte?

Das hielt er für ziemlich unwahrscheinlich. Am liebsten hätte er an ihre Tür geklopft, noch am selben Abend, das Date gestört und ihr gesagt, er wolle sie zurückhaben. Sich persönlich bei ihr entschuldigt.

Dann müsste sie sich zwischen ihnen entscheiden.

Ari verdrängte diese Gedanken. Natürlich würde er das nie machen.

Helga kam zurück in den Besprechungsraum und wirkte geknickt.

»Wir haben auch eine Seite des Falls untersucht, auf die ich eigentlich später zurückkommen wollte«, sagte sie fast entschuldigend. »Wir hatten eine junge Frau im Visier, die mit denselben Maschinen wie Elías von Nepal nach Island geflogen ist. Wir konnten sie nicht finden, aber ich habe gerade die Bestätigung bekommen, dass sie mit ihm zusammen hergekommen ist, über einen Menschenhändlerring.« Sie hielt kurz inne. »Elías hat sie in Geiselhaft genommen, wahrscheinlich in einer Wohnung hier in Akureyri. Sie ist vermutlich seit zwei Tagen oder länger dort eingesperrt.«

Die Runde wurde schlagartig still. Man hätte eine Nadel fallen hören können.

Dann fügte Helga hinzu: »Ich habe einen Krankenwagen und einen Streifenwagen hingeschickt. Wir müssen sofort los.«

Ari sprang auf und vergaß Kristín augenblicklich.

Entgegen seiner Gewohnheit hatte Ari sich anstelle von Tómas ans Steuer des Jeeps gesetzt. Er spürte das Adrenalin durch seinen Körper jagen. Wenn Tómas fuhr, liefen sie Gefahr, als Letzte am Ziel einzutreffen, und das wollte er auf keinen Fall.

»Wir können nichts für das arme Mädchen tun«, sagte Tómas, als Ari losraste. »Wir müssen uns nicht so beeilen, Meister.«

Das Haus stand alleine und verlassen am Stadtrand, ziemlich schlecht in Schuss und düster, die Fenster im Erdgeschoss vernagelt und die Vorhänge im ersten Stock zugezogen.

Ari hastete aus dem Polizeijeep. Der Krankenwagen stand vor dem Haus, daneben mehrere Streifenwagen und ein alter Kombi mit dem Logo der Fernsehnachrichten. Blinkendes Blaulicht unterstrich den Ernst der Lage. Aris Blick fiel auf einen Kameramann, der offenbar ziemlich unbehelligt filmen konnte.

Helga stand in der Nähe und wartete.

»Haben wir einen Gerichtsbeschluss?«, hörte Ari einen Polizisten aus Sauðárkrókur fragen.

»Dafür haben wir keine Zeit. Ich übernehme die Verantwortung«, sagte Helga bestimmt.

Drinnen schien die Suche bereits begonnen zu haben.

21. Kapitel

Kristíns kleine Mietwohnung lag im Erdgeschoss eines alten, stattlichen Hauses in einem ruhigen Viertel unweit des Gymnasiums, das ihre Mutter früher besucht hatte. Inzwischen waren ihre Eltern allerdings nach Norwegen gezogen. Sie hatten beide in der Krise ihre Jobs verloren, ihrem Vater wurde bei der Bank gekündigt und ihrer Mutter im Architekturbüro. Kristín vermisste sie und wollte sie im Herbst besuchen, wenn sie sich länger Urlaub nehmen konnte. Sie hatte protestiert, als die beiden ihr von ihren Plänen erzählt hatten, konnte aber nicht viel dazu sagen, da sie selbst aus der Stadt weggezogen war und ihre Eltern seitdem nicht oft besucht hatte. In Reykjavík gab es für ihre Mutter und für Architekten generell keine Arbeit, aber ihr war ein gut bezahlter Job in Oslo angeboten worden. Angesichts des schlechten Kurses der isländischen Krone waren die meisten Jobs im Ausland lukrativ. Kristíns Vater hatte zwar eine Stelle bei einer anderen Bank in Reykjavík bekommen, aber nur befristet. Außerdem wollte er sich nach dem Bankencrash beruflich umorientieren. Jetzt arbeitete er bei einer kleinen Firma in Norwegen als Finanzberater im Fischereisektor, worauf er sich seinerzeit bei der Bank spezialisiert hatte.

Die beiden hatten Kristín an Ostern besucht und in ihrer kleinen Wohnung im Wohnzimmer auf Matratzen geschlafen. »Du brauchst unbedingt was Größeres«, hatte ihre Mutter gesagt, »die Wohnung ist viel zu klein für eine Ärztin und furchtbar trist.« Sie konnte manchmal unangenehm direkt sein.

Kristín wollte die Wohnung nicht mit Krempel vollstellen. Sie fühlte sich wohl dort. Im Wohnzimmer hing nur ein Bild, ein gerahmtes Poster von Humphrey Bogart und Ingrid Bergmann in *Casablanca*, einem ihrer Lieblingsfilme. Das Sofa und die Sessel hatte sie günstig im Secondhandladen bekommen, und der Couchtisch war ein schlichter, hübscher Holztisch. Sie hatte keine Bücherregale aufgestellt, und ihre Bücher, fast ausschließlich Medizinbücher, stapelten sich auf dem Fußboden. Der Küchentisch gehörte zur Einrichtung und war ein bisschen in die Jahre gekommen, aber trotzdem noch in Ordnung.

Jetzt saßen Kristín und der Witwer sich auf abgenutzten, grünen Hockern am Küchentisch gegenüber und tranken Rotwein. Der Braten war im Ofen.

»Ich habe mich ein bisschen verkalkuliert«, sagte Kristín mit entschuldigender Stimme. »Ich habe das Rezept lange nicht mehr gemacht. Es dauert bestimmt noch eine halbe Stunde.«

Der Mann lächelte ihr zu, mit seinen markanten Gesichtszügen und seinem graumelierten Haar. Sie hatten nicht viel über ihre früheren Beziehungen gesprochen und vermieden das Thema beide – Kristín wollte nicht über Ari reden, und er schien auch nicht über seine verstorbene Frau sprechen zu wollen. Die Küche wirkte ziemlich trostlos und zeugte davon, dass Kristín nicht viel Zeit darin verbrachte und lieber auf der Arbeit aß. Dort gab es immer reichhaltige Mittag- und Abendessen, und ihre Schichten lagen meistens so, dass sie beide mitbekam. Ansonsten konsumierte sie reichlich Fastfood, achtete jedoch darauf, sich nicht zu ungesund zu ernähren.

Sie stießen an, zum dritten Mal an diesem Abend, über einem Teelicht, das in der Mitte des Tisches stand.

22. Kapitel

Helga hatte eine Einsatzbesprechung auf dem Grundstück vor dem Haus mit Elías' Wohnung anberaumt. Ari und andere Polizeivertreter standen beisammen.

Der Kameramann scharwenzelte mit erhobener Kamera um die Polizisten herum. Helga bat ihn, die Kamera auszuschalten, während sie mit ihren Kollegen sprach. Er erklärte sich erst dazu bereit, als sie versprochen hatte, ihn als Ersten über den Fortlauf der Sache zu unterrichten.

»Ich hätte diesen Fernsehfuzzi einfach verhaftet«, flüsterte Ari Tómas zu, der breit grinste. Ari hatte ihn in letzter Zeit nicht oft lächeln sehen.

Der Kameramann schaltete das Gerät aus und hielt sich etwas abseits, aber Ari war sich sicher, dass er noch nah genug stand, um fast alles zu hören, worüber sie sprachen.

»Die Frau ist nicht in der Wohnung«, sagte Helga, obwohl diese Tatsache an niemandem vorbeigegangen war. »Möglicherweise wollte der Informant uns an der Nase herumführen, aber vielleicht befindet sie sich auch an einem anderen Ort. Das wäre dann ein Wettlauf gegen die Zeit. Wir müssen noch einmal blitzschnell alle Aspekte des Falls durchgehen und abchecken, ob ein anderer Ort in Frage kommt. Außerdem müssen wir Elías'

Freunde und Kollegen noch einmal verhören, wenn es nicht anders geht, auch telefonisch.« Sie machte eine kurze Pause und sagte dann mit ernster Stimme: »Wir haben allerdings einiges in der Wohnung gefunden, was Diebesgut sein könnte.«

»Ihr müsst noch mal mit Elías' Kollegen in Siglufjörður reden, Páll und Logi, und mit diesem Vorarbeiter beim Tunnelbau …«, sagte sie zu Ari und Tómas, nachdem sie den anderen ihre Aufgaben zugewiesen hatte.

»Hákon«, ergänzte Tómas und murmelte dann: »Heringsjunge Hákon.«

Helga starrte ihn an.

»Ich rufe Hlynur an«, sagte Ari. »Er hat Dienst. Er ist zwar nicht in den Fall eingebunden, aber wir müssen schnell handeln.« Obwohl er nicht damit rechnete, dass Hlynur eine große Hilfe wäre, holte er sein Handy heraus.

Hlynur ging nicht ans Handy, also rief Ari direkt in der Wache an, ebenfalls ohne Erfolg.

»Merkwürdig«, sagte Ari leise. »Ich erreiche ihn nicht.«

»Verdammt noch mal!« Tómas konnte seinen Ärger nicht verbergen.

»Könnt ihr in Siglufjörður niemanden erreichen?«, fragte Helga säuerlich. »Was herrscht bei euch eigentlich für ein Schlendrian? Ihr müsst sofort los.« Dann fügte sie noch hinzu: »Aber ich will eine Erklärung, warum auf der Wache niemand erreichbar ist. Das ist ja völlig unmöglich!«

»Wir fahren sofort los«, entgegnete Tómas beschämt.

Ari musste an den Künstler Jói denken, und an Jónatan. Mit denen mussten sie auch noch mal reden. Allerdings musste er Tómas erst noch von dem Gespräch mit diesem verschrobenen Jónatan berichten. Dabei hatte er plötzlich eine Idee.

»Ich glaube, ich weiß, wo die Frau ist.«

»Was? Was meinst du?«, rief Tómas. »Spuck's aus!«

»Elías war als Kind nicht weit von hier im Skagafjörður auf einem Bauernhof, der jetzt nicht mehr bewirtschaftet wird. Er müsste sich da ziemlich gut auskennen. Gibt es ein besseres Versteck als einen verlassenen Hof?«

»Verdammt, warum hast du das nicht schon vorher erzählt?«, fragte Helga ungehalten. Mit dieser Reaktion hatte Ari nicht unbedingt gerechnet. Keine Dankbarkeit oder wenigstens ein Lächeln.

»Weißt du, wo dieser Hof ist?«, fragte Tómas.

»Das kriege ich raus«, antwortete Ari und rief Jónatan an.

Das Handy klingelte.

Ísrún ging ran. Sie fuhr mit halsbrecherischem Tempo nach Akureyri und versuchte krampfhaft, den Wagen auf der rechten Fahrspur zu halten. Langsamer fahren kam überhaupt nicht in Frage, denn solche Sensationsmeldungen warteten nicht auf einen. Sie fuhr denselben Weg zurück, den sie gekommen war, über die Lágheiði. Der Straßenabschnitt, auf dem sie sich gerade befand, war nicht asphaltiert, und mehr als einmal hätte sie fast die Kontrolle über das Fahrzeug verloren.

Der Korrespondent aus Akureyri war am Apparat.

»Wo bist du gerade?«, fragte er aufgeregt.

»Auf der Lágheiði.«

»Dreh um«, sagte er. »Die Frau war nicht in der Wohnung in Akureyri. Die Polizei glaubt, dass sie auf einem verlassenen Hof im Skagafjörður ist. Wir sind auf dem Weg dahin.« Er teilte ihr den genauen Ort mit.

»Okay, ich komme.« Dann schrie sie fast ins Handy: »Lass dich nicht abhängen! Das wird eine Hammermeldung!«

Sie drosselte das Tempo, wendete den Wagen mitten auf der Straße, fuhr dann wieder in die andere Richtung und gab ordentlich Gas, so dass der Staub von der Schotterpiste aufstob.

Manchmal konnte dieser Job wirklich spannend sein.

Ari setzte sich ans Steuer.

»Das hättest du früher erzählen sollen«, sagte Tómas bedächtig.

Ari entgegnete nichts. Was sollten diese blöden Zurechtweisungen? Löste er etwa nicht gerade den Fall?

Sie fuhren aus der Stadt und befanden sich gerade am Glerártorg, als Ari abrupt bremste. Er musste plötzlich an Kristín denken und hatte einen furchtbaren Verdacht.

Kristín traf sich in Akureyri mit einem älteren Mann, der seine Frau verloren hatte.

Vor gut eineinhalb Jahren hatte Ari in Siglufjörður eine ernsthafte Auseinandersetzung mit einem Mann gehabt, auf den diese Beschreibung passen könnte. Der war auch sehr viel älter als Kristín, seine damalige Lebensgefährtin war inzwischen tot, und er war, soweit Ari wusste, nach Akureyri gezogen. Und es fiel ihm leicht, Frauen um den Finger zu wickeln, er war attraktiv und skrupellos, eine gefährliche Mischung.

Dieser Mann war zweifellos der Meinung, er hätte noch eine Rechnung mit Ari zu begleichen. Im Grunde war er aus Siglufjörður vertrieben worden, nachdem Informationen über ihn, die auf Aris Beschuldigungen gründeten, in der Zeitung erschienen waren.

Wollte er sich rächen, indem er eine Beziehung mit Kristín einging?

Ari spürte, wie ihm kalter Schweiß ausbrach. Kristín war womöglich in großer Gefahr, sogar in Lebensgefahr.

»Was zum Teufel machst du da?«, rief Tómas, der sonst immer so gelassen war.

»Ich muss hier aussteigen. Ich erkläre es dir später.«

»Bist du verrückt geworden? Wir sind im Einsatz, verdammt noch mal«, sagte Tómas ungehalten.

»Ich muss weg!«, schrie Ari, der sich seinem Vorgesetzten gegenüber noch nie so aufgeführt hatte. Er riss die Tür auf und rannte los. Er hatte Tómas noch nie so wütend gesehen, doch in diesem Moment war ihm das herzlich egal.

23. Kapitel

Gegen Abend klarte es in Siglufjörður endlich auf. Den ganzen Tag über hatte die Sonne nicht geschienen, und obwohl die Wolken nun fort waren, würde die kleine Ortschaft am Meer keine Abendsonne abbekommen, denn dafür waren die Berge zu hoch.

Jónatan saß auf einem kleinen Hocker im Garten und genoss den Sommerabend.

Der junge Polizist, dieser Ari, hatte ihn angerufen und gefragt, auf welchem Hof im Skagafjörður seine Eltern gewohnt hätten. Der Anruf war kurz gewesen, Ari hatte es eilig gehabt. Jónatan hatte die Frage gewissenhaft beantwortet, dann gefragt, warum die Polizei das wissen wolle, doch da hatte Ari schon wieder aufgelegt.

Diese Nachfrage musste mit den Ermittlungen an dem Mord an Elías zu tun haben, aber wie zum Teufel konnte das sein? Hatte die Polizei Wind davon bekommen, was damals auf dem Hof passiert war? Vielleicht kam nun alles ans Licht, die Gewalt gegen die Jungen, gegen Jónatan, Elías und die meisten anderen, die das Pech hatten, den Sommer über auf den Hof von Jónatans Eltern geschickt worden zu sein.

Jónatan konnte sich die Hintergründe, die zu diesen schrecklichen Zuständen geführt hatten, nicht erklären. Woher kam dieser Sadismus, dieser Drang, andere zu quälen? Er selbst hatte dieses Bedürfnis nie verspürt. Hoffentlich vererbte sich solche Boshaftigkeit nicht.

Vielleicht war es ja an der Zeit, die ganze Geschichte zu erzählen.

Elías war zwar tot, aber vielleicht war es möglich, anderen, die unter dem Aufenthalt auf dem Hof gelitten hatten, zu helfen. Und womöglich ließ sich Elías' Tod auf irgendeine Weise auf diese dunklen Gespenster der Vergangenheit zurückführen.

Das würde jedoch zweifellos den Ruf der Familie schädigen, und seine Geschwister wären ihm alles andere als dankbar dafür. Er würde selbst als Opfer angesehen, als Sohn eines Ungeheuers, bekäme Mitleid und Aufmerksamkeit. Ein Schauer lief ihm über den Rücken.

Er wollte keine Aufmerksamkeit.

Wollte nur seine Ruhe haben, aber manchmal musste man sich einfach richtig verhalten, egal, welche Folgen es hatte.

Er stand auf und schleppte sich ins Wohnzimmer, sein Gehstock war nicht in erreichbarer Nähe, setzte sich ans Telefon und wählte die Nummer, von der aus Ari ihn angerufen hatte. Der Polizist ging ran, keuchend und atemlos, sagte, er hätte keine Zeit, mit ihm zu reden, und gab ihm die Nummer seines Vorgesetzten. Jónatan rief ihn an.

»Tómas«, sagte eine ziemlich barsche Stimme. Die Hintergrundgeräusche ließen darauf schließen, dass er sich im Auto befand, wahrscheinlich im Polizeiwagen auf dem Weg zu Jónatans Elternhaus im Skagafjörður.

»Hallo, Tómas«, sagte Jónatan zögernd. »Ich heiße Jónatan. Ari hat mich wegen des Bauernhofs im Skagafjörður angerufen.«

»Ich habe es eilig«, sagte Tómas, bevor Jónatan die Chance hatte, zum Thema zu kommen.

Jetzt oder nie. Endlich hatte er die Kraft gesammelt, die Wahrheit zu sagen.

»Dürfte ich ganz kurz mit Ihnen sprechen? Es ist wichtig«, sagte er und versuchte, klar und entschlossen zu klingen.

»Na gut.« Tómas' Stimme gab zu erkennen, dass er alles andere als begeistert von dieser Störung war.

»Warum wollte die Polizei wissen, wo unser Hof ist?«, fragte Jónatan zögernd.

Tómas schwieg einen Moment, so dass Jónatan nur das Motorengeräusch des Wagens hörte.

»Wir suchen jemanden … eine Frau«, antwortete er brüsk. »Wir glauben, dass sie auf dem Hof sein könnte, weil Elías sich in der Gegend auskannte.«

Ein unbehagliches Gefühl befiel Jónatan. Für einen Moment wurde ihm schwarz vor Augen, und er spürte sein Herz schneller schlagen. Hatte Elías etwa irgendeine arme Frau umgebracht und ihre Leiche auf dem Hof versteckt? Das konnte er sich durchaus vorstellen, und er kannte sogar das beste Versteck.

»Das würde mich nicht wundern«, rutschte es Jónatan heraus.

»Was meinen Sie?«, fragte Tómas immer noch ziemlich unfreundlich.

»Auf dem Hof ist früher viel passiert, das nie ans Licht gekommen ist.« Jónatan versuchte, seine Worte sorgfältig zu wählen. »Elli musste einiges mitmachen, was … tja, was bestimmt Einfluss auf seine weitere Entwicklung hatte.«

»Einiges mitmachen?«, fragte Tómas verwundert.

»Die Jungen, die dort waren, darunter auch ich, mussten viel ertragen«, sagte Jónatan. Er redete langsam, und es fiel ihm schwer, die Dinge eindeutig beim Namen zu nennen.

»Moment mal, wollen Sie damit sagen, dass ihnen Gewalt angetan wurde?« Tómas klang jetzt viel aufmerksamer.

»Ja.«

»Verdammt noch mal. In welcher Form? Wurden die Jungen sexuell missbraucht?«, fragte er scharf.

»Äh, nein, zum Glück nicht«, antwortete Jónatan leicht irritiert. »Es war eine andere Form von Gewalt, seelisch und körperlich.«

»Und warum zum Teufel erzählen Sie das erst jetzt?«, fragte Tómas erregt.

»Ich … ich …« Jónatan spürte, wie sich ein Kloß in seinem Hals bildete. Er hatte als Erwachsener noch nie geweint, aber dieses Gespräch war schwieriger, als er gedacht hatte. »Ich konnte natürlich nichts sagen, solange meine Eltern noch lebten, außerdem dachte ich, es wäre nicht gut, in der Vergangenheit herumzustochern.«

»Elías war also Opfer dieser Gewalt?«

»Ja, und zwar sehr heftig.« Jónatan schnappte nach Luft, machte eine kurze Pause, um wieder Kraft zu sammeln und weiterzusprechen. »Er kam im zweiten Sommer, nachdem sie mit den Sommercamps angefangen hatten, zu uns. Sommercamps, sie nannten es Sommercamp.« Jónatan lachte, ein schmerzliches Lachen. »In Wahrheit war es die Hölle. Im ersten Sommer mussten die Jungen, es waren drei oder vier, Tag und Nacht arbeiten, wurden geschlagen, wenn sie nicht gehorchten, und natürlich eingesperrt. Später wurde ihnen Schlimmstes angedroht, wenn sie davon erzählen würden. Ich habe sogar gehört, dass einigen gesagt wurde, wenn sie im nächsten Sommer nicht wiederkämen, müssten ihre Geschwister oder ihre Eltern in der Stadt dran glauben. Das war auch bei Elli so, und er kam im nächsten Sommer wieder.«

»Geschlagen und eingesperrt?«

»Elli hatte einen starken Charakter«, erzählte Jónatan weiter und schien jetzt ganz in seiner eigenen Welt zu sein. »Am ersten Tag war er forsch und selbstbewusst, mit sechs oder sieben Jahren. Das wurde natürlich nicht geduldet. Aber er hatte einen wunden Punkt, er hatte Angst vor unserem Hund. Vielleicht war er mal von einem Hund gebissen worden, wer weiß. In der ersten Nacht musste er in einem extra Zimmer schlafen, in meinem. Ich sollte mit den anderen Jungen im Schlafsack in der Garage schlafen. Ich sträubte mich ein bisschen und weiß noch, dass ich eine Zeitlang im Dunkeln im Flur saß und nicht rausgehen wollte. Da sah ich, was passierte.«

Jónatan hielt inne und fuhr dann fort: »Elli wurde in dieser Nacht mit dem Hund eingesperrt. Er schrie die ganze Nacht vor Angst, dabei war es ein lieber und guter Hund. Bestimmt hat niemand ein Auge zugemacht, seine Schreie drangen durchs ganze Haus. Am nächsten Morgen verhielt sich Elías ganz anders. Unterwürfig und gehorsam. Aber das reichte nicht. Wir mussten uns immer an die Regeln halten, und zwar an ungeschriebene Regeln. Es war unmöglich, sie nicht zu brechen. Unmöglich!« Jónatan schrie fast ins Telefon.

»Und was passierte, wenn man diese Regeln brach? Wurde man dann geschlagen?«, fragte Tómas.

»Ja, manchmal, aber das Schlimmste war, wenn man in den Kartoffelkeller gesperrt wurde. Da musste ich viele Nächte ausharren. Die Tür war massiv, und es war unmöglich, auszubrechen. Immerhin war unten ein kleiner Spalt, durch den Sauerstoff reinkam. Durch den fiel in den hellen Sommernächten auch immer ein bisschen Licht in den Raum, aber sonst war es fast ganz dunkel. Seitdem kann ich keine hellen Nächte mehr ertragen, sie wecken sofort Erinnerungen. Im Winter wurde ich nie in den Kartoffelkeller gesperrt, das wäre zu kalt gewesen. Das ging nur im Sommer, wenn wir Gäste aus der Stadt hatten.« Er stöhnte.

»Das ist ja schrecklich«, sagte Tómas erschüttert. »Ganz schrecklich. Warum zum Teufel hat Ihre Mutter nichts dagegen unternommen? Wer weiß, was für einen Schaden Ihr Vater damit angerichtet hat.«

Jónatan holte tief Luft.

»Nein, hören Sie … Sie haben mich völlig falsch verstanden. Entschuldigung, ich habe mich nicht klar genug ausgedrückt. Mein Vater war nicht dafür verantwortlich, es war meine Mutter.«

24. Kapitel

Ari wusste genau, wo sich Kristíns Wohnung befand, denn er war einmal an ihr vorbeigefahren, als er in Akureyri zu tun gehabt hatte. Er würde schnell zu Fuß dorthin gelangen.

Hoffentlich war er nicht zu spät. Er spürte, dass Kristín in großer Gefahr war.

Der Mord an Elías war vergessen.

Das Schicksal der jungen Frau, die vielleicht irgendwo eingesperrt war, mehr tot als lebendig, war ihm egal.

Er war davon überzeugt, dass er jetzt die Chance hätte, Kristín zu retten und zurückzuerobern.

Tómas brauchte einen Moment, um zu begreifen, was Jónatan gesagt hatte.

Er war unbewusst davon ausgegangen, dass Jónatans Vater den Jungen Gewalt angetan hatte.

»Was sagen Sie da? Hat Ihre Mutter die Jungen in den Kartoffelkeller gesperrt?«, fragte er entsetzt.

Das Erzählen hatte Jónatan zugesetzt. »Ja. Sie hat alles mit harter Hand geführt. Hat uns Jungen geschlagen, wenn wir ungezogen waren. Wobei die meisten nach einer Nacht im Kartoffelkeller gehorcht haben.«

Tómas erschauerte bei dem Gedanken.

»Und was hat Ihr Vater dazu gesagt?«

»Nicht viel.« Jónatan seufzte. »Er kam nicht gegen meine Mutter an. Er half ihr sogar, wenn ein Junge Widerstand leistete. Nicht aus Bösartigkeit, glaube ich. Er hatte genauso große Angst vor ihr wie wir.«

»Waren Sie alleine? Hatten Sie keine Geschwister?« Tómas versuchte, sich während des Telefonierens aufs Fahren zu konzentrieren, und war froh über die Freisprechanlage. Er durfte sich nicht ablenken lassen, denn die Autos vor ihm fuhren sehr schnell.

»Doch, aber die sind viel älter und waren schon von zu Hause ausgezogen, als meine Eltern mit den Sommercamps anfingen.«

»Sie müssen morgen eine Aussage machen«, sagte Tómas so behutsam wie möglich. Dieser Mann, der nach all den Jahren entschieden hatte, von den schrecklichen Taten seiner Eltern zu erzählen, tat ihm leid. »Ich schaue dann bei Ihnen vorbei.«

»Ja, gut«, sagte Jónatan mit erschöpfter Stimme.

Tómas verabschiedete sich, rief danach sofort Helga an, die im vordersten Wagen saß, und erzählte ihr in knappen Worten von dem Gespräch.

»Die Polizei aus Sauðárkrókur ist auch auf dem Weg zu dem Hof, die werden vor uns da sein. Ich informiere sie über diesen Kartoffelkeller. Danke, ihr macht gute Arbeit in Siglufjörður.«

Sie legte auf.

Tómas wurde ganz warm ums Herz.

25. Kapitel

Ari stand vor dem Haus.

In dem großen Fenster im Erdgeschoss brannte Licht. Die Gardinen waren zugezogen, so dass er nicht hineinschauen konnte. Kristín war eindeutig zu Hause – mit ihm. Dieses miese Schwein.

Der Schein der Abendsonne tauchte die Häuser in der Straße in ein behagliches Licht. In der Nachbarschaft war alles friedlich. Das Wetter warm.

Ari stand eine Weile still da, als denke er nach, dabei hatte er längst beschlossen, einzugreifen. Mit jedem Schritt war er seiner Sache sicherer geworden. Kristín hatte aller Wahrscheinlichkeit nach einen sehr gefährlichen Mann zu sich eingeladen, und Ari war der Einzige, der etwas dagegen unternehmen konnte.

Er ging zur Tür, legte den Finger auf den Klingelknopf. Hielt inne.

Klopfte stattdessen an. Fest. Wie jemand, der alles im Griff hat.

Er wartete einen Moment.

Sein Herz raste, als brenne ein Feuer in ihm.

Kurz darauf stand sie in der Türöffnung. So schön.

Eigentlich perfekt.

Die Frau, mit der er den Rest seines Lebens verbringen wollte. Warum hatte er sie gehen lassen?

»Ari?«

Ihre Verwunderung ließ sich nicht verbergen, weder in ihrem Gesicht noch in ihrer Stimme.

»Was machst du denn hier? Hast du meine Mail nicht bekommen? Ich habe heute Abend keine Zeit.«

Doch sie schien nicht sauer zu sein. Ihre Stimme war warm.

Ari fand erst nicht die richtigen Worte, versuchte sich zu entspannen, holte tief Luft. Sein Herz schlug immer noch schnell. »Ist er hier?«, brachte er schließlich heraus, ungewollt barsch. Kristín war wie vor den Kopf geschlagen.

»Er? Was soll das heißen, Ari?«

»Ich habe ihn in Siglufjörður kennengelernt … Er trifft sich nur mit dir, um sich an mir zu rächen«, sprudelte es aus ihm heraus.

Ari war inzwischen in die Wohnung getreten, stand auf einer alten, verschlissenen Fußmatte in dem engen Flur. Auf der Matte stand »Willkommen«. Diese Botschaft war nicht für ihn bestimmt.

»Was soll der Schwachsinn?« Kristín erhob ihre Stimme ein wenig, schien das Gespräch jedoch leise halten zu wollen. »Wir reden noch miteinander. Aber jetzt bin ich beschäftigt.«

Aus der Wohnung hörte man es rufen: »Ist alles in Ordnung?«

Ari ging in Richtung des Rufens und stand, bevor er sich's versah, in der Küche.

Er schaute dem Mann direkt in die Augen. Er saß an einem alten, abgewetzten Küchentisch, eine Gabel in der einen und ein Messer in der anderen Hand, ein Stück Fleisch, Kartoffeln und Gemüse auf dem Teller, Rotwein im Glas.

Mist.

Ari hatte diesen Mann noch nie gesehen.

Mist!

Er schloss die Augen und versuchte krampfhaft, sich zusammenzureißen. Doch es überwältigte ihn, und plötzlich war er wieder bei der Klassenparty in Hafnarfjörður vor vielen Jahren.

Die Eifersucht überkam ihn wie ein schnell wirkendes Gift. Ari hatte sich nicht mehr unter Kontrolle. Was zum Teufel machte dieser fremde Mann in Kristíns Wohnung? Wie konnte er es wagen?

Ari machte einen Schritt vor und wusste sofort, tief im Inneren zumindest, dass das ein Fehler war. Er stellte sich vor den Fremden, der völlig irritiert war und kein Wort herausbrachte.

Ari packte ihn am Kragen seines geschmacklosen, rotkarierten Hemdes und zerrte ihn vom Hocker hoch. Aus dem Augenwinkel sah er, dass der Mann das Steakmesser noch in der Hand hielt, die Gabel jedoch losgelassen hatte. Mit einer Gabel ging man nicht in den Kampf.

Ari war wieder bei der Klassenparty, im Begriff, das Spiel zu wiederholen. Er holte zum Schlag aus.

Traf nicht. Der Fremde wich aus, hechtete zum Kühlschrank, kam aber nicht weit.

Ari stürzte sich auf ihn.

Das Letzte, was er hörte, bevor er den stechenden Schmerz spürte, waren Kristíns sich ständig wiederholende Rufe: »Nein! Nein! Nein!«

26. Kapitel

Tómas fuhr über den Zufahrtsweg zu dem alten Hof. Er war in der Autokolonne ein Stück zurückgefallen, aber die Polizei aus Sauðárkrókur war bestimmt schon vor den anderen eingetroffen.

Er hastete aus dem Wagen. Die meisten Polizisten standen bei einem Krankenwagen auf dem Hofplatz. Die Sanitäter machten keine Anstalten, loszufahren.

War die Frau etwa schon tot?

Tómas schlängelte sich durch die Menge und schaute durch die offenen Hintertüren in den Krankenwagen. Das Mädchen, dessen Gesicht er nicht richtig sehen konnte, lag auf einer Trage und war an alle möglichen Schläuche angeschlossen. Das wies immerhin darauf hin, dass sie noch lebte. Er konnte nur sehen, dass sie klein war und tiefschwarze, lange Locken hatte.

Er wandte sich an einen Sanitäter, der neben ihm stand.

»Lebt sie?«

»Ja, es war knapp, aber sie lebt. Sie war bewusstlos, völlig entkräftet wegen des Wassermangels. Der Hubschrauber ist unterwegs, sie muss so schnell wie möglich ins Krankenhaus.« Seine Stimme war völlig emotionslos, eine reine Aufzählung der Tatsachen.

»Wo war sie?«

»In einer Vorratskammer, die da hinten in den Hügel gegraben ist, ein alter Kartoffelkeller, soweit ich weiß«, sagte er und fügte dann etwas gefühlvoller hinzu: »Entsetzlich. Wirklich entsetzlich. Ich bin ja kein Psychologe, aber so was hinterlässt bestimmt tiefe Narben auf der Seele.« Er schüttelte verständnislos den Kopf und stieg dann in den Krankenwagen.

Da hast du den Nagel auf den Kopf getroffen, dachte Tómas, betrachtete das arme Mädchen und überlegte, wie sich die Verantwortung für diese schreckliche Tat am besten zwischen Elías und Jónatans Mutter aufteilen ließe. Er war froh, dass nicht er darüber entscheiden musste, sondern diese Aufgabe höheren Mächten zuteil würde.

27. Kapitel

Ísrún vergaß eine Zeitlang alle Probleme, mit denen sie in den letzten Jahren hatte kämpfen müssen. Mit der Vergewaltigung und der schrecklichen Neuigkeit, die sie letztes Jahr nach ihrem Besuch in Landeyjar erfahren hatte. Jetzt war nur eins wichtig: die Meldung des Jahres. Sie war am richtigen Ort, zur richtigen Zeit, und sah den Journalistenpreis wie eine Fata Morgana vor sich.

Der Hubschrauber war gelandet und wieder abgeflogen. Das Mädchen lebte noch. Kein anderer Journalist war vor Ort gewesen. Der Korrespondent aus Akureyri hatte tolle Fotos gemacht. Ein Reporter aus Reykjavík hatte Ísrún für die nächsten Radionachrichten interviewt, außerdem hatte sie sich vor der Kamera aufgestellt, mit dem Hubschrauber im Hintergrund, und beschrieben, was passiert war. Das würde bestimmt eine der besten Aufnahmen des Jahres. María hatte vorgeschlagen, dass sie im Norden übernachten sollte, um den Beitrag für die Abendnachrichten vorzubereiten. Ísrún war froh darüber. Sie spürte und wusste, dass sie sich ausruhen musste, dazu hatte ihr Arzt sie eindringlich angehalten.

Ihr Gepäck befand sich immer noch in Siglufjörður.

Dort würde sie übernachten.

28. Kapitel

Tómas war auf dem Weg nach Siglufjörður, nach Hause, wo gellende, allumfassende Leere herrschte. Vielleicht würde er noch bei der Wache vorbeifahren, obwohl es schon sehr spät war. Dort fühlte er sich wohler. Manchmal übernachtete er dort. Außerdem musste er herausfinden, warum Hlynur nicht ans Telefon gegangen war. Hatte er blaugemacht? Tómas hatte langsam wirklich die Schnauze voll von seinem Verhalten.

Doch am liebsten wäre er umgedreht und geradewegs nach Reykjavík gefahren. Hätte seine Frau besucht, ihre warme Umarmung gespürt. Sein geliebter Ort, Siglufjörður, konnte zwar warm sein, aber er umarmte ihn nie.

Das Handy klingelte. Tómas zuckte zusammen und ging ran.

»Hallo, Tómas«, sagte eine leise, merkwürdig zögerliche Stimme. »Hier ist Móna.«

»Móna? Alles in Ordnung? Warum rufst du so spät an?«, fragte er verwundert und hatte ein seltsames Gefühl.

»Der …« Sie zögerte. »Der … Logi, mein Schwager, hat mich gebeten, dich anzurufen. Er muss dich treffen. Schnellstmöglich.«

Mónas Stimme war anzuhören, dass etwas nicht stimmte.

»Heute Abend?«

»Am besten ja«, sagte sie leise.

»Was ist eigentlich los?« Tómas wurde langsam ungeduldig, wollte es sich aber nicht anmerken lassen.

»Am besten redet ihr gleich miteinander. Er …« Sie zögerte erneut. »Er will ein Geständnis machen.« Tómas konnte deutlich hören, dass sie den Tränen nahe war.

»Ein Geständnis?«, rief er entsetzt.

»Ja, er will den Mord gestehen.«

»Hat er Elías umgebracht?«

»Ja …« Eine lange Pause. »In Notwehr. Sie sind wegen, äh, wegen dieser Menschenhandelsgeschichte, in die Elías verwickelt war, aneinandergeraten … Logi wollte ein Mädchen aus Nepal retten, das Elías nach Island gebracht hatte.«

»Ach du Scheiße!«, platzte Tómas heraus.

Er schwieg einen Moment, war einfach sprachlos.

Dann murmelte er vor sich hin: »Ach du Scheiße.«

Als Móna das Telefon nach dem Gespräch mit Tómas weglegte, waren ihre Nerven zum Zerreißen gespannt.

Logi hatte darauf bestanden, die Schuld auf sich zu nehmen. Er wollte seinen Bruder und dessen Familie, dessen Frau und ungeborenes Kind, retten. Móna und Jökull versuchten zu protestieren, aber Logi ließ sich nicht davon abbringen. »Niemand muss erfahren, dass Jökull dabei war. Außerdem habe ich Elías mit dem Brett erschlagen«, sagte er und fügte fast flüsternd hinzu: »Verdammtes Pech, ausgerechnet ein Brett mit Nagel zu erwischen.«

Logi fand Mónas Idee – ursprünglich Ísrúns Idee –, den Grund für den Mord zu vertuschen, gut. Móna hatte den Männern nichts von dem Besuch der Journalistin erzählt.

»Ich komme schon klar«, hatte Logi gesagt, ohne seine Furcht ganz verbergen zu können, »ihr konzentriert euch jetzt voll und ganz auf die Geburt und auf das Kind. Das Geheimnis über die Vaterschaft nimmt Onkel Logi mit ins Grab.«

29. Kapitel

Südisland,
ein Jahr vor dem Leichenfund

Erst gab ich der Hitze im Haus die Schuld daran, und sie machte die Sache auch bestimmt nicht besser.

Es war wirklich nicht meine Art, in fremder Leute Häusern in Ohnmacht zu fallen. Etwas überkam mich plötzlich, ich war völlig kraftlos.

»Stimmt was nicht, meine Liebe? Du bist ja ganz blass! Möchtest du dich hinlegen?« Die Alte zeigte auf das kleine Sofa.

Ich stolperte hinüber und legte mich eine Weile hin, um mich wieder zu fangen.

In der letzten Zeit hatte ich mich zwar nicht topfit gefühlt und war ungewöhnlich schlapp gewesen, mir aber eingeredet, ich hätte einfach zu viel gearbeitet.

Da sagte sie es. Manchmal würde ich mir wünschen, sie hätte nichts gesagt und ich könnte länger in dem Glauben leben, es sei alles in Ordnung.

»So hat es bei deiner Großmutter auch angefangen«, sagte die alte Frau in Gedanken, sah mich dabei noch nicht einmal an. »Das verfluchte Rauchen.«

»Was meinst du?«, fragte ich, während ich auf dem Sofa lag, um wieder zu Kräften zu kommen. Ich war ein bisschen ungehalten, bereute es jedoch sofort.

»Sie fiel in Ohnmacht, einfach so. Daraufhin ging sie zum Arzt, die Arme, und die verflixte Krankheit kam heraus.«

Ich versuchte mich aufzusetzen. Mein Herz raste. Das war ein unangenehmes Thema. Ich kam auf die fixe Idee, ich sei vielleicht auch krank, wie meine Großmutter. Ein unheimlicher Schauer durchfuhr mich. Ich wollte den Gedanken sofort wegdrängen und fragte genauer nach der Krankheit, um mich zu vergewissern, dass ich diesbezüglich nichts mit meiner verstorbenen Großmutter gemein hätte.

»Wie hat sich die Krankheit bei ihr denn geäußert?«

»Tja … ich bin ja kein Arzt, meine Liebe, ganz bestimmt nicht. Ich weiß noch, dass sie appetitlos war und Knochenschmerzen hatte. Sie schlief schlecht, war ständig müde.«

Da wäre ich fast wieder ohnmächtig geworden. Knochenschmerzen, Müdigkeit … das passte alles.

»Übelkeit?«, fragte ich bange.

»Ja … die arme Frau.« Katrín schien zu merken, in welche Richtung die Fragen zielten, und fügte hinzu, wahrscheinlich um mich zu beruhigen: »Aber das kann auf alle möglichen Leiden zutreffen. Du bist bestimmt nicht krank. Ich weiß noch, dass sie einen Knoten am Hals bekam, hast du bei dir so was bemerkt?«

Ich sank wieder aufs Sofa, zu Tode erschreckt. Ich hatte tatsächlich eine Schwellung am Hals, wie eine Art Entzündung – oder ein Knoten. Ich hatte nicht groß darüber nachgedacht, nur geglaubt, ich sei ungewöhnlich schlapp, hätte vielleicht eine Halsentzündung.

Da brach ich in Tränen aus.

Ich konnte nicht glauben, dass ich krank war.

Ich weigerte mich, es zu glauben, doch mein Herz schlug wie wild, und ich konnte an nichts anderes mehr denken.

Das Rauchen hatte Großmutter getötet. So einfach war das – oder?

Die alte Frau legte die Hand auf meine Stirn.

»Das wird schon wieder, meine Liebe.«

Ich schloss die Augen und lauschte ihrer sanften Stimme.

»Das wird schon wieder.«

30. Kapitel

Ísrún war froh, in der Nacht nicht nach Reykjavík fahren zu müssen. Sie hatte keine Lust auf die aschehaltige Luft und das hektische Stadtleben. Noch nicht sofort.

Eine Zeitlang hatte sie wach in der Pension im Bett gelegen. An Schlaf war nicht zu denken. Sie war viel zu angespannt nach den abendlichen Ereignissen.

In solchen Fällen tat es ihr meistens gut, einen Spaziergang zu machen.

Es war kurz vor eins, als sie die Pension verließ, sich ins Auto setzte und am Fjord entlang Richtung Héðinsfjörður-Tunnel fuhr. Sie parkte den Wagen in der Nähe des neuen Friedhofs am Ortsrand, wollte ein kleines Stück laufen, Richtung Siglunes auf der gegenüberliegenden Seite des Fjords.

Hier war die Landschaft ursprünglicher als auf der Landzunge, wo sich der Ort befand, denn auf dieser Seite waren die Voraussetzungen für eine Ansiedlung schlecht. Nur ein paar Häuser standen unweit der Stelle, an der Ísrún den Wagen abgestellt hatte.

Sie ging los, wollte etwa eine Stunde laufen.

Der Weg war stellenweise schwer begehbar, das Gras hoch und immer wieder Bäche. An manchen Stellen dienten morsche Holzstücke als Brücken, und teils musste Ísrún über Rinnsale springen.

Einmal blieb sie an einem kleinen Fluss stehen, formte ihre Hände zu einer Schale und trank von dem eiskalten Wasser. Das Ufer war mit wunderschönen grünen Moosen bewachsen, doch das blasse Gras zeugte davon, dass der Sommer noch nicht richtig in diesen nördlichen Gefilden angekommen war, auch wenn der Kalender etwas anderes sagte.

Sie ging langsam und gemächlich, hatte keine Eile, achtete darauf, nicht auf Vogelnester zu treten, von denen sie unterwegs eins gesehen hatte. Am Ende musste sie sich eingestehen, dass ihr Körper sie darum bat, es ruhig anzugehen. Sie war immer so müde. Als sie zu den Überresten von Häusern kam, blieb sie stehen. Den Informationen auf dem Gedenkschild zufolge war dort vor gut neunzig Jahren eine Lawine auf eine Heringsfabrik und einen Bauernhof niedergegangen.

Ísrún wanderte runter zum Meer, stand dort geraume Zeit und blickte über den Fjord. Da lag der Ort, aus der Ferne so friedlich und unschuldig. Es war ganz still, bis auf das Zwitschern der Vögel. Das Wetter war gut und das Meer glatt.

Nach dem Besuch bei Katrín in Landeyjar letzten Sommer war Ísrún sofort zum Arzt gegangen, überzeugt, todkrank zu sein. Nach mehreren Konsultationen durch einen Spezialisten lag endlich eine Diagnose vor, dass sie an einer erblichen, seltenen Krankheit litt, die zur Bildung von Tumoren führte.

Meistens waren die Tumore gutartig, konnten jedoch Störungen im Organismus hervorrufen. Es war nicht unwahrscheinlich, dass sich ihr Zustand verschlechtern würde. Ísrún weigerte sich hartnäckig, ihren Job aufzugeben, nutzte stattdessen alle Krankentage und versuchte, je nach Bedarf mit ihren Kollegen die Dienste zu tauschen. Von der Krankheit erzählte sie niemandem. Die Ärzte waren sich nicht einig über die nächsten Schritte, alles wies darauf hin, dass die Tumore, die sich bereits gebildet hatten, gutartig waren. Die Meinungen über die Notwendigkeit einer Operation gingen jedoch auseinander; die Ärzte schrieben sich vermutlich immer noch E-Mails mit ihren Argumenten dafür und dagegen. Währenddessen versuchte Ísrún, nicht die Nerven zu verlieren.

Es war durchaus möglich, dass ihre Großmutter eine falsche Diagnose erhalten hatte, dass sie an der besagten Krankheit gelitten hatte und daran gestorben war. War Ísrún jetzt an der Reihe?

Sie lebte in einem absoluten Vakuum.

Wollte mit niemandem darüber reden, außer natürlich mit ihren Ärzten. Wusste nicht, was kommen würde. Sie hatte den ganzen Winter in ständiger Angst gelebt, sich jedoch allmählich mit der zunehmenden Sonne besser gefühlt.

Ísrún hatte sich vorgenommen, die Angst zu besiegen, auch wenn es schwer war.

Die Hoffnung war ihr einziges Halteseil.

Sie blickte über das ruhige Meer, es war mitten in der Nacht und dennoch hell. Das Licht hatte die Todesnacht besiegt.

Zumindest für eine Weile.